清平墟

郭建勋 著

CTS 湖南文艺出版社

清平墟的风俗，只有两种人能坐轿。

第一章

大哥楚孚生跟粤剧名伶凌小蝶结婚，家二送了注特别的礼：一颗人头。一个日兵用刺刀挑着，扔在戏台上。

人头是贺孟友的。贺孟友是清平墟最有学问的先生，一部过胸白髯，拄根荔枝木做的拐杖。他是梅州客家人，前清秀才。民国初年到我父亲建的绮霞书塾，教族中的孩子念书。一教二十七年。他在清平墟成了家，娶了我隔房的一个姑，生了两个儿子，大儿子贺子其，小儿子贺子群。

贺子其不是读书的料，做事倒是个好手，一身狠劲，腿脚也灵活，尤其驾得一手好船，风里浪里，如履平地。我父亲叫他做了船队的头。白露一过，蚝熟了，贺子其一年最威风的时候到了。一早，机帆船突突突的声音把合澜海吵醒了。贺子其站在码头上，像个临阵的将军，骂骂咧咧，大嗓门盖过机帆船的声音。有时候，骂还不顶用，蹿过去用脚踢，把手脚不麻利的搬运工踢进海里。一箱箱的蚝堆成山，压得船都快沉水了。海还蒙着黑纱，六条船一字撕破黑纱出海，荡得海水像滚汤一样淌，拍打着浪堤，一股浓浓的腥膻味铺天盖地。船到珠江口分两路：三条船去香港，三条船去广州。当天清晨，新鲜的清平蚝在香港、广州上市。

贺子群是个读书的料。他跟我二哥楚协生年龄相仿，自小，两人就黏在一起。几年前，两人一起到广州读大学。毕业后，父亲希望他们来当帮手，但他们不干。问今后干什么，一时说做老师，一时说当兵，没个准信。反正跟家里划了道。父亲气得摔烂了一把上好的宜兴紫砂壶。那是潮州茶王黄亦轩送给他的。黄亦轩有个二女儿，都挑了日子要跟我二哥楚协生订婚了，二哥楚协生却梗着脖子不答应。

二哥楚协生迷上了凌小蝶。

很多年，父亲铁定站在晨色里，吧唧吧唧地吸着鼻子。年轻的时候，父亲也会像贺子其那样亲临码头，又吼又踢。一年一年，离码头越来越远。这些年，父亲拉我起床陪他。他对我的三个哥哥也这样，从他们十岁开始，就进行这种特殊的训练。第一次看到父亲吸鼻子，我愣愣地看着他，像看个怪物。父亲摸着我的头，呵呵地笑："俊生，你吸吸，多好闻。这是钱的味道。"见我没什么反应，父亲轻吁一口气又说："人家哑巴不能说、不能听，你还不能闻。造孽啊。"

说话间，父亲的眼里有了泪意。他想我母亲了。我两岁那年，母亲死了。她是被枪毙的。

民国十六年（1927）夏，父亲去广州拜访餐饮协会的会长，订金秋的蚝，古越楼请客。正事说完了，喝了个七八分醉，父亲讲话就不知高低了："六十开怀，有一事未了。"

"楚兄，说来听听。"

"现如今娶女大学生成风，我想尝尝这个鲜。"

"楚兄有此意，真是天作之合。"

原来昨天有朋友找会长，说有个女大学生，江西人，22岁，贫苦人家出身，长得不俗。刚毕业，广州找不到落脚处，老家又闹革命，回不去。孤苦无援，想找个人嫁。人好的话，做小也愿意。人领过去，会长看了，心痒痒的，仔细一问，露了点马脚：原来这女学生是个共产党员，刚刚参与了暗杀广州警察局的副局长。会长吓得作罢。听父亲这样一说，会长起了善念，心想，清平墟天高皇帝远，正好放她一条生路。她就成了我父亲的三姨太。一年后，生了我，是个哑巴。

母亲同伙陆续落了网，有人供出了母亲。有人说，母亲被抓，是二姨太做警察的弟弟点的眼药。我母亲进门后，二姨太失了宠，对我母亲恨之入骨。也只能说说，没有证据。二姨太是我三哥楚稔生的母亲。

家二把部队搬进望海楼，是大哥楚孚生出的主意。

望海楼是座碉楼，清平墟最高的楼，是我祖父当年盖的，防海盗的，六层。那时还没有水泥，用糯米、桐油、白泥灌浆接的缝，子弹都打不进去。底层尤其扎实，大门五寸厚的铁板，铁闩铁把。每层有铁栅和窗扇。最上层悬挑着四个固垒似的燕子窝，窝里头藏有射击孔。盖好后，海盗却一次也没来。

后来，父亲家业大了，用它做了钱庄。做钱庄发挥了碉楼的功用，父亲很得意，请贺孟友写了副联挂在两边：

稳如磐礎千秋泰；
固若金湯百代昌。

这是副好联，上联的“礎”字的一边“楚”字和下联“湯”字的一边“易”字合起来“楚易”，是我父亲的名字。

如今，海盗真来了。经三哥楚稔生的劝恿，父亲真有点想躲进碉楼跟日兵拼一下。大哥楚孚生鼻子哼了一下说：“三下五除二，大广州说没了就没了，躲在碉楼里，一炮就轰塌了。”

“轰塌了就轰塌了，死了埋在里面，也比做汉奸强。”三哥楚稔生大声说。

大哥楚孚生白了三哥楚稔生一眼：“你想埋哪里是你的事，老豆手里可有千几号人。”说着又转向父亲：“你忘了你说的话了？我们做生意的，不问政治。”

三哥楚稔生又顶上了：“这不是政治，是亡国。”

“亡不了国的。皇帝倒了，民国来了；民国倒了，日本人来了。轮流坐庄，国都在这里。老楚家平头老百姓，蚝就是我们的国。蚝在，国就在。”

三哥楚稔生朝大哥楚孚生抱拳作了一个揖，牙齿错得响响的：“大哥。我最后叫你一声大哥。”然后，旋风一样走了。

父亲听了大哥楚孚生的话，用全蚝宴招待了冢二的部队。天井里水泄不通摆了十几桌。开宴前，冢二给大哥楚孚生颁了清平墟维持会会长的牌。

大哥楚孚生第一次带冢二上了望海楼楼顶，清平墟尽归眼底，合澜海白浪滔天。冢二大悦，朗朗地念起来：“卤潮渍岸渺无边，叠石埋陂碨垒连。万顷粒山推不去，翻令沧海变桑田。”

大哥楚孚生击掌说：“冢二君，好诗。”

“这不是我的诗，是宝安大才子陈琏的诗。‘粒山’是什么山？是蚝堆成的山。清平蚝，清平蚝，想不到天下第一美味就出在这个地方。”冢二指着远处说：“陈琏的诗你不知道，另一首诗你该知道吧？”

“哪一首？”

“文天祥文丞相的《过零丁洋》。”

“文……文丞相……在贵国学习那么多年，原来的东西忘得精光了。我才不管他什么文丞相武丞相，我只跟着冢二君……”

冢二背诵起了文天祥的《过零丁洋》：

辛苦遭逢起一经，干戈寥落四周星。
山河破碎风飘絮，身世浮沉雨打萍。
惶恐滩头说惶恐，零丁洋里叹零丁。
人生自古谁无死？留取丹心照汗青。

冢二的中国话很差，好些字眼念错了，但这首诗仍让他背得慷慨激昂。大哥楚孚生一时愣在那里。良久，冢二拍了拍大哥楚孚生的肩：“楚孚生君，在日本那么多年，看来，你只学了点皮毛，精髓之处你还要下功夫。其实，日本人很崇拜文丞相的，教科书上都有他的故事，有些地方，还建有文丞相庙。”冢二修长的手平摊着划向海天，自左至右，呈半弧状，“命数呀，命数。这片海，是你们的绝地，大宋朝，过这里灭了，大明朝，过这里也灭了。这回，皇军又来了，你们又该灭了。文天祥有什么用？不还是灭了？看还有几个文天祥？”

“皇军威武，冢二君威武。该灭了，该灭了……”

大哥楚孚生和凌小蝶刚拜完天地父母，我搀了父亲回三进里头的东厢房。

戏台上，锣鼓敲起来了。装扮好了的大哥楚孚生和凌小蝶要唱《紫钗记》中的“剑合钗圆”。讲的是唐朝大历十才子之一、陇西书生李益与长安名妓霍小玉的爱情悲剧。大哥楚孚生扮李益，凌小蝶扮霍小玉。李益躬身给霍小玉长揖，霍小玉举水袖半掩了脸，只露了左边的眼睛。这是凌小蝶的独门功夫，谓之凌眼。那眼神半睃不睃的，似看着大哥楚孚生，又似看着观众，似哪里也没看，又似哪里都看着，眼珠子像檀椟里的珠，又似灯影里的玛瑙，泛着水水的光，结着厚厚的愁。若是平时，单凭这一眼，台下早掀起了潮，但今天什么动静也没有，好像让点了哑穴。因为，冢二和赵翼然在座。赵翼然是翻译。冢二、赵翼然和我大哥楚孚生，是早稻田大学的同学。

冢二站起来鼓掌，后面也陆陆续续跟着鼓起来。

大哥楚孚生朝冢二拱了拱手，唱起来：

雾月夜抱泣落红，
险些破碎了灯钗梦。
唤魂句，
频频唤句卿卿记取再重逢。
叹病染芳躯不禁摇动，
重似望夫山半带病容。
千般话犹在未语中，
心惊燕好皆变空。
…………

这时，一个日兵撞了进来。日兵的刺刀上挑了贺孟友的人头。人头落在凌小蝶的脚边，凌小蝶啊一声，两只水袖扑棱棱散开，像两只大翅膀，人斜斜倒下去。

赵翼然跳上舞台，指了指贺孟友的头，亮声说：“今天下午，贺子其带了 50 多名蚝工跑了。冢二少佐生气了，杀了贺老爷子。

乡亲们，别做傻事了。冢二少佐说了：‘只要听话，甠有种的，茶有喝的，戏有看的。清平墟还叫清平墟。’”

第二章

有时候我还庆幸自己是个哑巴，不能说，不能听，多好。不能闻我是骗父亲的，我能闻，而且，还灵得很，比狗鼻子还灵。我欢喜闻蚝的腥膻味，但我懒得让父亲知道。我跟父亲不同，他闻的是钱的味道，我闻的才是蚝的味道，再说，装着不能闻，省事，知道你不能闻，没人再来缠着你了。

干脆再抖个秘密吧。我还天生有条好舌头。什么蚝经我的舌头一尝，就能吃出来，南山后海的？还是东莞虎门的？新鲜的？还是隔夜的？两年的？还是三年的？是竹片上长的？还是陶瓷上长的？同样的厨师做出来的蚝，哪天火大了，哪天火小了，我都能吃出来。但我藏着我的秘密。我还故意装着不欢喜吃蚝。

我常去落霞洲。到落霞洲，吃到了好吃的蚝，我会对肚子里的蚝说话："对不起啊，我吃了你们。"

我不跟人说话，我就跟自己说话，我就跟蚝说话，我就跟那些和人说不了话的东西说话。甚至，我还经常跟死了的母亲说话。当然，我也能听到他们说话。有时候，我也怀疑自己是不是在做梦。做梦就做梦吧，你们就把我当作一个做梦的人吧，我才懒得管你们，我自己欢喜就行了。这种感觉好极了。

"不要客气，我们天生就是让你吃的。"

我听到了蚝的回答，我真的听到了。

“以后我死了，也给你们吃。”我说。

一到落霞洲，我的心里满是忧伤。我还是一次次来。因为我母亲被枪毙在落霞洲的乱石滩上。那一年，我才两岁。

没有人告诉我什么，但我脑子里一直有母亲被枪毙时的画面：她穿着鲜红色的旗袍，留着齐耳的短发，手上脚上戴着镣铐，每走一步哐啷哐啷响。她的后面是四个士兵。乱石滩上一眼望不到边的黑溜溜的石头，上面黏附着密密麻麻的珊瑚壳，蚀黄腥臭的海水像狗舌头一溜一溜卷过来。

母亲在一块巨石边上站定，她捋了一下额际的乱发。夕阳照着她的脸，形成一道七彩而朦胧的光晕。母亲回望了一眼，由近至远地望过去。近处是连绵的菰蒲，青翠翠的叶子白花花的蕊，叶间有蹦跳的翠鸟，拖着斑斓的长尾巴，唧唧咕咕叫；远处是琵琶似的清平墟，铺肆琳琅，市场嘈杂，以及汤汤流淌着的茅洲河和河面上来往的舟楫；再远处是荔枝林，幽幽碧碧，深不可测，像藏着十万雄兵。母亲的目光越过菰蒲，越过清平墟，也越过荔枝林。她望着不知处的北方。她流泪了。泪水顺着她白皙光滑的脸庞往下流。流动的声音很响很响，我听到了。我很想母亲那一眼能望着我，但她没有。

枪响了，母亲倒下了。轻扬扬倒下了。风撩起她的头发，撩起她鲜红色旗袍的裾边，她的手抓了一下，什么也没抓着。她倒在一堆蚝壳中。雪似的蚝壳衬得她鲜红色的旗袍好红好红。血从她的额际涌了出来，一道小小的孔。然后，血覆盖她的脸。她的手又抓了一下，还是什么也没抓着。

好多次，坐在黑礁石上，我问母亲：

“你最后那一眼为什么没有望我？”

“我望了你，傻孩子。”有时候，母亲这样说。

更多的时候，母亲不回答。我问急了，母亲就火了：

“你有什么好望的？我谁也不望。”

但我今天问她的不是这个事。我要问另外一些事。

“他们杀了贺孟友，我好害怕。他们是不是想把这些人全部杀光？大哥投降了，为什么还要这样杀？人杀光了，谁采蚝？没人采蚝了，就没蚝吃了。蚝要年年采的，不采，蚝王就带着它们跑了。”

母亲没有回答我。我又说：

“老豆死了。这世上没一个疼我了。”

昨天晚上，我搀着父亲进门。他摔倒了，我费了很大的劲把他扶起来。这时，枪声响了，父亲一口血喷出来，喷得我一身全是。父亲死了。

我正想死去的父亲，忽然看到蚝田里有个人仰面倒下了，溅起好大的水花。有十几个人在那。平时赶蚝的人欢喜在蚝田里闹着玩。尤其有女人的时候，他们会几个人凑过去把其中一个人的裤子扒光，用污黑的淤泥涂抹阴部，或者，干脆把那个人往泥里踩，再捞起来，像条塘虱。

这时，又一个人仰面倒下。我看到了血。血涌出来，一大股。那些人跪在蚝田里，高举双手。看上去，他们像一个个木桩子，是些活的木桩子，晃动着，表情恐怖，嘴巴一张一翕。我知道，他们在喊叫，只是我听不到。但我听得到蚝的喊叫，临死前的蚝就是像他们这样喊叫的。蚝临死前的喊叫，我听到过多种，有的细长，飘飘浮浮，像吹笛子；有的猛烈，像鞭炮。我听到过成百上千、成千上万只蚝悲怆而恐惧的喊叫，掀天揭地。

我看到那些跪着的人一个个倒下了。先挣扎着，搅得身边的泥和水四溅，像在被抽干了水的塘泥上游弋不了的鱼。渐渐地，不挣扎了，归于平静。刚才还活生生的赶蚝人成了蚝田里十几个黑影，最后，连黑影也没了，只剩一排排竹架，和竹架上白色的鸥鹭，还有泥地里的那些蚝。我听到了，蚝全在哭。

我正要陪着蚝哭一阵，突然，我坐着的黑礁石一阵颤抖，几块碎石迸溅起来，有一块击在我身上，火辣辣的痛。我站起来。一看，二三十丈开外，一群日兵正端了枪射击。最近的一支枪朝向我，枪口喷着烟。我缩成一团，浑身抖栗。

赵翼然跑了过来，比划着手势跟我说话。但我看不清他，红色的雾幔蒙住我的眼睛。我想摸摸我的眼睛，我抬不起手。两个日兵过来了。

赵翼然哈着腰，嘴里哇啦哇啦，走了过去。后来他告诉过我，他是在说我被吓傻了。他好心保护我。

前边那个日兵拧了我脸颊一把，快把我脸颊上的肉拧下来。另一个日兵举着枪，枪口对着我，黑洞洞的，一步步走近。不知道为什么，我不怕，就那么眼睛一眨不眨地看着枪口。刚开始，是小小的圆圈，后来，越来越大，大得像个黑洞，还旋转翻覆，要把我吸了进去。

赵翼然见状，几乎腾身飞了过来。但他慢了。日兵开枪了。那一瞬间，我觉得我也腾身飞了，钻进了那个大得无边的黑洞之中，直飙飙地向前飞着。我倒下了，什么也不知道了。

两个日兵哈哈大笑，露着好看的白牙齿。他们的年纪估计跟我三哥楚稔生一样大，十八九岁，嘴边的胡子还是浅浅的茸毛，脸上沾满泥，黧黑，太阳晒黑的吧，但是掩不住清秀，那种能够蹦跳起来的清秀。尤其笑的样子，狞狞的，却是源自心里头的开心畅快，孩子般的开心畅快。

赵翼然右颊上贴了一块很大的纱布，几乎把右脸遮住了。中间有血迹洇出来，衬了白色的纱布。赵翼然最后一跃，扑了空，脸撞在石头上，受伤了。他是为我受伤的。他端起茶饮，茶太烫了，嘴一缩，扯痛伤口，手一颤，一碗热茶连汤带碗掉在地上。碗摔了，一破两叶。这碗是冢二送给大哥楚孚生的礼。共四只。说是志野窑出的，仿的曜变天目碗：外壁黑，有密密麻麻的白点，口沿一溜银亮的白边，内壁的黑色釉底上是油滴的斑。斟满茶，斑点沉伏在水里，发出幽蓝的光，状如星云。真品传自北宋，后来到了德川家康家，再后来到了藤田平太郎手里，弄来弄去成了日本的国宝，誉之曰“一只碗中可以观看宇宙”。

平时，大哥楚孚生视之如命，搁书房里小茶台上，三两个人密谋私事时才用。当然，加起来也没用过几次。前一段冢二来用过一次，他要大哥楚孚生明天运两车生蚝去惠州犒军。

“蚝补肾的。士兵们累了，补一补。”冢二一边脱着白手套，一边说。说完了，两只手摩挲着。冢二的手指白皙修长，像女人的手。

大哥楚孚生正往茶壶里放茶叶，手一抖，上好的潮州凤凰单枞洒在壶外：“冢二君，能不能改天？”

“楚会长，这是禾田大佐的命令。希望你别让我难做。”冢二唬了脸。

按日军师团总部的意思，冢二派兵截了清平墟出海的道，一只蚝也不能运出。但冢二跟大哥楚孚生有个君子协定，隔几天放点蚝去香港，但不能大模大样用机帆船，偷偷用小木船。代价是，运蚝船给冢二带回来医药、器械等。还有，带日本人去。他们扮成蚝民，跟在船上。他们真厉害，扮的蚝民比蚝民还真，能说清平墟土话。

冢二这一卡，蚝的价格飙升，大哥楚孚生一个月赚的钱比父亲原来一年赚的还多。此时，面对冢二的勒索，大哥楚孚生像掉进冰窟窿。那可不是两车蚝，而是两车钱。更主要的是，跟香港的买家不好交代。大哥楚孚生转过脸望着赵翼然，希望赵翼然帮着说几句。赵翼然转过脸去，认真地看着书架上的一套《文山先生全集》的书脊。那天冢二说了文天祥，大哥楚孚生出了丑，第二天就派人去广州买了这套书。

赵翼然的目光从书脊上收了回来，过去扶了扶大哥楚孚生的肩："孚生，别犟那里了。不是少佐看老同学的分上，老楚家哪还有一斤蚝卖？老爷子那事闹的。"

大哥楚孚生扫了自己一个耳光："我鬼迷了心窍。冢二君，得罪。"

赵翼然说的那事，是冢二本来是要请我父亲做清平墟维持会的会长的，大哥楚孚生鼓动如簧之舌，把父亲说动心了。冢二拜访了父亲，宾主大啖蚝宴，订好时间，召集全墟开大会，宣布。但第二天，父亲反悔了，油盐不进。

父亲之所以突然变卦，别人不知道原因，我知道。是三哥楚稔生的一封信。那天，我坐在落霞洲的海边发呆，忽然，从涨潮的海水里冒出来一个人。是三哥楚稔生。他竖中指在嘴边朝我嘘了一下，然后从裤裆里摸出一个油纸包裹的东西，交给我。他做了个摸右耳耳垂的动作。我知道，他叫我把东西交给父亲。

三哥楚稔生给父亲写的信很短，几句话：

父亲：

做汉奸，人人得而诛之。楚孚生做了汉奸，他不是你的儿子了。你不能做汉奸，否则，到时候我下不了手。孩儿稔生泣墨。

这会，把家二送的那只仿曜变天目碗打烂了，赵翼然吓得变了色。大哥楚孚生倒是泥塑一般，望着摇摇晃晃的烛灯，目光定定的。原来，是声音传得太慢了，好一会，大哥楚孚生站起来了，看着赵翼然，眼里像有两把刀。

“孚生，你怎么啦?”赵翼然怯怯的。

大哥楚孚生抱住赵翼然，呜呀呜呀哭起来。哭着，手抖抖地指了西边，又指了指东边，再指了指南边，哭得更厉害了。赵翼然连声说：

“我知道，我知道。”

西边房里躺着凌小蝶。东边房里躺着我。南边，是十几具被日军打死的蚝民的尸体。

第三章

蜈蚣岭的一个岩洞里，二哥楚协生跟贺子其吵得很凶。贺子其眼睛瞪得很大："你智取你的，我强攻我的。"

蜈蚣岭聚集着两路人马：一路是二哥楚协生带领的原社会军事训练总队（简称社训队）的残兵游勇，三十多个人，号称一个连；另一路是贺子其从清平墟带出来的几十号蚝民。

二哥楚协生先上的山，正愁人少，贺子其哐啷哐啷带这么多人来了，高兴得跳起来，抓住贺子其的手："扩充到一个营，我做营长，你做副营长。上阵亲兄弟，少其，大干一场。"

贺子其却掰开二哥楚协生的手："仗可以一起打，人各归各的。"

"你是共产党？"二哥楚协生盯着贺子其。贺子其跑去给他的队伍训练，从一个队员手里抢过红缨枪，朝一个草扎的人形靶子刺去，又快又狠。二哥楚协生回过头来对贺子群说："少群，蒋委员长担心是对的，攘外必先安内。这共产党啊，不简单，呼啦一下，贺子其就拉了这么多人。我们的人只知道跑。"说着连连叹气，忽然紧盯着贺子群。

"你看我做什么？协生。"

"好个贺家兄弟。"

贺子群仰天打了一个哈哈：“你上鼻子上脸了。我看你是个共产党还差不多。楚家二少爷，认识那么多人。我成天跟你屁股后面，有那个心也没有那个机会。再说，我也没那个胆。”

“不是没那个胆，你是没那么傻。贺子其，从小到大，就是个傻蛋。少群，好好干，收拾了日本人，再收拾共产党，回清平墟，我们过教书育人的日子。”

二哥楚协生在一块突兀的石块上坐下来。边上有棵树，他随手扯了片叶子放在嘴里嚼，嚼得绿汁直流。那是棵橹罟树，结出的橹罟子像菠萝，所以，也叫假菠萝。橹罟叶子能包粽子，四个角，叫橹罟方粽。清平墟有家专门卖橹罟方粽的。一眼偌大的灶，烧的煤，上面搁口大锅，锅上垒着一层又一层的木蒸笼。笼里全是橹罟方粽，热气腾腾，又是糯米的芳香，又是橹罟叶子的清香，罥（音娟，意为缠绕）漫墟里墟外。

贺子群知道二哥楚协生在想什么。他咬了咬嘴唇，扭过头去看山下，层层叠叠的峰峦起伏，一条江在山谷里蜿蜒，像一条白飘带。

二哥楚协生和贺子其吵的是：要利用大哥楚孚生做水陆法会的机会，奇袭清平墟。怎么个袭法？二哥楚协生主智取：他带些队员混进做法会的僧众里，见机行事。时机成熟了，派人去烧木料场。贺子其带人在警戒线的外围，看到火起了，再冲进去。二哥楚孚生说：“这是《孙子兵法》。《火攻篇》说‘火发于内，则早应之于外；火发而其兵静者，待而勿攻……’”

“什么孙子兵法、爷爷兵法？都是土生土长的清平墟人，闭着眼睛路都熟。趁着锣响鼓响，摸进去，一阵打，小鬼子喝得云里雾里，分不清东南西北，一锅端了。冢二留给我，我要亲自宰了他，为老豆报仇。”贺子其跳起来。

贺子群插话："这样打，会不会伤及无辜？"

贺子其白了贺子群一眼："还跟小鬼子呆在清平墟的，没一个无辜的。"说完了，觉得话过了头，又说："枪弹子长点眼睛，老楚家的人不能打。"

二哥楚协生从口袋里掏出一张委任状说："少其，我也不跟你掰了。你看这个，香翰屏香司令签了名的，我们有了番号，合称一个中队，我是中队长，你是副中队长。你再这样犟，不是兄弟的事，是破坏国共合作。哪个轻？哪个重？你掂量掂量。"

贺子其向二哥楚协生抱拳作了一个揖："你厉害，楚队长。"转身恨恨地说："我还不知道你的小算盘？"

"大声点，贺子其。"二哥楚协生喝道。

贺子其瞪着二哥楚协生："老二，说句敞亮话，你是不是想救凌小蝶？我告诉你：凌小蝶可是跟楚孚生拜过堂的，是你嫂子。楚孚生不是人，你要做个人。"

秋风起，蚝肥美。楚家千几号蚝民，齐整整吃完晚饭后，近两百条船挨个出海，黑泱泱一片，煞是壮观。天色渐暮，每条船亮起灯，合澜海上遍是闪烁的星光。都赤条条的，胯里只缠一块遮羞的布条，有些人，干脆脱得精光。到白鹤滩，是采蚝区，各占各位，定好船，纷纷像鸬鹚一样哧溜哧溜扎进水中。六七点钟，鲜蚝就在香港、广州两埠上市，一个个鲜嫩得像刚从树上摘下来的荔枝。

这种忙碌每年要两三个月的时间，除非家里有急事，不回墟，吃住都在海上。偶闲的时候，就唱咸水歌，这边唱：

蛎房生海壖，相黏如山岗。

其壳锻为灰，可以墁宫墙。
其肉甘可食，羹炙随所尝。
就中最可口，烹饪法堪详。
脍肉如豆大，剪韭盈寸长。
持藷（音薯，指红薯）磨作糜，去滓淀其浆。
调和使和匀，唯蚝为之纲。
豨膏（猪油）逼而煎，轹（音利，意为敲打）釜声锵锵。
登盘漫堆砌，隔院闻鲜芳。
下酒更擅胜，一举累十觞。
厥名曰蚝煎，谈之牙齿张。

还没唱完，那边有人骂："别唱了。酸掉大牙，听我的。"说着唱起来，是带荤的：

蚝姑打蚝在船篷，
不摸蚝壳摸前胸。
摸得壳来空无肉，
蚝肉贪心钻身中。

这时候，蚝也在水下唱。它们唱得更起劲，千军万马，欢快而激昂。唱歌的是那些成熟的蚝，壳里的肉圆鼓鼓，快把壳挤破了。海里盛不下它们了，要到岸上去，肉壳分离。肉壳分离，是每只蚝最大的想愿，魂才能重回海里。这是蚝的命运。所以，每只成熟的蚝都渴望能抓住蚝民的手，要蚝民把它带出水面，洗掉身上的泥，用铁钩生生地把它的肉从壳里扯出来，到锅里去，到碗里去，到筷子上去，到牙齿上去，碎成一点点的肉末。越碎，它们的魂才越完整。蚝唱歌是想引起蚝民的注意，但蚝民听不到。我听得到。没错，这世界上，只有我能听得到。有时候，我还真不想听，那声音太嘈杂了，我使劲地捂住耳朵。但捂住了耳朵，它们的歌声还是会钻进我的耳朵。也不是钻进我的耳朵，那些声音就在我的耳朵里面。那些人听不到的声音全在我的耳朵里面。

蚝民们没日没夜忙，从白露忙到冬至。清平墟的风俗，冬至大过年。就像滚涌多时的大潮呼啦啦退了，全墟忽地闲散了。人多了起来，茅洲河里舟楫如鲫，一横两竖街巷两边店铺的货码成了山。楚家祠堂前最热闹，戏楼整葺一新，廊檐上挂了大红灯笼。要唱大戏了。连唱三天。请的是广州的名角。梨园行有句话：广州城唱红了都不算，能不能请到清平墟唱。

清平墟是个蚝镇，借了蚝这个天赐的宝物，虏获了天下人的舌头，发了财。其他地方的人，富了，奔着往贵的路上走，花钱捐个官，或者，大修书塾，摆一副耕读传家的样子。清平墟的人，至少，我老楚家的人就不这样。从我曾祖父手上起，靠蚝起了家，就没出一个足斤足两的读书人，倒是出了几个吃喝玩乐的首领、嫖赌逍遥的将军。

我祖父三个儿子。大爷爱做厨，最大的想法是出本书，叫《楚氏饪蚝百法》。近七十岁，才搜集到九十九法，剩那一法，久而不得，遂抑郁生疾。奄奄一息间，对守在床边的人说："蚝跟牦牛肉煲汤，是大补之物。我想好了，汤名就叫'豪情万丈'。我死了，煲一锅浇我的坟头上。"后人真这样做了。几年后，坟头长了棵木棉树，标标直直的杆，花朵像胭脂洇染了。

二爷好赌，在广州城百合楼赌了三天两夜，输了个精光，跳了黄埔涌。二爷最大的贡献是，挨着楚家祠堂盖了个戏楼，比照的是百合楼边上沁园春戏楼的样，只是缩小了一倍。戏楼两层，一层悬空吊脚，叫台基，半丈多高，刻画木料精砌。二层六柱立顶，柱间有大枋，大枋与悬枋之间，悬有棚券，柱头悬狮垂鱼。梁枋之间有彩绘，戏文、人物、花鸟、山水，各色不等。横楣中间打一块硕大的雕花木板，黄花梨的，四周是天官赐福的图，中间四个鎏金大字：

海不扬波

两边柱子一副联：

看我非我我看我我亦非我；
装谁像谁谁装谁谁就是谁。

这戏楼是二爷一个晚上赢来的。那晚他手气特别好，若不是对手没钱了，戏楼会盖更大点。戏楼盖好了，二爷说去广州打几天牌，顺便请杨玉泥过来唱几天，开个场。谁知道输大了，跳了江。没几天，债主找上了，人死了，债没死。要拆戏楼。三爷给了钱。三爷是我的父亲。

富可敌国的老楚家的人这样，那些小户人家，包括穷得响叮当的蚝民，都这德行，天生就贪点吃贪点玩。就拿蚝民来说吧，好点的，沿堤就岸盖个茅寮，台风一来掀了顶。不好的，一家几口住小船上，有蚝打蚝，没蚝打鱼，晚上泊在茅洲河入海的码头边，密密麻麻一溜，水都泼不进。饶是如此，晚上的排场却不能少。一个个踩着颠簸的舷边上了岸，三五成群，七八搭伙。荷包扎实点的，钻进小酒肆喝个酒，或炒或烧几盘蚝，水煮几盘濑尿虾。或者去饮个茶，桌椅虽简陋，茶却讲究，潮州功夫茶的路数，煮水、泡茶、烫杯，一样不落。一高兴，还叫几小碟盐水花生、腌制萝卜。月亮沉底了，还在喝。实在钱囊羞涩的，就大榕树下听讲个古。

唱大戏，那更是清了街空了巷。每年翻来覆去那么几幕旧戏，唱词都熟稔了，但还是欢喜去看，看新当红的旦角长什么样，挑哪句词没扬上去，嫌那水袖没耍活，念念叨叨很久，愤愤的，直到下一场大戏来。所以，外边用两句话说清平墟的人："吃壳的，看细的。"吃壳的，是说吃蚝。细，谐"戏"的音，指看戏。

但今年清平墟的人看不成大戏了，要做水陆法会。

日本人打进来了，能跑的都跑了，百业凋敝，就剩了隔三岔五的两船蚝往香港送，说不定什么时候就断了。蚝运不出去，清平墟就是个死墟。日本人最终要拿下香港，假惺惺跟英国签了协议，互不侵犯。谁信呢？连我大哥楚孚生都不信。他鼻子里哼了一下，对赵翼然说："互不侵犯，鬼信？香港是卡在喉咙里的鱼刺，不拔掉这根鱼刺，怎么顺顺当当吃？要拐那么大的弯。"

"你别乱说，孚生。"赵翼然看了一眼窗外，压低声音说。

"跟你说，我赌的就是这把。香港、新加坡，东南亚这大块，迟早的事，都要拿下的。否则，我还跳出来干什么？我躲远远的，亚洲我都不落路，直接去美国。之所以站出来，背这么大骂名，我就赌定，最迟三五年，最快一两年，这一大块，全日本人的。仗打完了，局定了，就不吃蚝了？到时候，老楚家的蚝就不只运香港、广州，想运哪运哪，五大洲四大洋。"说到激动处，大哥楚孚生站了起来，但一会，又颓然坐下了，长叹了一声说："'我本有心向明月，奈何明月照沟渠'。猪八戒照镜子，我里里外外都不是人。这家里乱的——”说着哽咽了，落了泪。

随着大哥楚孚生说话的起伏高低，赵翼然脸上阴晴圆缺，他忽抱拳说：“哟，把正事忘了。恭喜你，少佐同意了，说可以做法会。只是——”

“只是什么？”大哥楚孚生急着说。

“只是得听安排。少佐刚开始为什么不同意？他有顾虑，怕那些人趁机混了进来。考虑了几天，他说，放他们进来，关门打狗。你说这家二，读动植物的，怎么就会打仗了？”

“他们真的会来？”大哥楚孚生竖了两根指头。他这是指二哥楚协生。

“八九不离十。”

大哥楚孚生朝西边房方向望了一眼。那里躺着凌小蝶，至今仍没醒过来。

我也没醒过来。大哥楚孚生要做这法会，名义是要凌小蝶和我醒过来。我醒不醒过来，他才不在乎，我知道的。

第四章

那天晚上，三哥楚稔生从清平墟跑了出来，他要去县城找个人。一路上，他碰了潮水般东逃西窜的人。跑到固戍，听到一个熟悉的声音。是秋蝉的父亲，县税务局的一个科长。他慢慢靠拢去。秋蝉一家全在，她的母亲，还有两个弟弟。她父亲叱喝着马车夫。马车的车轱辘坏了。像别的马车一样，上面码的东西堆得山似的，因斜了一边，那山似乎随时会垮下来。也许怕耽搁时间吧，应该把东西卸下来的，也没卸，秋蝉撑着。三哥楚稔生要找的人，就是秋蝉。

月色里，秋蝉的身子弓成一把弓，她憋着劲撑着。望着那把弓，三哥楚稔生的心里像有把刀剐。他不能走上去。因为，秋蝉的父亲讨厌他，说他一身蚝臭味。秋蝉对三哥楚稔生说："我老豆说，你楚家的人，比煮蚝的锅还脏。"

鲜蚝吃到冬至，就不好吃了，做蚝豉。制蚝豉的地方叫蚝厂。我家的蚝厂在茅洲河入海的右侧，一个 20 来亩的大坪，一半空，一半棚。棚里架着 20 多口硕大的锅，熊熊的火炙烧着。20 多口锅就有 20 多条人龙忙乎，去壳、洗净、沥水，然后筐盛了倒锅里。蚝在锅里煎熬，翻滚，腾挪，不久，流出黄澄澄的油。蚝由白煮至黄时，就熟了，又一条龙捞起，晾晒，烘焙。蚝豉就成了。蚝鼓谐音好事，粤港的人，逢年过节必备。人家吃蚝豉，喻好事，但每一筷子都是往老楚家送钱。初来乍到的人，一挨着蚝厂的边，都掩着鼻子还作呕，吐得肠子肚子都出来，但老楚家的人，尤其是我父亲，一闻到这个味，就使劲地吸着鼻子，一口一口吞。秋蝉父亲说的蚝锅，因长年累月煮蚝，积着厚厚的分不清颜色的污垢，说多脏有多脏。清平墟的蚝民编排了“四脏”的顺口溜：

李小玉的×，
屎沤的板。
楚易的良心，
煮蚝的镬（音贺，意为大锅）。

我二爷从广州引进来的流莺舫，每条船上一个女人。最多的时候，有四十多条船。船缆系在岸上，蚝民们踩着舷边上船，揭了帘进去，不一会，船像遭了台风一样晃荡来晃荡去。最有名的是李小玉。

至于屎沤，清平墟的本地话，厕所。屎沤板就是厕所踩脚的踏板，你说脏不脏？楚易的良心，不用说了，编排骂我父亲的话。镬，也是本地话，锅。

车轱辘修好了，秋蝉极不情愿地放下手，冷冷地看着父母上了车，愣在那里。母亲催了她一次，她还愣在那里。三哥楚稔生想冲出去，但还是不敢。这时，她父亲过来拽她的手。她甩开父亲的手：“我不走了。”母亲哇的一声哭起来：“上车吧，日本人要来了。”

“我跟他们拼了。”说着，秋蝉做了一个谁也没想到的动作，她撒腿跑了。三哥楚稔生豹子一样纵过去，抓住秋蝉的手。秋蝉以为是父亲，尖叫着挣扎。三哥楚稔生低声说："是我。"秋蝉不动了，斜仄仄地躺在三哥楚稔生的怀里。

秋蝉的父亲大喊大叫，越走越近。三哥楚稔生横扛了秋蝉撒开腿跑。上了三哥楚稔生的肩膀，秋蝉安静得像条小黄鱼。第一次，她跟心爱的人挨得这么近挨得这么紧，身子像叶子一样耷拉，心里却像花一样开放。到了一个坎上，三哥楚稔生一脚踩空了，两个人悬空摔下去，向下滚。秋蝉吓得大叫，三哥楚稔生用嘴封住秋蝉的嘴。石块、泥土、树枝、荆棘，呼啦啦从他们身上划过，划破他们的皮，硌伤他们的肉，一点也不觉得疼痛，仿佛在天堂里飞，穿着霓裳羽衣。

落到一片厚厚稠稠的芦苇丛中，芦苇的尽头，是半睡半醒的海。睡不着觉的波浪，隔不闲地拍打着岸礁，发出野兽的吟哦。三哥楚稔生睁开眼睛，看到天上带枷的月亮，一轮毛毛的上弦月；又看到蜷缩在他怀里的秋蝉，她正睁着眼睛看着他，树枝、荆棘把她的衣裳扯了个七七八八，月色照着她几乎裸裎的身子。

波浪醒过来了。黑夜里，远远地，两片波浪簇拥着过来。先是嬉戏的样子，你撩着我，我撩着你，静寂的，憋着劲往前走。越过一处暗礁，那礁给了更大的力气，波峰陡地竖立起来，卷起长长的舌头，你咬噬着我，我咬噬着你，两片连成一片，开始小小的激荡，唱起了歌，欢快的歌。小小的激荡变成大激荡，翻滚着，你蜷缠着我，我蜷缠着你，一峰又一峰向前冲。歌声也越来越大，几乎嘶喊了，拼了命嘶喊。终于撞到岸礁，高举万千的力量，要粉碎岸礁，冲到陆岸上去，你托举着我，我托举着你。歌声哑喑了下去，天地肃寂。冲不上岸礁了，裹拧成一大股向上冲击，再冲击，半空里好像有只大榔头猛地击了一下，无法再冲，向下掉，那一大股散成千条万线，零零整整地堕下来，击落在岸礁上。

曦明里，秋蝉问三哥楚稔生：

“我们去哪里？”

“县城。”

“一座空城了。”

“上羊台山。听说，山上有游击队。”

“我才不想做土匪婆。”

“那去哪里？”

“去香港。”

“我跟老楚家一刀两断了。今天起，我死也要跟你死一起。”

凤岩庙坐落在凤凰山飞云岭的豁口上，背靠顶鳌峰，前眺龙穴洲，是一座古庙，说是南宋文天祥的侄孙文应麟修建的，建于元朝大德年间。

金兵南犯，文天祥起兵勤王，终不敌，被俘于海丰五岭坡。他的弟弟文璧知惠州，却举城降了元。后来，文璧的孙子文应麟辗转到了零丁洋畔，在归德盐场做个小头目。清康熙《新安（后改成宝安）县志》有载明朝时归德盐场的盛况：

> 原额人户一千四百五十二户，人丁三千八百三十三丁，共有征无征，大引折小引，丁税熟盐八千四百一十八引零八斤一十三两。

新安县专设归德盐场盐课司，官署所在地就是清平墟的前身。清顺治十八年（1661）三月，为防沿海接应郑成功复明，朝廷坚壁清野，强迁盐民，熙攘千年的清平墟成了一座废墟，秋风离黍，衰草连横。乾隆五十四年（1789），奉行改埠归纲，盐田全部改为稻田，允许耕种，这里又成了墟市。刚开始稀稀落落的，不久，就热闹了。因为，合澜海有蚝。合澜海在清平墟的外面，是珠江口的一个入海处。

合澜海原来就有蚝的，只是不多，不是主产区。主产区在东莞麻涌一带，人称靖康蚝。蚝欢喜咸淡水交汇的地方。大约从明朝开始吧，珠江流量加大，海潮没法涨到东莞的麻涌，往东移到宝安的归德。合澜海处于咸淡水交汇，适合蚝生长，清平墟成了最大的蚝市。清平蚝取代靖康蚝，历经两三百年，蔚为壮观。当代辞赋家易不问有《清平墟赋》说其时的盛景：

> …………
>
> 东西旁贯，来去如流。有横街相佐，十字充周。石道净白无泥，想车马摩肩其上；坊店张陈如栉，收货资备位而尤。列鲛宫之玑贝，集玉府之珍馐。何曾甲子频更，自有商旅不绝；旋见星灯如昼，且从画舫独游。
>
> 所兴者何，有活水出山，沙洲积陆。建置码头，日散万钧之财；趁课货殖，自被千石之禄。盈乎稻米蚕桑之食，取之鱼盐蜃蛤之目。立当铺之名曰广安，造永兴之桥升促速。糖厂萌，粮仓蓄。好趁海风渡口，聊以钓鳌；相望异代盛时，谁与逐鹿。

因不满盐场的官吏欺负盐民，文应麟愤而辞职，举家避居凤凰山下的岭下村，成了宝安文氏的始祖。他在半山腰筑了一个庙，历明清两朝，几度修葺。有个说法，名义上是庙，其实是文应麟抗元的据点，他借此招募草莽义士，人多的时候，有百几十人之多，躲在崖丛树林深处练剑布阵。顶鳌峰山脊上有块中间裂开的巨石，叫练剑石，传说就是文应麟一剑刺开的。

这天黄昏，像往常一样，凤岩庙传来三声鼓响。晚课时间到了。宣德炉中的三炷香快燃到炉口，但孜然方丈还是没来。这只炉是凤岩庙的宝，呈茄皮色，真正明朝宣德三年（1428）出的品，方唇口，扁鼓腹，口沿上是麒麟形的耳，炉口和炉腹鎏金，锲刻着祥云四涌的图案。苦鲛是孜然的侍者。都监铁根朝苦鲛努了努嘴。苦鲛会意，提了僧袍的后摆，急步溜溜地出去了。

孜然是有来历的。据说他是香山县的人，谙武，早年留学日本，加入同盟会，做孙中山的保镖。孙中山、黄兴等人在槟榔屿开会，议定广州起事。会后孙中山叫孜然做了黄兴的保镖。黄兴率敢死队攻打两广总督府，寡不敌众而败。黄兴和孜然都受了重伤，坐船到香港。半路遇了台风，为减轻船的重量，孜然跳了海。谁知道命大，被浪打到岸边。后来削发做了和尚，云游四处，最后在凤岩庙落了脚。

很多年，孜然就躲在凤凰山里，白饭绿齑，布袍藤杖，至于山脚下的潮去汐来，战事纷扰，他一概不理，在化鳌精舍里一人独诵，雷打不动。诵的经也是雷打不动，是《地藏菩萨本愿经》：

> 慈因积善，誓救众生。手中金锡，振开地狱之门；掌上明珠，光摄大千世界。智慧音里，吉祥云里，为阎浮提苦众生，作大证明功德主。大悲大愿，大圣大慈，本尊地藏菩萨摩诃萨。

孜然的禅房离大殿约有四五十丈远，也跟僧众起居的厢房隔着，正在顶鳌峰那个鳌的颌下的软凹处，一舍俨然。传说，这是当年文应麟山上的别舍，取名探鳌精舍，篱门锲凿了副楹联：

一挂云帆济沧海；
千钧刃剑斩黑鳌。

孜然做了方丈后，把探鳌精舍易名为化鳌精舍，楹联也改了：

一挂祥帆济慈海；
万声佛号感凶鳌。

苦鲛迈上精舍的台阶，走几步就到篱门，站定了，觉得后脖处一阵凉，刚要张嘴喊，一双大手卡住他的脖子，想喊也喊不出来，一支驳壳枪顶住他的脑顶门。

第五章

大哥楚孚生住在东厢房。东厢房前面有个大园子。他自己命的名，叫蝶园，因为凌小蝶的名字里有个蝶字。园子里花木扶疏，沿着一条铺满蚝壳的甬道，尽头是一块硕大的大理石屏，屏上锲刻着一幅《海市缥缈图》，上有字，是陈琏的一首诗。前面四句：

弥漫合澜海，南与沧溟通。
蜃气起蛟室，珠光出龙宫。

屏的四周是松竹梅兰。越过屏，是窄窄的一扇门，两边是雕着花鸟鱼虫的窗棂，门楣上方一块檀香木的匾，四角是祥兽，中间是祥云，匾上四个字：紫气东来。门两边立着两个青花的觚，一边斜插着几枝梅，茎干如虬龙，不是梅开的季节，梅枝上吊着疏朗的几片叶；另一边是玉竹，竿和叶子都绿得发黑。门悬着纱罗的帘，掀帘进，是另一番天地，低床矮案，枯山瘦水，日本风格。

大哥楚孚生掀帘进了房，一身的酒气。刚由冢二作陪，到县城请日兵大佐禾田吃了个晚饭。菜是全蚝宴，原汁炆生蚝、泉水灼生蚝、酥炸鲜蚝、日禾酱烧顶蚝、香煎金蚝、姜葱生炒生蚝、生煎蚝饼、烧汁焗金蚝、蒜子火腩金蚝煲、陈皮金蚝卷。厨子是楚家带过去的。酒喝的是清酒。禾田答应了，他愿帮大哥楚孚生牵线，把清平墟的蚝介绍给日本一家大水产公司的老板。禾田拍着大哥楚孚生的肩膀说："清平墟，好地方，有蚝吃，有戏看。"

大哥楚孚生是哼着曲子进的房：

> 记得青楼邂逅个晚中秋夜，
> 我共你并肩携手拜月婵娟。
> 我亦记不尽许多情与意，
> 真正缠绵相爱又复相怜。

一边唱，一边打着饱嗝。嗝一上来，把本来压住了的酒嗝引上来了，噗的一声冲到嘴里，想摁也摁不住，一道水柱喷在地板上，人也打了一个大趔趄，几乎把那四扇屏风撞倒。

佣仆听到响声进来，见状大喊。几个人进来了，手忙脚乱地扶起大哥楚孚生，又是洗又是抹。大哥楚孚生这会来了劲，只见他尖着嗓子啸吼一声，取了悬在墙上木栅格中的刀下来。是把东洋砍刀，家二送给他的另一个礼物。他哧溜一声抽出刀，横举着在胸前东晃荡一下西晃荡一下，瞪着眼睛大喊："滚出去！全给我滚出去！"

大哥楚孚生哈哈大笑，胡乱地舞了一阵刀后，启亮天花板上纸糊木格的灯。灯光像夕阳一样照下来，照在床上，像铺了一层金，照得熟睡的凌小蝶脸上和覆在她身上的绫罗被像铺了一层金。熟睡的凌小蝶像个婴儿，气息均匀地呼吸着，一切无异状，但就是不醒。大哥楚孚生捧着凌小蝶的脸，哀哀地叫了声："小蝶……”然后举起刀，咬牙骂道：“楚协生，你撞我刀口上，我可管不得兄弟不兄弟的。”

像拎小鸡一样，贺子其把苦鲛拎到孜然的房里。睁开眼，松油灯下，苦鲛才看见好些不认识的人。孜然坐在禅床上，双目紧闭。苦鲛叫了声：“师……”

“父”字未出口，贺子其卡住苦鲛的下颌，硬是把那个字卡在嘴里，没蹦出来。苦鲛咬着了舌头，血从齿缝间流出来。孜然眼睛仍未睁开。贺子其踢了苦鲛一下，又用枪顶着苦鲛的脑袋，对二哥楚协生说：“先毙了这个衰仔。”

说着，真的咔咔嚓嚓撬了扳机。苦鲛像条待剖的鲛鱼，摇头摆尾。孜然的眉毛跳动了一下。

二哥楚协生看见孜然的眉毛跳了。他本来也坐在禅床上，这会站起来，抢住贺子其的胳膊。贺子其回头鼓着眼睛瞪着二哥楚协生说：“你别落雨担遮，顾前顾后。”

“你个烂头蟀。”二哥楚协生白了贺子其一眼，回过身朝孜然作了一个揖，“师父，求你了，赶跑鬼子，人间清净，佛门也清净。”

孜然睁开了眼睛。

几天前，凤岩庙的和尚把楚家大院布置好了。七彩的幡旗飘飘，到处挂了画像，红的绿的，一个个面目狰狞。共七个坛：一个内坛，六个外坛。

内坛的正中间挂的是毗卢遮那佛、释迦牟尼佛、阿弥陀佛的画像。画像前一张大台，台上摆置了香花、灯烛、果品。这叫供桌。沿供桌两侧又摆四张小台，连起来像个凹字。小台上摆了铜磬、斗鼓、铙钹、手铃、仪轨等。四张小台四个人用，主法、正表、副表、斋主。两边高悬水陆画，分上下两堂，上堂十幅，诸佛、尊法、诸菩萨僧等。下堂也十幅，十方法界、四空四禅、六欲天、天曹圣众、五岳四渎福德诸神等。

六个外坛在外头远近排列，是大坛、法华坛、净土坛、诸经坛、楞严坛、华严坛。

和尚傍晚进的场，二十四个，一个个穿得簇新簇新。都监铁根是主法，和另三个正表、副表、斋主着绯色的袈裟，其他着缦衣和海青。大哥楚孚生和一众楚家的亲朋戚友则一律着海青。冢二和几个日本军官也在人群中，笔挺的军装，擦得锃亮的马靴。冢二腰间挂了把带鞘的刀。这刀的名字叫平面碎段复体暗光花纹刀，刀面上雕有阴阳图文。阴图是两朵菊花。阳文两个字：上合。刀一雄一雌两把。雌的那把送给了大哥楚孚生。

三更整，静得像猫一样的清平墟让鞭炮吵得跳了起来。法会开始。磬声、鼓声、钹声、铃声、螺号声像被揭了盖的蒸笼腾腾地冒出气来，濡漫一片。铁根朗声宣号："皈命三宝，恭请诸佛降临护持道场。"咪咪哰哰的诵经声中，僧众领着楚家男女转圈圈，一遍又一遍，烧香敬酒，如是两个时辰。直到五更，结界洒净结束，才发符悬幡。

脖子上尚有青一块紫一块伤痕的苦鲛扮了使者，他的缦衣和海青有点大，裹着他瘦瘦的身子，不搭配，但他脸色庄凝，像个老手。只见他手持符牒、疏文，往天、地、空、冥四个方位昭请神灵，念词一句不落，又快又清脆，裂帛似的。铁根默默地点了点头。大哥楚孚生也向苦鲛投去赞赏的目光。

苦鲛念罢，开始升扬宝幡。一阵轰天的鞭炮响铳后，将一面早已做好的七彩幡旗竖立在大门口，连着两边的两条彩带在风中腾舞。幡旗正面，从上到下一行大篆：启建十方法界四圣六凡水陆普度大斋胜会功德宝幡。反面一个斗大的“楚”字，底部一行字：宝安邑清平墟秉德堂。

二哥楚协生和他的人夹在僧众里边，一点破绽也没有。来之前的好几天，二哥楚协生用荩草、栀子、姜金和槐米熬成的汤洗脸洗澡，将一身白皙的细皮嫩肉染得蜡黄了。还贴了胡子，一大部络腮胡子。也不知他哪里学来的化妆术。

水陆法会一共八天七夜。二哥楚协生早计划好，第三天夜里才动手。前一两天，都明醒着，戒备森严，难成事。时间长了，就松懈了。

第二天夜里是奉请上堂，恭请菩萨、缘觉、声闻、明王、婆罗门仙、梵王帝释、历代祖师、一切尊神等降临坛场，备斋筵、香花、灯、食衣、珍宝、法等，这叫六尘妙供。又是没完没了的诵经，没完没了的点烛烧香，没完没了的磕头作揖，没完没了的转圈圈。两个晚上下来，很多人撑不住了。

和尚都这样，别人更不用说了。最先耐不住的是大哥楚孚生，哈欠连天，隔半个时辰就要跑内堂去吸口鸦片，养好神再出来。倒是冢二精神足得很，笔挺地坐在那里。六尘妙供的灯要上二七一十四盏，每上一盏，依着瓢样画葫芦来一次，天大的耐性也会画疲。十二盏灯的时候，冢二站起来，对身边的赵翼然说：“这样能治好凌小蝶的病，你信不？”

赵翼然说：“少佐信我就信。”

三哥楚稔生和秋蝉偷偷地跑到罗湖关卡边，那边传来喊叫声。因为持了假证件，一个中年男人被两个日兵截住。一个兵抓住中年男人的头发往地上拽，另一个兵举起枪托砸过去，砸在后脑勺上，血喷了出来。中年男人倒下了。两条狼狗飞蹿过来。

“狗咬人好看吗?”背后响起一个声音。

这一回，连三哥楚稔生都吓坏了。是一个瘦得只剩了骨头、黑得像焦炭的男人，看不出年纪，三十多，或者四十多，也可能五十多。

“我带你们去香港。”原来是个蛇头，他嘿地笑了一下说，“我的外号叫——”

“烂眼。”三哥楚稔生飞快地说。烂眼和秋蝉都笑了。

烂眼搓了搓手指：“笑归笑，这个不能少的。”

“啐，看扁了人吧?”三哥楚稔生拍了拍口袋。

烂眼笑嘻嘻的：“一看就是有钱人。”

烂眼从树丛里找出了一个藏好的包袱。解开，里面是一大袋煮熟的番薯，还有一把弯月一样的柴刀。他把番薯一分三份，一人一份，又用柴刀斫了两根一掌盈握的杂木，砍肩削尾地做了手杖，递过来：

“碰了小鬼子就打小鬼子，碰了蛇就打蛇。”

第六章

我变成了一只蚝。

也许是我做梦变成了一只蚝，也许是我真的变成了一只蚝，我也不知道为什么，反正，我就变成了一只蚝。我欢喜变成了一只蚝。

蚝是不能游动的。但我能游。我披着两只坚硬的外壳，像两副铠甲。茅洲河里的鱼真多，各种各样的鱼，成群结队，几乎要把河道塞满。日本人来了，除了楚家的几条船，其他的渔船都收走了。没人捕鱼了。我绕开鱼群，但它们还是注意到了我。

“哇，那是什么？”一只小鲳鱼叫着。

一大群鲳鱼拦在我的前面，鼓着眼睛看着我。它们簇在一起，拦住我的去路。忽然向两边分开，一只大鲳鱼游了过来。它的眼睛凸凸的，像戴了副厚厚的眼镜。

“原来是只蚝。一只能游水的蚝。”它笑起来。其他的鲳鱼也跟着笑起来。水都笑得起了波浪。它凝住了笑，紧盯着我：

“奇怪，你没有脚，又没有鳍，你到底怎么游的？”

我不想多说话。一说话，水就会灌进我的嘴里。我游了几尺远，又翻了一个筋斗。大鲳鱼赞叹说：“你游得真好，比我们还游得好。你从哪里来的？”

“岸上。”我飞快地说，赶紧闭了嘴巴。

所有的鲳鱼齐声喊道：“岸上？”

我晃动一下身子，当作说“是的”。

大鲳鱼游近了我，很害怕的样子：“岸上到底发生了什么？”

“来鬼子了，日本鬼子，不让打鱼了。他们杀人，杀了很多人。”

一口气说完，我要晕厥过去了。鲳鱼群像炸了锅，叽叽喳喳。大鲳鱼的眼睛眨了几下，流出泪水，它的泪水是黑色的：“天啊，六百多年前的灾难又要重来了。”

“六百多年前发生了什么？”几条鲳鱼问。

大鲳鱼说：“六百多年前，岸上来了鬼——不，鞑子。他们也杀人，逢人就杀。死尸扔到海里，给我们鱼吃。这是祖祖辈辈流传下来的故事。刚开始，鱼不敢吃。后来，吃出味道来了，抢着吃——”

“人肉是什么味道？”那条小鲳鱼插话说。

“又酸又甜。”

小鲳鱼大叫道：“哇！原来我们那天吃的就是人肉——”

大鲳鱼鼓了小鲳鱼一眼。小鲳鱼闭嘴了。大鲳鱼接着说：“最后一次，十万多人的死尸沉到海里。鱼吃了，灾难来了。人什么都吃，他们是世界上最脏最毒的。吃了人后，很多鱼死了。得了一种怪病，爱争爱斗，对内这样，对外也这样。我们把这叫做人病。很多年后，这片海的鱼死绝了。只有蚝没事，因为，它们很挑剔的，只喝点水，咸水一半淡水一半。哟，这个蚝兄弟怎么只喝淡水呢？”

我拼了最后一点力气说：“你们拦住我了。”

“赶快给蚝兄弟让路。”大鲳鱼大声说，“孩子们，逃吧，能逃多远逃多远。”

从罗湖到惠州沙鱼涌，三哥楚稔生他们走了一天一夜，沿着海，翻山越岭。几个能出海的地方全让日兵占住了，设了哨卡，只能挑沙鱼涌下海。这是烂眼他们千挑万挑才挑中的地方。烂眼像个猱猿一样在羊肠似的小道上蹦跳，他不时地回头催三哥楚稔生和秋蝉：

“快点。鬼子过来了，一个抓了做苦力，一个抓了做花姑娘。”

梧桐山顶，秋蝉走不动了。烂眼又在催。三哥楚稔生的牛脾气上来了：“你催命鬼呀。鬼子来了怎么啦？跟他们拼了，一命抵一命。”

烂眼白了三哥楚稔生一眼，正要说什么，秋蝉哎呀哎呀大叫起来，一条锄头把大的蛇从她的身边溜了过去。烂眼的脸放了光，飞了过去，抓住蛇头。蛇像条布袋子缠在他的手腕上。烂眼的口水出来了：“我说食指怎么动呢。”

只见他手一抖，蛇蓦地从他手腕甩了出去，悬在半空。他将蛇头卡在小树的枝杈里，用柴刀在蛇头后开了一个口，一拉，整张皮翻卷过来。他只翻了一半，停住看着秋蝉。剥了一半皮的蛇剧烈地打着晃。秋蝉躲在三哥楚稔生的怀里，呜呜地哭。烂眼走过来，把柴刀递给秋蝉：“还说什么都不怕？碰了鬼子怎么办？他们连人的皮都敢剥。来，把剩下的皮剥了，再剖开，斩成几块。我去捡柴。”

三哥楚稔生站起来：“我来。”

“就让她来。”烂眼厉声说，“不练好胆，死路一条。我眼睁睁地看着鬼子杀了我的儿子，6 岁大的儿子。我儿子坐在地上，日兵一刺刀从天灵盖刺了进去，刀从脖子下出来，刺刀尖上滴着血。我儿子只哭了半声，只哭了半声就死了——”烂眼咧着嘴，嘴唇抖颤着：“怕有个屁用？还得活。”

秋蝉站了起来。她紧咬着牙，甩了一下头发，目光像镀了一层金似的。她接过烂眼手中的柴刀，走近那条仍在晃动的蛇。她捏住半奄拉着的蛇皮，嘶的一声，全拉下来了。乱晃着的蛇躯干扫在她的脸上，一股腻白淡红又腥膻的黏液涂满她的唇颊。她伸出舌头舔干净唇上的黏液，用柴刀剖开蛇腹，将里面瓜瓜藤藤的全拉扯下来。又挥起刀，一截、两截、三截、四截，每斩一截就交到三哥楚稔生的手里：“稔生，我什么都不怕了。”

“我也什么都不怕了。”

经此一役，三个人的距离拉近了，就着香喷喷的烤蛇肉，吃着番薯，又说又笑。烂眼忽然说：“你们记得我刚才说的那句话吗？”

“‘我儿子只哭了半声，只哭了半声就死了——’”三哥楚稔生学着烂眼的腔调。说完，他就后悔了，连忙说：“烂眼哥，我不是故意的。”

烂眼狠狠地将蛇骨头扔到很远的地方：“我问的不是这句。”

“怕有个屁用？还得活。”秋蝉大声说。

烂眼看了秋蝉一眼：“对，就这句。”

秋蝉迎着烂眼的眼睛：“你这句话像打雷一样打着我了。”

“这句话不是我说的。是岸村哥说的。”

“岸村哥？”秋蝉急着说。

烂眼把举到嘴边的番薯收回来了：“你认识岸村哥？”

三哥楚稔生说：“秋蝉是黎岸村的表妹，我们就是去找他的。”

烂眼哈哈大笑："大水冲了龙王庙。昨天晚上，我刚把岸村哥送到九龙。"又压低了声音，用手做了一个开枪的动作说："去取枪。"

三哥楚稔生捣了烂眼一拳："鬼鬼祟祟的，没人听见的。"

"习惯了。"烂眼笑了一下说，"你们真走狗屎运了。想找岸村哥，一下就找到了。不是碰得巧，哪里找得到他？他来无影去无踪。"

"你是游击队的？"秋蝉问。

烂眼挺了挺胸脯，又马上耷下了："我跑腿的。"忽然盯着三哥楚稔生的脸："见了你，我就觉得你有点眼熟。你跟清平墟楚家什么关系？"

"我是楚易的三儿子楚稔生。"

烂眼嚯嚯地笑："竹林里栽柏树，亲上加亲。我就说，原来是三少爷。我说怎么跟楚老爷一个模子？五年前，我在你家蚝厂做事。那时候，你还半大的孩子。那次，蚝炸熟了，楚老爷要扣一个月的工钱，我们不干，罢工。那就是我带的头。楚老爷一生气，把我开除了。我说啊，你家老爷子般般好，就是人心吊吊高于天，越是钱多越爱钱。"

三哥楚稔生变了脸色。

烂眼连忙说："翻老皇历干什么？国共都合作了，一致对外，这是头宗的事。三少爷，别噘着嘴，刀剑之仇，今天也一笔勾销。走，这就去找岸村哥。只要是打鬼子的，我的头都愿意卸下来给他当凳子坐。"

最后这句话逗得秋蝉咯咯地笑。

这么多天，秋蝉第一次这样笑。她笑起来很好看，露着左边的一颗小虎牙。颊上两个涡，像新剥开的荔枝。

三哥楚稔生看了一眼，心头一阵翻动。他走到一块突兀的石头上，下边是幽深的悬崖，风掠过树梢。远处是海。火烧云烧得海天处像个脓包疮口。海面上浮着一层奶白色的雾。雾越来越浓。一艘船开过来，斩波劈浪。这是日军的武装船，外号叫大眼鸡，在大鹏湾巡逻。甲板上的日兵小得像蚂蚁，凶残的蚂蚁。

我第一次来到海底，合澜海的海底。

合澜海的海底跟我想象的不一样。在我的想象里，海底该像一个蓝色的瓶子，斑斓畅亮，有随波漂荡的藻叶，藻叶间有游动的鱼。合澜海的海底是黑色的，死沉沉的黑色，一眼望不到边的黑色。越游我越感到害怕，就像小时候，我一个人跑到幽暗的楚家祠堂里的感觉。祠堂的神龛里摆着我楚家列祖列宗的灵牌，看一眼就凉飕飕的。但我还是经常一个人跑去祠堂。看那些红红的灵牌，盼望从灵牌里走出我的长须长袍的先人。我是个哑巴，没人搭理我。不过，就算不是哑巴，也没人搭理我。母亲死了，除了父亲，别人都把我当大门口的石狮子。而父亲总是这事那事。我只能一个人。要么去落霞洲哭，要么到祠堂里怕。哭和怕是我童年的两个好朋友。我享受着哭和怕。尤其是怕，那种浑身凉飕飕的感觉，很好玩。

眼前的情景惊得我的肉体快从壳里蹦出来。这是一个蚝的世界。粗看过去，像一个巨大的宫殿，密密麻麻的柱子支撑着，一眼望不到边。走近看，才知道那不是柱子，而是一个挨一个的蚝簇拥在一起。中间是瓦砾或者竹竿。很远，我就听到蚝的声音，各种各样的声音。像什么呢？像清平墟赶集时的市声，吆喝的声音、说话的声音、笑的声音、哭的声音、驴叫马叫的声音、车轱镳的声音。所有的声音，汇成一股潮，像荡秋千，飘过来，又飘过去。

“俊生，俊生。”我听到有只蚝在叫我，声音很大。

我循声望去。在离我最近的柱子上，一只很大的蚝在叫我，它在柱子的最上面。我不认识它。

“俊生，你认不出我了。我叫小黑。你肯定忘了这回事。两年前，我被采蚝的人采上了岸，他们嫌我又瘦又小，随手扔下我。躺在路上，我又饥又饿，快要死了。你看见了我，把我扔回了海里。”

“哦。”我说。

我一点印象也没有。这么多年，我经常做这样的事，根本不叫事。

“感谢你，俊生。好啦，不说这个事了。你怎么变成这个样子了？”

“我也不知道。”

小黑沉凝了好一会，长长地吁了一口气说：“看来，真麻烦了。”

我问：“什么真麻烦了？”

“你没看到吗？这么多蚝，一层压一层，海都填满了。蚝就是让人吃的。让人吃了，魂灵才能再生。人不吃，就永远死了。这几年，人到底怎么了？他们难道不欢喜吃蚝了？俊生，你从岸上来的，告诉我，发生了什么？”

“日本鬼子来了，他们驱赶蚝民，还杀人。蚝民越来越少了。”

它大叫道：“天啊，这可怎么办？我就知道要出大事的。蚝母啊，你到底去哪里了？”

“蚝母?”我云里雾里。

小黑示意我到它跟前。我游了过去。它压低声音说:“蚝母失踪了，不知道去了哪里，也不知道是死是活。全乱套了。俊生，你能游的，你到处找找看，看能不能找到蚝母，叫她回来。”

突然，海水剧烈地动起来，几只巨大的螺旋桨铺天盖地搅过来，把一排排蚝柱子击得零零碎碎。我游到海面上，看见两条日军的舰艇，比房子还大的舰艇，矗着烟囱似的大炮。

水陆法会做到第三天夜里了。是奉表告赦。请神通自在、威德难量两个梵释使者，带两封赦书、一道赦牒，上天下地陈情，让受苦受难的六道群灵得赦。

告赦在五更天。告赦开始前的一个时辰，僧众要兵分两路。一路忙着把纸人纸马搬到内坛，挪搬供桌。供桌上供六菜，大三牲小三牲，大三牲是猪、牛、羊，小三牲是鸡、鸭、鱼。

清平墟不讲究大三牲而讲究小三牲。鸡是乌石岩浪心村的一年子鸡公，要冠子还没竖正的，斜斜地偏一边，走路一耷一耷;鸭要塘尾邓家的雄麝鸭，头大颈短，喙有点黄，羽毛杂彩;鱼要福永的鲚鱼。

另一路僧众进内院，念经驱祟。先进的东边，即我躺的那里。大哥楚孚生没进去。床被挪到房中间，四边不靠墙。我像个死人躺在床上。和尚们围着我慢慢转圈，双手合什念经文。有个和尚左手端着一碗水，水上面浮着纸钱，右手执了一根带叶的桃树枝，走三步就用桃树枝蘸了碗里的水洒在我身上。

洒水的和尚是我的二哥楚协生。从头到尾，他看都没看我一眼，他微眯着眼睛，用眼角的余光打量着房间里的摆设。他在这个房间里住过很多年，包括去读大学，寒暑假都回来住。房间里留着他成长的气息和记忆。

二哥楚协生瞅了一个空，躲到了我的床下。别人出去了，他爬窗出去，溜到灶房，点燃了柴草。香蕉林那边枪响了。贺子其杀过来了。

第七章

船慢下来，靠了岸。烂眼嘬唇吹了口哨，一长两短，回过头来对三哥楚稔生说：“到了。”

“秋蝉，香港到了。”三哥楚稔生摇着秋蝉。

岸边的灌木丛里传出一长两短的口哨。秋蝉醒了，张了嘴吐，但什么也没得吐了。

烂眼说：“哟，来了。小吴，搀秋蝉下去。”

一个黑影上了船。是烂眼叫的小吴。二十来岁黑干精瘦的年轻人，上衣敞开，下襟扎成一团绾在腰上。小吴嗯了一声，过去搀秋蝉。秋蝉摆了摆手：“我自己来。”扑腾一声跳下去。跳进齐膝深的海水里。一个浪打来，舌头似的卷了她，裹在水里。秋蝉手脚乱抓。三哥楚稔生跳下去。船晃荡着，他也跌在水里。两人手脚乱抓乱踢，吃了很多海水，呛得没鼻子没眼。小吴一抬腿跳了下去，一手拎了一个，把三哥楚稔生和秋蝉拎上岸，扔到沙地上。

第二天，三哥楚稔生醒了，他顺势一搂，搂了个空，大声叫：“秋蝉，秋蝉。”

秋蝉在外边应着。三哥楚稔生走了出去。回头看，原来昨晚住在森林深处的排寮里。几处房间里都有人语。寮前一块不大的空地。边上有棵高大的合欢树，合欢树边上有两株碧翠的芭蕉树。秋蝉站在芭蕉树下。她穿着件红衣服，不知从哪里来的红衣服，绿的芭蕉衬着她的红衣服像一盆燃烧的火。

小吴提着两个橹罟方粽过来。他腰里挂着把驳壳枪。三哥楚稔生盯着驳壳枪，伸了手要去摸。小吴侧身躲开，把橹罟方粽递给三哥楚稔生："这是短枪队的驻地。来，边吃边走，岸村哥等着呢，他在试枪。"

短枪队的驻地掩藏在山林的半山腰，山上是森林，林荫蔽日。林荫裸露处，是巨卵似的大石头，乌黑如兽。这地方叫岩岩。岩是因境而造的一个字，音同"确"，山多大石的意思。岩岩唯一跟外边连接的，是一条时断时续的鸡肠子似的小径。小径的断处是海。径与海的连接处，是两座近峙的大礁石，像两扇门，就命名为岩岩门。岩岩背后是座大山，层峦叠岭，是原始森林。大山的那面，是启德机场。

从排寮的左侧斜上五百米左右，是道山脊。山脊的那一侧是个幽远的山坳。小吴带了三哥楚稔生和秋蝉刚走上去，箭竹下蹿出一个人，直愣愣地看着三哥楚稔生和秋蝉。小吴说："岸村哥表妹，秋蝉。秋蝉的同学，楚——"

"楚稔生。"三哥楚稔生咽下嘴里的橹罟方粽说。

小吴一边给那人点烟一边说："这是老江。怎么没听见响？"

老江喷了一口烟，把掉到胯子上的驳壳枪往后挪了一下，凑前身子，压低声音说："发大火了，这批货不行。"

小吴脸变了色，吸了半口烟，不吸了，空出了嘴："丢。"

老江扫了秋蝉一眼，最后扫到三哥楚稔生脸上："姓楚，清平墟的？"

三哥楚稔生点了点头，正要说话，老江厉声说："楚稔生，楚孚生，你是楚孚生的弟弟？汉奸。姓楚的没一个好东西。”

“妈妈的，怎么说话的？”三哥楚稔生像豹子一样冲了上去，撬起老江的双腿，一拱，把老江摔在地上。然后骑了上去，摘了老江的枪，黑洞洞的枪口顶在老江的额头上。手按着扳机，咔嚓咔嚓地响了三声。但枪没响。小吴和秋蝉吓蒙了。

“傻蛋，没开保险。”一个声音说。

小吴喊：“岸村哥。”

黎岸村站在秋蝉的身后。秋蝉哭了，扑了上去，夺掉三哥楚稔生手里的枪。黎岸村从秋蝉手里拿了枪，那枪在他右手里转了一个圈，只见他伸直了手臂，举了枪。枪响了。树梢上一只翠绿的鸟掉了下来。小吴赞道：“岸村哥，好枪法。”

黎岸村瞥了秋蝉一眼：“秋蝉，怎么找了这么个枪都不会打的傻蛋？”

秋蝉捣了三哥楚稔生一拳，拉着他到了黎岸村身边：“快点对岸村哥说对不起。江哥不该说那个话。他最恨这个了，楚孚生是楚孚生，他是他。”

黎岸村叫了老江一声。老江过来。黎岸村把三哥楚稔生和老江的手放一起：“不打不相识。”然后拍了拍三哥楚稔生的肩膀说：“秋蝉说得好，楚孚生是楚孚生，你是你。多跟老江练练枪，等几天跟我走。”

“我也走。”秋蝉说。

黎岸村说：“你留这里。”

我从汹涌激荡的合澜海逃了出来，进了茅洲河的河口。想不到，茅洲河风平浪静。平静得都有点瘆人，除了头顶上的水哗啦哗啦流，看不到一个活的身影。我预感出了什么事。我小心地溯着河流往回游，不时冒出头来换一口气。不知道什么原因，在淡水里，我呼吸不畅。每次换气，我设法看看岸上有什么变化。什么变化也没有。我刚钻进水里，却听到说话声。我循声过去。是两条一尺来长的鲢鱼，一雄一雌。雄鲢鱼游在前面，雌鲢鱼有点游不动的样子。雄鲢鱼不断地催，还不时游到后面用嘴拱雌鲢鱼。雌鲢鱼的尾巴重重地打了雄鲢鱼一下，干脆不游了："怪上我了？我不去了。叫你别做了，你非得再做一次。"

雄鲢鱼挨过去，贴着雌鲢鱼，嘻嘻笑着："我忍不住嘛。看到你，我就忍不住。哎呀——"

"你怎么了？"雌鲢鱼紧张了。

雄鲢鱼的身子抖动起来："我又想要了。"

"去。"雌鲢鱼的尾巴又打了雄鲢鱼一下，但没上次重了。一会，凑过来，嗲声柔气地说："好啦，先听龟爷爷讲完了故事再做。"

我游了上去，笑着打招呼："两位。"

"啊——"雌鲢鱼失声惊叫。

雄鲢鱼拦在雌鲢鱼的前面，怒视着我，厉声问："你是谁？"

"我是蚝。"我怯怯地说。

雄鲢鱼仔仔细细地看了我一眼，眼睛刚开始是眯着的，慢慢地睁大，最后又眯着了，哈哈大笑，笑得尾巴和鳍乱摆，雌鲢鱼也笑了起来，但只笑了一下就不笑了，嘴巴抿了抿，眼神里飘过一丝忧郁。看到雌鲢鱼不笑了，雄鲢鱼也不笑了，愣愣地看着雌鲢鱼。雌鲢鱼叹了一口气说："到底怎么了？尽出怪事。鲚鱼得了腹鼓症，不能吃不能屙。大鲫鱼吃小鲫鱼。现在，蚝又能游水了。哪一天，只怕蚝都能飞了。"

我正要说话，雄鲢鱼接了话："是岸上出了事。赶快走，听龟爷爷怎么说，他知道岸上的事。”

两条鲢鱼飞快地游着，我有点跟不上，在背后大声地喊：“这是去哪里？”

“永兴桥桥底，开大会。”

永兴桥架在茅洲河上，连接着清平墟一墟两岸。桥墩桥面都是汉白玉砌的，宽三丈，长十丈，高五丈。望板上雕着龙凤呈祥，两边各四根望柱，柱子上盘了龙，顶端是狮子滚绣球。有三个桥孔，不碍舟楫往来。

从能走路起，到昏迷前，我几乎每天都要穿过永兴桥。有时候是去落霞洲。这是去落霞洲唯一的通道。有时候到南岸的市集上吃客家人的小吃。楚家大宅在北岸，要走过永兴桥，才能去南岸。

两岸均铺肆林立，未必人为分划，但通过几代上百年的衍变，已形成各自的布局和特点：北岸坐商为主，以讲白话的广府人居多，卖海鲜、布匹、农具、盐酱，还有典当铺、郎中铺、理发铺、棺材铺等；南岸则以行贩为主，都是黄松岗、乌石岩那边来的人，卖山货、家禽家兽、熟食小吃之类。每天一大早，茅洲河穿梭似的柳叶子船，船舷上坐满人，推的、挤的、吵的、闹的，操着叽里呱啦的客家话，骂架似的。南岸人的脸上有了鄙夷之色，轻声地骂：“食碗面，反碗底。”

这是说人忘恩负义的意思。在广府人眼里，客家人怎么成了忘恩负义的人呢？这个我不懂。我懂的是，客家人做的小吃真好吃。十二个月，月月翻新不重样。正月吃汤圆。二月吃米糕、料花。三月吃野艾糍。四月吃杰米、杰米粉与麦皮混合做的糍。五月吃橹罟粽，还有炸芋角。六月吃炸角子、烧卖。七月吃磨豆腐。八月吃月饼，五仁月饼，还有板栗、柚子、山梨。九月吃九重皮。十月吃油果。十一月吃萝卜糍。十二月吃大笼糍。好些年，我就那么挨个吃过去吃过来，跟那些客家女人混得溜熟。一看见我的影，她们亮着大嗓门喊：“四少爷，来这里，今天该吃我的了。”我听不见。我挑我欢喜的吃。

我闷头吃的时候，她们在那里嚼耳根，有好听的，也有不好听的：“楚易赚那么多冤孽钱，生个哑巴儿子，活该。”

“不是楚易的亲生儿子，那女共产党怀着肚子过来的。楚易顶的别人的缸。”

“老楚家四个崽，个个如狼似虎，就这个哑巴慈善点。”

“风水轮流走，有几个臭钱挑精的拣肥的，哪天粥都没有你喝的。”

好听的也好，不好听的也好，我一概听不见。我欢欢喜喜吃我的。我的舌头生来是吃的，不是讲话的。

清平墟是个开阔地形，日军的队部扎在北岸的望海楼，易攻难守。北边，顺着茅洲河的是南松岗、乌石岩，冢二就在离墟两里处的河边设了个哨卡，又安了铁栅栏。算堵住了。南边呢？隔着桥就是海，海四通八达，冢二一看，下令把桥炸了。有人说用了五百斤炸药，也有人说用了一吨。桥居然没完全炸塌，就炸掉了靠南岸那边约三分之一，另两眼桥孔好生生的。

当天晚上，大哥楚孚生向冢二说：“少佐，这桥不能炸了。”

冢二还是不吱声。大哥楚孚生看了赵翼然一眼。赵翼然矮了矮身，捧着一本书，厚厚的，走近冢二：“少佐，这是贺孟友编的《竹荪野获》。有一节，他写了永兴桥，我读一下。”说着，读起来：

合澜海，有洲曰龙穴，有五龙驻焉，青龙、黄龙、赤龙、白龙、黑龙，奉职南海龙王敖钦，施掌五河风雨。四龙善，恪职守分，彼域风宁雨顺，五谷丰，六畜旺，黎庶恩之。黑龙守茅洲河，性孽，好琼浆之饮，醉则披鳞腾雾，作雨行风。观澜墟、乌石岩、公明墟、黄松岗诸地受其害，一年之中，祸者五六，房屋圮、稼穑毁、樯楫摧。沃野肥田，遂成饥馑之地。怨声于涂，而莫可言说。

曾浙川者，康熙朝监生也。赏马长安返粤，宿汉阳归元寺。是夜，老僧茶毕，桂馨月影，庭院如浣。监生动乡心，神惝惚。忽有扙藜白髯者出，语曰："汝乡龙患，铁堑铜钉处筑桥，可除之。"语毕而去。监生醒覆，乃一梦。

延堪舆，察河海处有穴，诗曰："蜃楼生铁堑，海市凿铜钉。老龙吟白雪，海晏颂永兴。"监生筑桥，曰永兴桥。桥锁前溪而跨两岸，当往来要冲，东接乌石黄松岗诸路，西连云林茅洲诸墟。监生诗曰：

冶金凿石出神功，长锁蛟龙在此中。
迴压鸿蒙消蜃气，直临澜浪镇霞宫。
海波喷浸孤根稳，地脉勾连一堑雄。
千古清平墟市盛，美人如玉剑如虹。

赵翼然读完，大哥楚孚生说："中国有句古话：宁可信其有，不可信其无。"

"不炸了。"家二挥了一下手。

第八章

黎岸村明天就要带队伍回鸟鸣嶂了，今晚开会，布置任务。他粗布对襟，立领的白褂子，横腰束根宽布腰带，两支枪插在腹前，枪管交错画个×，外面罩件玄色外套，也是粗布对襟立领，不扣，双手撩襟，排闼似的敞开，手托腰带上，大马金刀。早两天，三哥楚稔生对秋蝉说：“你跟岸村哥说声，很难看的。”一边说，一边夸张地叉着腰，叉到胳肢窝了。

“你说岸村哥的坏话？”秋蝉一会才明白过来，扑哧笑了。

“怎么是坏话？我是为他好。这叫领导形象。个子那么点高，叉着腰，说话的时候，手在空中抓来抓去，不知道抓什么，真的很难看。还有，声音也不要那么大好不好？打雷一样，耳朵都让他震聋了。就没有一个人说他，个个吓得像壁虎。以后，我在他身边，就要说说他。打枪，打仗，打鬼子，我不如他，他是领导，我听他的。形象这块，他得听我的。”

秋蝉变了脸色，左右瞅了一眼，捂住三哥楚稔生的嘴：“混天龙，越说越起劲了。这是队伍，不是清平墟你老楚家的宅子，你也不再是什么三少爷四少爷。他个子矮怎么啦？比他高一截的人看见他都腿发抖，鬼子都怕他。生里来死里去，讲什么形象？稔生，你塌心踏地跟着他学吧，别捅娄子。一来，你就给了那么大个见面礼，枪顶在老江的脑顶门上。都是些什么人？杀人不眨眼的。你还真以为你能？尾巴翘上天了。一是念你来投奔打鬼子的，队伍需要人。二呢——”

秋蝉凝了，看着头耷拉了的三哥楚稔生，有点犹豫要不要继续说。三哥楚稔生飞快地说：“我知道，二呢，看你的面子，秋蝉的男朋友。”

秋蝉从后面揽住三哥楚稔生，幽幽地说：“稔生，你可能不愿意承认，但事实就这样。我讲个故事给你听。小时候，每年到舅舅家过年，岸村哥带我们几个弟弟妹妹到鸟鸣嶂打兔子。他有一把很好的双管猎枪，说是托人从檀香山买回来的，黑铁的枪管，山毛榉的枪托。他爱得不得了，擦得油光锃亮。有一年，我们三个人跟着他上山，兔子毛都没见着一根。岸村哥嗅了嗅鼻子说，有山猪。转一个山嘴，真有一头山猪，小牛那么大，在那里拱土。山猪的鼻子像锄头，所到之处，草根泥块翻卷过来。岸村哥叫我们不要吱声，但我还是吓坏了。山猪停下来，朝这边望了一眼，我以为看见我们了，惊叫了一声。山猪撒开腿冲了过来。我们哇哇大哭，缩成一团。岸村哥跳了出去，边跑边放了一枪。山猪愣了一下，转了方向，向岸村哥跑去。岸村哥半跪着蹲在地上，平平正正地端着枪。我睁大眼睛看着。山猪向岸村哥冲去，我听见了枪响，沉闷的一声枪响。我又听到了嚎叫，两声嚎叫，先是岸村哥的，短促有力，先小后大；然后是山猪的，声音很长，先大后小。最后，一片寂静，可怕的寂静。不知道过了多久，我睁开眼，山猪倒在地上，岸村哥还那么半跪着蹲在地上，枪管里冒着白烟。那年，全村过了一个好年，家家分了山猪肉。这么多年过去了，我一直记得岸村哥的眼神，他跳出去迎接山猪时的眼神，看上去好平静，还带着点笑意，但里面有一团火。一想起这个眼神，我的心就颤。后来，我知道了，那就是杀气。”

“我举着枪对着老江，岸村哥动了杀气？”三哥楚稔生回过身看着秋蝉，眼神里掠过一丝惊悸。惊悸跑了，又梗了脖子，错了一下牙齿，看着远方。远方是黑魆魆的森林和黑魆魆的海。

秋蝉挽住三哥楚稔生的脖子，吻了上去，眼泪飞泉溅瀑：“好歹捡回一条命。再丢，也丢到鬼子手里。”

三哥楚稔生也变了一个人。这些天，他像糯米条一样黏着黎岸村，岸村哥长岸村哥短地叫着，对老江，甚至对小吴，也都毕恭毕敬。他似乎天生是个打枪的料。在此之前，他连枪都没摸过，跟着老江练了几次后，进步神速，在几个新队员中，他是上路最快的。中场休息，老江把几个打得不好的队员叫到身边坐下，指了指在那边的三哥楚稔生，笑得露出又黑又粗的龅牙：“知道不？打枪跟丢嘿一个理。打枪要打靶心，丢嘿要丢嘿心。拿出丢嘿的劲来，没打不中的。你们学着点楚稔生。”

哄的一声全笑了。三哥楚稔生听到了，但装着没听到：“什么好笑的？”

有个队员张嘴要说话，老江踢了稔生一脚说：“夸你会打枪。”

黎岸村却不这么认为。听老江说了几次，这次练枪的时候，黎岸村来了。三哥楚稔生跪式、立式各打了三发子弹，都在靶上。边上响起掌声。三哥楚稔生的脸上有点得意之色。黎岸村的脸是黑的，矮身一个箭步跑到打靶位，侧身，瞄准，射击，三发子弹，几乎挨个穿成线打在靶上，一气呵成。黎岸村扫了三哥楚稔生一眼：“你小动作太多了。记住我的话，多个小动作，可能就要了你的命。”

这会，黎岸村的目光又扫到三哥楚稔生的脸上：“稔生和秋蝉听着，你们那点事，比起打鬼子来，算不了什么。现在翻悔还得及，哪条船接你们来，我哪条船送你们回去。”

秋蝉站起来：“我不翻悔。”

“我也不翻悔。”三哥楚稔生也站起来。

黎岸村的右手在天上抓了一把成了拳头：“这就对了。打了胜仗，队里给你们摆酒，元朗的酒店。”

老江喝一声“好”，鼓起了掌。都鼓起了掌。黎岸村又恢复了手叉腰间的动作，眉间凝了一个峰。他把鸭舌帽甩在桌子上：“别高兴得太早了，这仗还不知道猴年马月能打完。中央军跑光了，日军重兵压境，香港迟早保不住的。”

三哥楚稔生说：“日英不是签了协议，香港中立吗？”

“这话你也信？”黎岸村嗤地笑了一声说。

我急急地游到永兴桥底，眼前所见，让我吃了一惊。破破烂烂的桥墩下，居然有这么大一个世界。日本人炸桥，桥没炸倒，把河底炸了个大窟窿眼，成了沉潭，潭下面是个大会场，密密麻麻，挤满鱼虾蟹鳖，但都安安静静，伸长着脖子聆听。我听见一个尖细的声音在说话，像女人的声音。我悄悄地挤了进去，还好，没有谁注意我。我又吃了一惊，说话的是我家宅子大门前柱子下压着的柱础，那个大石龟。他就是雄鲢鱼说的龟爷爷。

这时，龟爷爷停下来看着我，朝我笑了笑。我迟疑了那么一刹那，也朝他笑了笑。龟爷爷又要说话了，但刚开口，就咳嗽起来，一股血从他的嘴里逸出，分几绺向水面漂去。雄鲢鱼问：“龟爷爷，你受伤了。是鬼子打的吗？”

“不是，是贺子其。”

我吃了一惊，贺子其为什么打他？变了这么久的蚝，觉得很新奇很刺激，现在，我忽然有点害怕，我还能够变回去吗？我的身体可还躺在楚家大院的东厢房里啊。我变成了蚝的话，我的呼吸是不是停住了？呼吸停住了的话，大哥楚孚生就认为我死了，他就可以像扔垃圾一样把我扔了。他早就想把我扔了。他唯一不想扔的只有凌小蝶。哟，我想起了凌小蝶。二哥楚协生救到了凌小蝶吗？救了的话，二哥楚协生带她去哪里了？没救到的话，二哥楚协生又去了哪里？被抓了吗？被打死了吗？凌小蝶醒过来了吗？我耐着性子听龟爷爷绕着圈讲话。

听龟爷爷讲个故事真难。他是世界上最不会讲故事的。这会，他又扯得云遮雾罩：

“我算算，我是哪一年从凤凰山上下来的？对，康熙八年（1669）。我算算，多少年啦？整整二百七十年。那一年，新桥人曾浙川考上监生。现如今，清平墟，只说楚家有钱，比起曾家来，那小指头都算不上。这块地方的海、田、土、山、人全姓曾。曾浙川从北京回来，骑大白马，五镇八乡显摆，要到黄松岗去，嘿，过不了茅洲河。为什么？没桥，要坐船。曾浙川的脸绿了，丢你老母，盖一座。你们现在知道了吧？什么神仙指点，要建座桥镇压黑龙，纯乎是岸上的人编的谎话。人里面有种人叫文人，专门编谎话。他们说得有鼻子有眼，说海底有龙王，有龙宫，还有虾兵蟹将，我想问问你们，有吗？有个屁，就有我这个老乌龟。”

下面响起嗤嗤嘻嘻的笑声。那群鲳鱼笑得更厉害，搅得水哗啦哗啦。雄鲢鱼吼了一声，又安静了。我烦透了，趁机去水面换了一口气。龟爷爷又开始讲了：

“俗话说，石头自有翻身转。这话我信。那么多年，我一会在海里，一会在山上。三千年前，我到了山上，飞禽走兽是我的亲人，风云雷电是我的朋友。二百七十年前，曾浙川修桥，非得采凤凰山上的麻石。本来也没我什么事，因为凿的时候，把我凿断了，圆圆的一团，不知道用到哪里。一个工匠说，这块石头黑黑圆圆的很好看，带下去吧。我才滚下了山，抬上了船，来到清平墟。我还真是个老废物，那个好心的工匠想尽办法，就是不知道搁哪里。做桥柱吧，太糙了；做桥板吧，太短了；做桥础吧，又太圆了。后来，他把我放在桥边，做凳子。他对我说，石头呀，我觉得你是个材，但没办法，这是你的命，只能垫屁股。他说错了，我的命才好。比玉是差点，玉能让人挂在脖子上捏在手里，但比那些让人脚踩的就强多了。我垫过各式各样的屁股，男的、女的、胖的、瘦的、大的、小的。人啊，认脸，我认屁股，只要坐上来了，我就知道这是谁。有个人好久没来了，我知道，他死了。

"本来我一直垫屁股的，一个人改变了我。他是贺孟友。他刚到清平墟，还是个年轻仔。他是个读书人，比别人心细。那么多人坐我，没人看我，拍拍屁股就走了。他不同，每次来，他会仔仔细细看我，还用手一下一下摸。他的手比人家的屁股还细腻。有一天，他还带了一个人来了。我后来才知道，他就是楚易，清平墟的第一财主，人称蚝王。"

我早要上去换气的，听到说我的父亲，我使劲憋了气，要等他说完，看他说得对不对。雄鲢鱼却大声说："你说了半天，到底要说什么？"

"岸上的人说得不错。心急吃不了热豆腐。这孩子，这么急的，啊——"

一颗子弹从岸上疾射过来，后面拖着一条长长的尾巴，击中雄鲢鱼的左鳃，从右鳃出去，又一溜穿过七八条鲳鱼，最后射进一块横插在河底的桥板上。

一片大乱，鱼虾蟹鳖四处逃窜。

第九章

蜈蚣岭下面子衿村的村口有棵大榕树。这是蜈蚣岭游击中队的前哨。二哥楚协生和贺子其各带了两队人马一前一后奇袭清平墟，贺子群留守大本营。照计划，不管成败，水陆法会第四天的上午，都要撤回来。

一大早，贺子群带了队员下山。他派了一拨又一拨的人去打探消息，一拨更比一拨远，但都晌午了，半个人影也没有。

终于，只见二哥楚协生让两个队员搀扶着走来，黑黑污污，像条塘鲺，一条奄奄一息的塘鲺。贺子群抱住二哥楚协生，一个劲呜哇呜哇地哭。

“哭个鬼。”二哥楚协生声音弱弱的，但吐出来的三个字像三颗子弹，能穿墙凿壁。

贺子群问：“我哥呢？”

“不是死了就是抓了。”

“其他人呢？”

“不是死了就是抓了。”

贺子群揪住二哥楚协生的衣领：“楚队长，你行啦，为了个女人，你丢了二十八个兄弟的命。”扬起巴掌，但就是打不下来，抖抖地举在半空。

二哥楚协生瞪着贺子群腰里的手枪：“一枪打死我。你一枪打死我。”

贺子群真拔出枪，转身对着天空放了三枪，回过脸，像完全变了一个人，脸铁青铁青，他吹了吹枪口的白烟说：“打死了你，就没人给我哥和弟兄们报仇了。好啦，私事说完了，说公事。”

说着努了努嘴，叫两个搀扶二哥楚协生的队员避开，说：“香司令知道打清平墟的事，气坏了，发了电报来，说擅自进行军事行动，过早暴露部队实力，会引来日军的围剿，要撤消蜈蚣岭中队的番号，命令你立即带我们的人去罗浮山。”

“我们的人？”二哥楚协生颓然地坐在地上，“这些大人物，说的比唱的还好听。这刚握手几天，又要开掰了。”说着，淌了泪：“我就该死在清平墟。”连哭带叹一会，忽抹了泪挣扎着站起来说：“我们还有多少人？他们还有多少人？”

“我们十七个，他们二十一个，都是我哥带上来的。要不，我们全带走，说是我们的人，反正香司令也不知道。”

“香司令不知道，我知道。少群，你我是党国的人，青天白日旗下宣过誓的：务期父以教子，师以教弟，长官以教士兵，共信共行，互切互磋，亲爱精诚，始终无间。不能明一套，暗一套，不仁不义。来，上山，我换身衣服，你召集我们的人开个会，今天晚上就走。”

“他们怎么办？”

“海蜇丝加蚝油，凉拌。”

散会了，出了门，队员们各回各房间，黎岸村叫住三哥楚稔生：“你陪陪秋蝉。”

三哥楚稔生感激地看了黎岸村一眼，一转头，看见像匹受伤了的小狐狸躲在那株芭蕉树影下的秋蝉。他们去了鸳鸯洞。

鸳鸯洞是三哥楚稔生无意间找到的一个掩蔽的山洞。有一天，他想攀上山顶去看看。是有一条现成的路的，避开荆棘陡坡，但蜿蜒曲折得像条鸡肠子，绕来绕去。三哥想抄近。所以，他学了烂眼，拿一把柴刀，从短枪队营房右侧直接上，硬生生辟开一条路。原来的三哥楚稔生是个公子哥，十指不沾阳春水，自从那天晚上逃离清平墟开始，历经种种，尤其辗转到了砦岩，他脱胎换骨，变了个人，劳其筋骨，饿其体肤，连黎岸村都看在眼里，对秋蝉说："这小子是条铁汉子。"

"你千万别当着面夸他，一夸，他就飘飘然。他就这么个人，犟牛，不顺他，刀架在脖子上也不怕。顺了他，命拿给你也不会皱下眉头。我老豆嫌他一股乇腥味，其实，他还真没有，不像他两个哥哥。"秋蝉说。

"你别一竿子打翻一船人。楚孚生当了汉奸，楚协生还行，做了蜈蚣岭抗日游击队队长。你不知道吧？我跟楚协生是大学同学。还有贺子群，就是贺子其的弟弟。"

秋蝉眼睛瞪得大大的："你也是国民党？"

"你看我像吗？"黎岸村笑嘻嘻的。一会，他避开秋蝉的视线，看着远方，眼睛上浮了一层雾，良久，说："那时候好热闹啊，晚上几拨人来找，这个人前脚走了，那个后脚就来了。这个人叫你入国民党，那个人叫你入共产党。说实话，年轻仔，还真不知道入哪个党好，都说得你热血沸腾，为国为民族为人民。有人开玩笑，不选了，扔骰子吧，看眼：单眼，入国民党，双眼，入共产党。"

"为什么单眼入国民党双眼入共产党？"秋蝉插话。

"国民党的旗青天白日，中间一个圈，所以就单眼。共产党的旗镰刀斧头，两个口子，就双眼。”

秋蝉急着说：“原来这样。楚协生扔的是单眼，你扔的是双眼？”

“不，我们不是扔的，都是选的。同学中，我最早加入共产党，他最早加入国民党。我们是好朋友。他加入国民党的那天，对我说，岸村，我问你个事，以后战场上见了，你会不会开枪打我？我想都没想，说，我会。他听了，哈哈大笑，我要的就是你这句话，我也会。所以，你别看楚协生花花草草，为了个唱戏的要死要活，那是大户人家出身的通病。骨子里，他跟我一样，都是铁心的人，信了个东西，一辈子不会改。”

“那现在好了，同一个战壕里，一起打日本鬼子，你不用开枪打他，他也不用开枪打你。”

黎岸村叹了一口气说：“我跟楚协生总会战场上相见的，不是他开枪打死我，就是我开枪打死他。这个道理，稔生也要懂。”

“这个他懂的，他说只要有机会，他要亲手杀了楚孚生。”

似乎迎合着洞内的阴阳叠合，这时，鸳鸯洞外也风云突破，一大片乌云卷过来，吃掉了月亮。风更大了，呜呜呜的。像巫婆似的海被撩醒了，咪咪咩咩念起咒语，卷起又黑又大的袍袖——那些浪，翻滚着要把砦岩的那两扇礁石打成齑粉，但终不能，她就一次比一次怒不可遏，正如洞内的三哥楚稔生和秋蝉，在快乐的巅峰撞击，一层比一层喜不可支。

箭簇似的雨终于落了下来，风、雨、山、海黏合在一起，疲惫了的巫婆瘫坐在椅子上，嘴角挂着满足的笑。

居然没有雨水从洞口流进来，但秋蝉还是惊悸地望着外面：“下雨了。”

“不要怕。”三哥楚稔生的脸上挂着巫婆一样的笑。

黑暗里，秋蝉久久地盯着三哥楚稔生的脸。三哥楚稔生在积蓄力量。忽然，他听到秋蝉抽抽搭搭的声音。他搂住她：

“怎么啦，秋蝉？”

“你答应我一个事：你不能亲手杀楚孚生，他是你大哥。”

横冲直撞中，我的壳被撞了一个洞，热辣辣地痛。但我不想逃离。我不知道逃到哪里去。我吸附在那根桥柱上，闭上眼睛，任凭鬼哭狼嚎。不知道过了多久，安静了，死一般安静了，我听到一个声音：

“俊生，俊生。”

我睁开眼睛。是龟爷爷在叫我。他游到我身边，笑呵呵地看着我：

“俊生，就你一个人想听我讲故事了。我就讲给你一个人听。”

其实龟爷爷说错了，但我装着他说对了的样子，跟他到了他原来讲话的地方，那个斜插在河里的桥柱的顶端。他咳了咳说：“刚才我说到哪里了？哦，对，贺孟友带了楚易——你父亲来看我。还没有你大哥，也没有你二哥，也——”

我打断了他：“龟爷爷，我知道。贺孟友识货，知道你是汉白玉，不是修桥的花岗石。那时候，父亲在盖宅子，贺孟友要父亲用你做柱础，说用了千秋万代。父亲到云浮请了最有名的雕匠，花了九九八十一天，雕了一公一母两个石龟。我想听听我不知道的，你说贺子其用枪打了你。”

“唉——”龟爷爷眼中有泪光闪动。沉默了一会，说：“我还是从头说起吧。你二哥和贺子其商量好，趁着你大哥办法会，打清平墟。兵分两路，一路混到里面打内应，一路打外围，法会的第三个晚上行动。计策是好，但冢二也不是吃素的，他将计就计，趁机包饺子。那天半夜，你二哥点燃了柴房。贺子其带人埋伏在荔枝林那边。看到火起了，沿着茅洲河南岸打过来。宅子里乱了，望海楼上的探照灯也亮了，枪声人声狗叫声。但贺子其这边半点抵抗也没有遇到，一个兵也没看到，打着小跑到了永兴桥边上。有个队员对贺子其说，小心埋伏。贺子其咧着嘴骂，小鬼子只想到关门打狗，哪想到门外的猛虎？给我狠狠打，端了望海楼，活捉冢二。他的话声刚落，探照灯转向了他们，前前后后左左右右全是日兵，子弹像雨一样扫射过来。贺子其真是条汉子，知道中了埋伏，忙而不乱，喝一声卧倒，大声指挥，你去那边打掩护，你跟着我，冲。他冲，不是往外面冲逃走，而是继续往里面冲。他带的几个人还真冲到大宅的门口。那两根柱子是日兵早布好的射击点，一左一右，枪就架在我和我老婆身上。说起来，为打好这次仗，游击队还是做了准备的，枪都是步枪，还配了手榴弹，贺子其更端了一把轻机枪，可以连发，比日兵的武器差不了多少。所以，刚开始，即便日军打的埋伏，碰上贺子其这种不要命的，根本没赚到便宜，两边死伤一样多。但时间一长，贺子其就吃亏了，毕竟人太少了，先是打掩护的全打死了，就剩了他一个人。都是枪架在我和我老婆身上的那四个日兵打的。唉，那会，我好想帮贺子其的忙，他父亲贺孟友是我的恩人啊。可我帮不上，只能眼睁睁地看着他左腿中了一枪，右腿中了一枪，他跪在地上，还在射击，可他打不中，让我挡住了，子弹全打在我的身上。你看，这是枪眼。日兵要留他一个活口。他们抓住他了。”

龟爷爷讲得很动情，可不知道为什么，我却一点反应也没有。我很想装点悲伤，但就是装不出来。变成了蚝，我就这样了。那么一会，我讨厌我是一只没有感情的蚝。龟爷爷估计看出来了，他诧异地看着我，看得我心里毛毛的。我愈发不知道说什么好。灵机一动，我赶紧问："我二哥怎么逃出来的?"

"你知道你二哥逃出来了?"龟爷爷又诧异地看着我。

"我猜的。"

"俊生，你聪明着呢，你什么都知道。你二哥烧了柴房，大声喊，着火了，着火了。宅子里一下子乱了，屋顶上的日兵开了枪。听到喊声，那几个装扮成和尚的游击队员拥着众人到了天井。他们要浑水摸鱼，干掉守在门口的六个日兵。日兵早有准备，看到人冲过来，就开枪，前排的人倒了几个，但还是冲过来了。枪这东西，只能打远，不能打近，游击队员又个个身手了得，一人揪住个日兵，缠打在一起。这是你二哥的计划，里边先动手，打开大门，贺子其带人再冲进来。他们想，日兵那么矮小，打仗厉害，不过是仗着武器，近距离搏击，不行的。不是这么回事，日兵徒手搏击也厉害，几个回合下来，游击队员败了。除了那个目光很凶的队员取了胜，另外五个，两个被割了喉，两个被插了胸，还有一个被揪住头发往石柱上撞，撞得脑袋像烂西瓜。这边打得热闹，里边，你二哥钻进西厢房，抱起凌小蝶。他有两条路：一条路，打得顺利，穿蝶园，过天井，从大门出去；另一条路，不顺利，走下水甬道。这是你二哥阴的地方。后面这条路，只有他自己知道。他熟宅子的构造。西厢房和东厢房交接的地方，有处下水的甬道，砖砌的，甬口盖个铁箅。修宅子的时候设计的，落大雨排水用，一直通到茅洲河。谁会想到这个?你二哥想到了，他心细。凌小蝶像熟睡了，身子软软的，脸上还有笑。你二哥亲了亲她，嘴唇还温温湿湿的。你二哥哭了，这本来就是他的女人。你二哥抱着凌小蝶，到了甬口边上。他把凌小蝶搁在地上，去揭铁箅。铁箅揭开了，再去抱凌小蝶，你说怪不怪？凌小蝶的身子刚才还软软的，这会，变得又硬又直，进不了甬口。你二哥急，站在甬口外，小心往里挪凌小蝶。这时，有人说，老二，住手。是你大哥，举着枪过来了。出事了，你大哥第一个想到的是凌小蝶，他进了房，一看凌小蝶不在，到处找。你大哥的鼻子很灵，能闻着凌小蝶的香味。他循着香味找到甬口边，看见你二哥正搬着凌小蝶往甬口塞。你二哥红了眼，瞪着你大哥说，楚孚生，你开枪。你大哥开了保险，说，别逼我。你二哥说，你好狠，你抢了我的女人，还打死我。你大哥说，凌小蝶在这里，你问她，我抢了没有？没有。是你没用，你不行。你二哥说，我不是不行，我只是紧张，我现在行了。你大哥说，她是你大嫂了，留下凌小蝶，你快走，等会日兵来了，你活不了的。外面枪声停了，不一会，传来赵翼然的声音。你大哥说，你快逃吧，我给你盖了箅子。你二哥钻了进去。你大哥抱了凌小蝶回了房间。你说怪不怪？凌小蝶的身子又软了。你大哥刚把凌小蝶放床上，盖上被子，赵翼然进来了，说，抓住了贺子其，其他人死了。你大哥僵了一会说，你找个机会一枪打死他。赵翼然说，没机会了，冢二叫人看住了，绑在戏台柱子上。你大哥又掉了泪。你大哥掉了两次泪，你二哥钻进甬道他盖上铁箅也掉了泪。啊，俊生，你怎么了？”

龟爷爷说到一半的时候，我就受不住了，我的壳越缩越小，几乎要把我的肉挤压出来。我强忍着听他说话。这时，再也忍不住了，我转着圈，像个陀螺。我大声喊道：“救救我，我要死了。”

龟爷爷哦了一声说：“原来时间到了，再不回去，就回不去了。”

说着，他闭着眼睛默念了几句什么，我立马不疼了。

“俊生，我告诉你咒语。想变蚝的时候，你就念。想回去了，也念。但要记住，变一次，不要超过十二个时辰。”

龟爷爷告诉了我咒语，我念了几次，记住了：“一切有为法，如梦幻泡影，如露亦如电，应作如是观。”

第十章

昏迷了七七四十九天后，我醒过来了，我又从蚝变成了人。我想起变成蚝的事，头痛痛的，我要去看看门口柱础下的石龟。

我走了出来。一切老样子，屋顶上的瓦，园子里的树，包括窗棂上那只拳头大的黑得发亮的蜘蛛。它是我的老朋友。它织了一张又厚又大的网，几乎把整个窗子布满。以前，每早起床，我都跟它玩一会。我跟它打招呼，弯了弯手指，心里说："早，老蜘。"

"早，俊生。"它笑笑地回答。

我听得到它的声音。它真这样说了。有时候，它只朝我眨眨眼，没空说话，它在吃早餐，吃得满头大汗。夜里，它网了很多东西，苍蝇、蚊子、瓢虫，等它们死了，它吐着唾沫把它们缠起来，结成一个个黑球。那是它的食粮。有一次还缠到一只硕大的蝉。蝉很大力，把网扯烂了一大半。但蝉最后还是失败了，也让它结成了一个黑球。我看到它的身上有很多伤，显然是跟蝉打了一仗。它很激动，不断对我说："俊生，我本来要放了它的，它毁了我的家。谁毁我的家，我就跟它拼了。"

但今天我跟蜘蛛打招呼，它却没有理我。开始，我以为它没听到，就用手指弹了弹网："老蜘，你聋啦？"

蜘蛛不是聋了，是死了。我定睛一看，那张网七零八落，蜘蛛的后背裂了一个洞，估计是让蝶园里飞来的红嘴翠鸟啄的。蝶园里有五六只红嘴翠鸟，它们欢喜吃蜘蛛。老朋友死了，我一阵难受。我捡了根尖棍子在木棉树下戳了一个坑，然后捏了蜘蛛放到坑里，掩了土。我对它说："这回你真拼命了。"

我抹了眼泪，走了出去。天井里很多人在清扫，扫呀抹呀冲水呀，忙得打脚打手。没半个人理我，连眼皮子也没抬一下。他们不理我，我也不理他们，像原来一样。我闻到一股浓浓的腥味，胃里一阵翻滚，几欲呕吐。我忍着没有吐出来。我知道，这是血的腥味。我的眼前现出十几个横七竖八的濒死的人，挣扎着，战栗着，全身布满枪眼，向外流着血。整个天井像个血泊。我揉了揉眼睛，我要快一点到大门口去，去看石龟。

我一脚刚迈过门槛，跟赵翼然迎面撞上了。赵翼然救过我一命，他是这个宅子里我唯一感到亲近的人。赵翼然没看清我，几乎把我撞倒了。看清了我也只是哦了一声，急着往里走。那天晚上，他右腿被流弹伤了。奉了冢二的命，他去东厢房找大哥楚孚生。似乎想起什么，他折转身，抓着我往里拉："俊生，别凑热闹，今天杀贺子其。"

我看着他，装着没听懂。他朝我做了一个扣扳机的动作，见我仍不懂，他就撇下我，一瘸一拐进去了。

我刚迈出门槛，那个最近处的日兵就摸了摸枪的扳机，是步枪。要是原来，看到日兵，看到枪，我早屁滚尿流了。我长睡醒来，不觉得怕了，什么都不觉得怕了。我朝他笑了笑。他肯定是新来的，我没见过他。

除了冢二，在我眼里，日兵似乎都长一个样。个子矮矮的，比步枪长不了多少；瘦瘦黑黑，脸上脏兮兮的，好像从来没洗过脸；都穿着永远大一号甚至大两号的皱巴巴的军服，戴着瓦片帽——和尚帽不像和尚帽，道士帽不像道士帽，连耳带颊遮得严严实实。没见之前，传得神乎其神。有人说，日兵像天神，个个牛高马大；有人说是青面獠牙的怪兽；有人说他们能草上飞、水上漂，飞檐走壁；还有人说，他们像孙悟空，能七十二变；甚至还有人说，他们平时不吃饭不吃菜，就吃人肉，而且，最欢喜吃人的心脏。听到这个话，我家就跑了几十上百个蚝民，都是被日兵吃人肉的传言吓跑的。直到我第一次见了日兵，冢二带了四个兵来拜访我的父亲，我牙齿都快笑掉了。什么天神？什么怪兽？屁话，不过是一些还没长大成人的孩子。冢二是个例外，身子魁伟不说，还儒雅秀朗，留着仁丹小胡子，穿着也讲究，军服笔挺笔挺，靴子擦得油光水滑。

而眼前的这个日兵又是个例外。他的例外是，他的个子更矮更瘦，但他脸色白皙。而且，眼睛有点忧伤，像浮着一层雾。像我二哥楚协生。见我朝他笑了笑，他也朝我笑了笑，摸向扳机的手指松开了。

我背过身，低头看石龟，右边的那只雄石龟。它身上是累累的枪击的伤痕，我蹲下身子，抚摸那些伤痕。忽然，我感到手指下战栗了一下。我以为是我的手指战栗，不是，是石龟呵呵地笑。我看着石龟的眼睛。它的眼睛变了，原来睁着的，没有表情，这会，闭着了，笑笑的，眯成一条线。我摩挲着它的眼睛。我听到龟爷爷喊我："俊生。"

听到龟爷爷的声音，我的眼泪迸溅出来，我跪下去，抱住它。

"吉田看着你呢，别哭了，俊生。"龟爷爷说。

"吉田是谁?"

"你后面那个日兵。"

我回头一看，吉田眼睛一眨不眨地看着我。他横挎着枪，两只手懒懒地搁在枪杆上，手指像弹琴一样拨拉着。我看到，他的手指修长秀气，像女孩子的手。

"俊生，你怕不？今天的午时三刻，他们要在永兴桥上杀贺子其，像杀猪一样杀。"龟爷爷说。

赵翼然喘吁吁叫的时候，大哥楚孚生也正喘吁吁，压在凌小蝶的身上。

大哥楚孚生懂事起就是个浪荡子，胭脂队伍里厮混大的，尤其到早稻田大学留学的那几年，日本的歌伎业如斯茂盛，更让他大开眼界。回国了，晃荡几年，大把的时间都花在香港、广州的风月场中，都玩腻了。有一次，喝醉了酒，啪啦一下摔了酒杯，呜呜地哭。

赵翼然赶紧问："怎么啦？孚生。"

大哥楚孚生抬起脸，一脸的泪："李渔这老东西骗了我。"

"李渔？哪个李渔？我找个人卸了他的腿。"

"你这个猪。写《闲情偶寄》的那个李渔，早死了。他书上说名花美女，气味相同，有国色者必有天香；还说天香结自胞胎，非自熏染，佳人身上实实有此一种；又说此种香气，亦有姿貌不甚娇艳而能偶擅其奇者。全他妈骗人的话。这么多年，俊的、丑的、胖的、瘦的，什么样的女人我睡遍了，就没有他说的天香。结自胞胎，非自熏染，骗鬼吧，个个都是熏染的。"

赵翼然也是喝多了，一拍大腿：

"远在天边，近在眼前，你真不知道？"

"谁？"大哥楚孚生眼睛鼓得铜铃大。

“凌小蝶。”

“你怎么知道的？”

“协生费那么大的劲找凌小蝶，白找了。”赵翼然似笑非笑。

“怎么啦？”

“硬不起来。凌小蝶身上有李渔说的那种香气。闻了香气，协生就不行了。反正，佣人是这样传的。协生一面舍不得凌小蝶，一面又不行，心里头堵着天大的乱线团，左解也解不开，右解也解不开，就先僵着，婚不结，但别人也别想抢了去。”说着，忽然噼里啪啦扇自己的嘴巴，“我打死你这个多嘴多舌的衰仔，喝多了酒就不知道黄绿。孚生，你听了就听了，凌小蝶是你的弟妹。”

“哪门子弟妹？发了帖子吗？摆了酒吗？”

三下五除二，大哥楚孚生用了雷霆手段，把凌小蝶抢过来了。大哥楚孚生和二哥楚协生就此构怨。二哥楚协生不像三哥楚稔生那样一点就燃的火爆脾气，性子优柔隐蕴，更重要的原因是，这事还真不能张扬喧闹，越张扬喧闹越一点颜面都难存，所以，知道凌小蝶跟大哥楚孚生好了后，二哥楚协生投军了。原来以为能忘了凌小蝶的，谁知道忘不了，时间越长心里越硌得难受，后来知道凌小蝶昏迷过去，想法愈发如野草疯长。手里又有了兵，公私两边一合计，就策想了奇袭清平墟的招，意思是想对大哥楚孚生说：“你抢走了凌小蝶，我抢回来。”

传言不假，凌小蝶身上果然有结自胞胎的香气。刚开始只是轻轻淡淡的，飘飘浮浮的，如微风吹掠过湖心荡起的涟漪，又如衣袂不小心碰触了静置的箜篌的弦丝。剑入箧中，那香气就由轻至重，由淡至浓，由飘至落，由浮至沉，馥馥郁郁，像明净透亮的桂子羹，又像悠扬舒畅的琴声。在这香气里，大哥楚孚生是匹发烈的马，扬鬃奋蹄。

赵翼然的喊声像一道栅栏拦住了那匹马，大哥楚孚生极不情愿地抖了缰，赶紧穿好衣服，用蚕被盖住凌小蝶的裸体。走了几步，又回身吻了吻凌小蝶有点潮红的脸颊，说："小蝶，我说了要你醒过来的，你就能醒过来。"

出去，见赵翼然站在拱月形的门洞里大喊："会长，少佐找你。"

"啊，什么事？"

"杀贺子其。少佐不要屠夫杀了，要换捌蚝工捌。"

"谁出的馊主意？捌蚝的都是女的。改时间吧，今天杀不成了。"

"少佐说，时间不改。"

大哥楚孚生嘴巴上说走，但腿迈不开，扶了赵翼然的肩头，说："小蝶还等着我的药。吃了药，她就会醒过来了。我去少佐那里。你去喊人，捌蚝的全来，想来要来，不想来也要来，想捌要捌，不想捌也要捌。不要为了杀个贺子其，整个墟的人都陪着死。"

说着，大哥楚孚生风一样进门，撞着门边插梅的青花的觚，连觚带梅带水垮了。又撞着门另一边的插玉竹的觚，也连觚带玉竹带水垮了。一刹那，软的、硬的、绵的、脆的、汤的、水的、枝的、叶的、花的、草的、白的、黑的，一股脑散漫在地上，如一座垮塌的坟包。

第十一章

三哥楚稔生跟着黎岸村、江哥等八个人，从砦岩门下海，去香港取枪。试枪时才知道，准星有偏差，黎岸村一气之下退了货。本来上了岸，再攀山越岭回乌鸣嶂。因窝了这口气，难受，黎岸村临时改变主意："走，去蚬须涌。"

蚬须涌离沙鱼涌七里多地，有个日兵驻点，七八个日兵和二三十个协军，占了一处祠堂作营房，扼守出海口，有两艘大眼鸡的巡逻船。

三哥楚稔生一群人悄无声息接近祠堂。远远地，听到有喧闹声、喝酒猜拳的声音，还有女人的浪笑声。围着一圈铁丝网。门口两个哨兵，烟光明灭。黎岸村小声调遣，叫江哥带一个游击队员打前阵，摸掉哨兵。

三哥楚稔生觉得全身有虫蚁在爬，好不容易把虫蚁赶跑了，又觉得有针在扎有火在燎。以为过了很久，其实才一会，一两百米的路程，江哥两个还没爬到一半，两个哨兵的烟头还泛着红光。三哥楚稔生感到肚皮下的地在震动。黎岸村一直紧盯着江哥两人的身影。三哥楚稔生看不见，黎岸村却看得见。江哥他们每向前挪动一点，黎岸村的心就更揪紧一点。

战斗结束后，三哥楚稔生一点点回忆子弹射进人身体的情景。他原以为，声音是脆脆的，像打靶那样，耳朵会震得难受。打了之后，他才知道，根本不脆，喑喑的，像打在洇湿了的棉被上，唧哟唧哟。

三哥楚稔生这样回忆的时候，已经到了鸟鸣嶂的山顶——短枪队的驻地。

坐在山顶的一块嶙峋突兀的灰褐色的石头上，可以看到蓝得像翡翠的大鹏湾，银白色的海浪像卷席一样卷过来，三哥楚稔生想起岩岩的秋蝉，也想起蚬须涌牺牲的六个队员——除了他和黎岸村两个，其他人，全牺牲了，包括江哥。

望海楼边上有一幢小楼，两层，围墙合抱而成一个小院子。原是我二爷置的业，跟戏楼一块盖的，精雕细镂，准备养个戏子，过好日子。院中间植了棵菩提树，借“菩提本非树，明镜亦非台。本来无一物，何处惹尘埃”的偈子，取名非树斋。二爷死了，非树斋一直闲着，风吹雨淋，日渐凋敝。

贺孟友丧了妻，又跟贺子其、贺子群两兄弟合不来，后来信了佛，要找个僻居修行的场所，想到了非树斋。听说贺孟友要住非树斋，我父亲大喜，重金延请工匠里里外外修葺一新，尤其是院子，种了一百多株各色的兰花，命了个名，叫百兰园，还请雕匠做了“百兰园”三个字的楠木匾挂在门口。贺孟友课徒授业之余，就躲在小楼里，诵经念佛，伺花弄草。唯有我父亲，才能偶尔去坐坐，在二楼精巧雅致的禅室里，饮壶功夫茶，聊点黄绿。但就这么个与世无争的世外人，因为贺子其带了几十号蚝工到蜈蚣岭去了，冢二派兵把他杀了。

冢二是故意的。他事先没有知会大哥楚孚生。连赵翼然也不知道。

贺孟友去了，冢二来了。他把贺孟友的禅房做了卧房，除了墙上挂了两件东西，一把砍刀，一支尺八，其他，一概未动。

前面说过，刀叫平面碎段复体暗光花纹刀，只有重大场合才挂在腰间。第二天要用刀时，冢二临睡前会用棉布蘸了棉籽油细细擦拭，刀刃，柄，连鞘也不放过。擦拭完了，他会对着刃口吹口气，然后放在耳边听着那嗡嗡嗡的声音。不知道是纯乎摆个样，不会吹，还是没心情吹，那支尺八挂到墙上后，冢二没吹过一次。倒是会时不时睡觉前取下摩挲一会，好几次，嘬到嘴唇上了，还是放下了。放下的时候，冢二的眉蹙起一川峰。这是支古尺八，至少上百年的物事，上细下粗，底节四周缀满密密麻麻的须斑，圆润透剔，烟熏色。有点小缺憾的是，歌口（日语词，指乐器的吹口）嵌进去的牛角色新，跟通体不搭配，像明代的花梨椅子镶个清代的榫，很碍眼。

冢二穿了一身崭新的军服，戴顶暗红色帽檐的大盖帽，领章上是鲜红色的少佐军衔，右胸前的袋檐上缝着 M 形的徽章，右肩至左肋一根棕红色的斜背带，腰间系缀洋红色编织物的腰带。收拾完毕，从墙上取了刀挂在右腰，紫红色刀鞘，樱红色的穗子，下楼了。

大哥楚孚生和赵翼然早在院子里等着，满院兰花，他们视若无物。听到冢二的脚步声，两个人自然弯的腰直了一下，又不自然地弯了下来。

赵翼然退了一步喊："少佐。"

"冢二君。"大哥楚孚生迎了上去，啧啧连声，"好雅致，这才叫芝兰之室。"

冢二拉了大哥楚孚生的手，走到另一边："你送我的好东西，叶子发黄了。"

大哥楚孚生上个月送了冢二两株素冠荷鼎。素冠荷鼎是兰花中的极品，明明是兰，偏偏开荷瓣一样的花，洁白如雪，叶又是素青的，细细长长，得国画枯笔里飘逸瘦削的神韵。大哥楚孚生俯下身仔细地看了看，果真有两片叶子有点蔫黄。他掸了掸叶子，再回头看了一下天，笑了："嗐，太阳晒的。挪到阴凉点的地方，我包你两天就转青了，少佐。"

"我这就搬进去。"赵翼然过来，躬身要搬。

冢二边戴白手套边说："不急，先去桥那边。准备好了吗？"

"好了。"大哥楚孚生和赵翼然同声说。

第十二章

辗转好几天，二哥楚协生带了蜈蚣岭剩下的几十号残兵游勇到了罗浮山的广东民众抗日自卫团的行辕。原以为，一到，就能谒见香翰屏的。谁知道，一晾，五六天，没有搭理，窝在营房里，门口有哨兵守着。第二天，二哥楚协生受不住，冲到哨兵前大喊大叫：“带句话给香翰屏，要毙就毙，这样挂着什么意思？”

这一天一早，有个中尉过来对二哥楚协生说：“楚队长，香司令有请。”

二哥楚协生恨不得长了翅膀飞，中尉笑着说：“楚队长，你身体好啊，清平墟的蚝名不虚传。”

“外面的人吹的，你也信？”

“哟，金蚝世家的二少爷泼自家的汤。昨天午餐，香司令还在说清平墟的蚝好吃呢，还讲了首《食蚝》诗，诗是苏东坡写的。我就记得这么几句：‘薄宦游海乡，雅闻归靖蚝。宿昔思一饱，钻灼苦未高。’后面记不住了。”

二哥楚协生停了脚步，朗声念道：“‘传闻巨浪中，碨磊如六鳌。亦复有细民，并海施竹牢。掇石种其间，冲激恣风涛。咸卤日与滋，蕃息依江皋。中厨烈焰炭，燎以莱与蒿。委质以就烹，键闭犹遁逃。稍稍窥其户，清襕流玉膏……’”

念完了又说：“这不是苏东坡的诗，是梅尧臣的。”

“对，我记错了，是梅尧臣的。好个‘清襕流玉膏’。香司令特别讲了这句，讲得一桌子的人流哈喇子。还开玩笑说，弟兄们，清平墟让鬼子占了，天下美味运不出来，今天就用这句诗下饭，多吃几碗，什么时候赶跑鬼子，咱们去清平墟放开肚子吃蚝。”中尉模拟得惟妙惟肖，逗得二哥楚协生哈哈大笑。笑着笑着，眼神里起了翳，幽幽地叹了一口气。

中尉看了二哥楚协生一眼又说：“唉，不知道这仗打到什么时候，还刚开始呢，就缺衣少粮了，香司令一个星期才吃一餐肉。你大哥倒好，运了几卡车蚝犒劳日本人，吃饱了喝足了打我们。香司令愁死了。”

香翰屏，广西合浦人，世隶耕，寒窗苦读，后投笔从戎，在枪林弹雨中，经战事，阅人事，硬是从一个蚁蚼小兵成了顶柱英雄，一段时间，是除陈济棠之外新粤系的第二号人物。总共广东二十万虎貔之师，海陆空三军剑铩如云，香翰屏就坐拥七八万兵马。香翰屏以一介书生起于戎事，书生气不灭。他自恃与陈济棠知交，对陈的一些心腹予以斥责，谁知道反招物议，说他以儒将自居，跟一帮无聊文人唱和，疏于军务。更要紧的是，还说他跟陈的死对头陈铭枢等暗通款曲。这可犯了陈济棠的大忌，处处掣肘他。一气之下，他回合浦做了个烟霞散淡的人，种菊东篱，悠然山野。两年后，广东时局大变。国民党右派领袖胡汉民罹病于广州，蒋介石想乘机端了两广的饭碗。听到消息后，两广哗然，陈济棠、李宗仁、白崇禧打出北上抗日的旗帜，出兵湖南，要蒋抗日。蒋介石不是省油的灯，一离间，二收买，几招下来，陈济棠就成了孤家寡人。几乎没费一兵一卒，孤悬多年的两广姓了蒋。香翰屏被请出了山，授予中将军衔，担任广东绥靖副主任和第四路军副总司令，给余汉谋做副手。一年后，香翰屏被任命为第三战区第九集团军代总司令、副总司令，率领三十万两广子弟北上抗日，参加淞沪会战，浴血3个多月，快把广东的精锐打光了。碰了一鼻子灰的香翰屏回来继续做第四路军的副总司令，把大营扎在罗浮山，训民团，打游击，队伍如滚雪球呼啦啦滚大，把粤闽赣连成一块。

中尉领着二哥楚协生进了门。门小小的，两个人同时进出都有点挤。一进去，才知道别有洞天，是个三进的院落。首进是门屋，歇山屋顶，屋脊有麟吐玉书的灰塑。院子里花木扶疏。门屋门口一副石刻的对联，石头斑驳，而字迹是新的：

笔新墨奇避乱草；
光远正大辅中山。

二哥楚协生瞄了一眼说："原来是姓陈的人家。"

中尉啧啧说："读书人就是不一样。这屋的主人姓陈，跟你家有一比，做蔗糖生意的，人称糖王。鬼子还没打进来，就跑美国了，空在这里，倒给香司令拣了个现。其他楹联全换了，就这副没换，香司令蘸了墨一笔笔描了上去，我也不知道为什么。"

连接首进和二进之间的甬道的右边有个天井，上首两角摆着两口黑陶水缸，沥沥的青水，水面浮着睡莲。下首的角，一角种竹，蓬勃一丛，绿莹莹的；另一角是棵罗汉松。二进厅堂的檩条之间用卷草花纹雕刻的叉手与托脚相连，门口一副长联，刻在楠木板上，字迹龙飞凤舞：

自卫乃天赋人权，三万众慷慨登陴，有断头将军，无降将军，石烂海枯犹此志；

相约以血湔国耻，四十日见危授命，吾率君等出，不率其入，椒浆桂酒有余哀。

二哥仔细看了，原来是蒋光鼐的一副旧联，挽淞沪抗战的阵亡将士的。字是香翰屏写的。

蒋光鼐，东莞人，一代名将。日军制造“一·二八”事变，进犯上海，时任十九路军总指挥蒋光鼐与军长蔡廷锴率部迎战，奋战月余，歼敌上万，史称“淞沪抗战”。

蒋光鼐与香翰屏都是粤军第一师出来的虎将，同志同乡兼同僚，都以文武兼备、能打善战著称。甚至，两个人领衔北上抗日，打的头仗都相同，都在上海：一个是淞沪抗战，一个是淞沪会战。就是这一抗一会之差，蒋光鼐打出了虎威，得了青天白日勋章，香翰屏却失了马蹄，因指挥不力被记了大过。坐着德国进口的吉普车路过大庾岭，香翰屏停了车，在岭头站了很久，回望萧然的北国，他泪眼潸然，口占一绝：

倭寇兵临势可哀，中原北望色如灰。
沪江鼙鼓滔天血，杀士成仁我再来。

中尉喊了声报告，推门进去。二哥楚协生敬了个军礼，鼓足了劲，喊出来的声音却细细的：“香司令。”

香翰屏看了二哥楚协生一眼，边捋了捋袖口，笑了一声说：“不是要带句话给我的吗？这会怎么就变哑巴了？楚家二少爷。”

二哥楚协生眼睛看着脚尖。

“好啦，好啦。看看我写得怎么样？大才子。”

二哥楚协生大声说："这是香司令为家乡青年写的《为合浦健儿请缨杀敌壮行》的第二首：'请缨杀敌保乡邦，卫国干城器难量。杯酒壮行歌易水，瞩望岂止是——'"不读了，愣愣地看着香翰屏。香翰屏抚着下颏，哈哈大笑：

"怎么不读了？"

"瞩望岂止是'宝安'？"

原诗的最后一句是"瞩望岂止是廉阳"。廉阳是香翰屏故乡广西合浦的旧称。香翰屏提了笔，唰唰唰地写了题款：录旧诗易二字赠宝安清平墟楚兄协生抒抗日之志。

黄昏，乌鸣嶂像一匹蹲踞的兽。阳坡下的乌鸣村鸡鸣犬吠。村头有棵大榕树。树的根蔸处砌了个小石屋，硬山屋的顶，琉璃瓦，小巧别致。檐下是神龛，一年四季香烛不息。这是棵神树，被尊称为树王，每个月逢九的三天，远近村子里的人来挂红烧香，络绎不绝。

榕树的右边是个月牙形的池塘，池塘的正对面是祠堂。客家人欢喜筑祠，凡有上百男丁的地方必有祠。乌鸣村大多姓吴，所以，祠堂的楣檐上石刻着斗大的"延陵堂"三个字。

吴氏祠堂挂上了乌鸣小学的牌子。明地里，黎岸村是校长。三四个老师，二三十个学生，晨操日课，琅琅书声。其实，这是乌鸣嶂抗日短枪队的大本营。黎岸村的队员比他的学生还要多，都是年轻力壮的小伙子，遍布各地。平时里，他们是耕农、渔夫、菜贩，饥馑度日，一有任务，就聚拢成兵，或三五个，或七八个，乘着夜色，一律着玄色衣裤，腰挎黑沉的驳壳枪，快速勇猛得像猎狗。这些年，短枪队频频出击，神龙见首不见尾，快攻猛打，一招制敌，少有失着。但这次却在蚬须涌踩偏了脚。

下午，上级派特派员过来在鸟鸣嶂顶找黎岸村谈话。一见面，特派员严肃地说："黎岸村，你知道犯了什么错误吗？"

"这次去香港取枪，货不对板，我越想越气。路过蚬须涌，心想，端了这个窝点，把气倒出来。"

"乱弹琴。典型的感情用事。为出你这口气，六个队员牺牲了，都是精兵干将。你的气出了吗？倒把班叔气坏了，踢烂了一张桌子，要立马撤了你。还是唐总最后定板，六对八，还是胜了，错误不小，战绩也大，警告一次，决不再犯。"

"谢谢唐总。"

"班叔叫我告诉你，日本人迟早要拿下香港的，以后，你们的战场可能要转移到香港，肩负更重要的任务，陌生的环境，仗更难打。他要你记住：消灭敌人，也要保护自己。"

"请转告班叔，我记住了。"

"还有个事——"

"楚稔生和秋蝉入党的事批了？"黎岸村腾地站起来。

"班叔的意思，还要考察一段时间。党敞开怀抱欢迎进步青年，如今的形势你也知道，比任何时候都错综复杂。原来是走象棋，就黑红两方，如今打麻将，四方，是敌是友谁也弄不清。秋蝉的情况还简单一点，小官僚家庭，又是你表妹。楚稔生就不好说，大资本家的少爷，大哥楚孚生是大汉奸，二哥楚协生是国民党军官，汤汤水水，谁能打包票？"

黎岸村急着说："我都答应了他们的。"

特派员看了黎岸村一眼，摇了摇头说："刚批评了你打仗感情用事，怎么政治上也感情用事？不是不行嘛，考察考察。你答应了就代表组织答应了？班叔说了，楚稔生和秋蝉加入短枪队，这是种新情况，由单纯的工农兵阵营变成了各个阶级的联合阵营，对此，我们既要欢迎，又要谨慎。原来的队员，个个是穷苦人家的子弟，知根知底，你介绍一个，组织批一个，二话不说。你这个队长，既要会打仗，还要懂政治，江湖上的那一套要戒一戒。”

黎岸村回到祠堂，三哥楚稔生正赤着膊在天井里打沙包。浑身的腱子肉一块一块，健硕有力。他做了体育老师。

黎岸村做了个鹞子翻身，两脚一前一后踢在沙包上。三哥楚稔生鼓掌大叫：“岸村哥，好功夫。”

黎岸村瞅了三哥楚稔生一眼：“你冲拳冲空了，没实，没爆发力。要这样。”

说着，走近沙包，两只拳头雨点般地打在沙包上，勾拳侧拳并用，声音喑喑的，却很沉，沙包几乎纹丝不动。不像三哥楚稔生刚才打的那样，声音脆叭叭响，沙包晃来晃去。黎岸村打完，三哥楚稔生又打起来，这一回，他上了一点道，打得沉实快稳。

“你和秋蝉的事还得考察考察。”黎岸村走到三哥楚稔生身后，轻声说。

三哥楚稔生抱住沙包，回过头看着黎岸村，汗糊着的眼睛里眸光灿亮，又一点点散开：

“为什么？”

“没为什么。”

三哥楚稔生嘶声说：“肯定是我大哥二哥的原因。他们不知道，你是知道的，我跟他们不一样。”

“你嚷什么？不一样就做出点不一样的事情来。”

“我这就带人去打清平墟，宰了楚孚生。”

“你敢？”

第十三章

那一年，香翰屏跟陈济棠生了隙，称病回乡做隐公。白崇禧专门去看了他一次，邀他出山，送了两把壶。一把方的，一把圆的，取天圆地方之意。香翰屏谢绝了白崇禧的好意。一年后，局势大变，陈济棠成了丧家之犬，他才半推半就受了蒋介石的衔。白崇禧骂香翰屏，这个鬼五马六的鸠屎佬。鸠屎是粤语，骂人奸猾的意思。淞沪会战时，一颗炮弹打中香翰屏的指挥部，一地狼藉。两把壶碎了那把方的。他心里说，这是劝我别那么梗，要圆着点。所以，从沪返粤后，香翰屏变了一个人，为人处事，一团春风。

香翰屏叫退中尉，带二哥楚协生进了书房隔壁的耳房。

是个茶室。清幽简净。金丝楠矮几上摆着圆茶台，乌黑锃亮，看样子是檀香木的。月形博古架上隔着三层格。每个格或放陶罐，或放油纸包，估计是茶叶，飘溢着茶香，脉脉的。矮几对着窗，两扇半开的牖，窗棂镂花，一边是腊梅，一边是剑兰。牖外一株芭蕉，绿得沁人。窗台下一个白炭红泥炉子，炉上一把黑铁壶。

香翰屏边揭开炉底的风盖，边笑着说："主人走得匆忙，什么都留下了，我捡了个便宜。你喝什么茶？"

“大红袍。”

香翰屏哈哈大笑：“正合我意。我也欢喜喝大红袍。轻涛松下烹溪月，含露梅边煮岭云。战事最紧，茶还是要喝的。文武之道，一张一弛嘛。前年去上海，还有人向蒋委员长告状，说香翰屏仗不会打，就会喝茶。还给我取了个外号，叫茶将军。这话我不爱听。淝水之战，谢安在家下象棋；司马懿兵临城下，诸葛亮还在城头操琴。所谓运筹帷幄，决胜于千里之外，做统帅的，何必躬蹈矢石？说实话，这点上，我就跟憬然不同，他就欢喜做赤膊典韦。当然啦——”香翰屏说的“憬然”是蒋光鼐的字。铁炉子里的水开了。香翰屏停了说话，从博古架上取了个油纸包，小心打开，放到鼻子底子闻了闻，然后捏了柄小巧的茶勺，把茶叶铲到圆乎乎的茶壶里。壶是香翰屏老家坭兴的陶壶，赭中泛黑，有些年月了。据说，这把壶是钦州烟斗巷佳我斋制作的，清乾隆间的货。

香翰屏提了铁炉，往茶壶里注水，一边泡茶一边接着说：“憬然欢喜做典韦也没错，毕竟他赢了嘛。各有各的风格。像喝茶，有人欢喜喝龙井，有人欢喜喝单枞，你和我就欢喜喝大红袍嘛。来，协生，喝茶。”

这一说，说得二哥楚协生笑了起来，香翰屏自己也笑了。二哥楚协生端起杯，先放到鼻子下闻了闻，然后轻抿了半口，缓缓入喉，赞道：“好茶。”

香翰屏眯着眼睛喝完了茶，一副甘之如饴的样子。忽瞄了二哥楚协生一眼说：“老说茶干什么？说说蚝，你是清平墟楚家二少爷，蚝才是你的本行。”

“香司令，我对蚝一直不感兴趣。”

香翰屏哦了一声说：“原来如此。我还指望你帮我解个题呢。

昨天中午，说到蚝，我说了梅尧臣的《食蚝》诗，记得苏东坡写过篇《食蚝》文，想来想去就是想不起，说等着请你赐教。”

二哥楚协生站起来说：“我献丑了。”

说着，背诵起来：

> 己卯冬至前二日，海蛮献蚝。剖之，得数升。肉与浆入水与酒并煮，食之甚美，未始有也。又取其大者，炙熟，正尔啖嚼……每戒过子慎勿说，恐北方君子闻之，争欲为东坡所为，求谪海南，分我此美也。

香翰屏击掌说：“名不虚传。我听说，清平墟楚家三兄弟，老大奸，老二雅，老三勇。今日一见，协生果然博雅。”

“您过奖了。我们四兄弟，还有个老四，是哑巴。”

“那老大奸，老二雅，老三勇，老四哑。”香翰屏哈哈大笑。

二哥楚协生也跟着笑起来。香翰屏又瞄了二哥楚协生一眼：“清平墟的人两个爱好：吃壳的，看细的。你对吃壳的不感兴趣，那兴趣都转到看细的身上去了？”

二哥楚协生的脸一刹那红到耳根，低了头，嗫嗫嚅嚅：“对不起，香司令，我知错了。”

香翰屏抿了一口茶，把茶杯搁在茶台上：“现如今什么时候？山河破碎，生灵涂炭，你身为党国军人，挟私愤，报私仇，以奇袭为名，行夺美之实，致使那么多抗日战士白白送命。你不是问这样挂着什么意思吗？我告诉你，我是叫你好好自省。实话告诉你，若不是国家用人之际，若不是我曾经跟你父亲在广州有一饭之缘，他对我有赠蚝之情，哪容得你活到今天？”

二哥楚协生早笔直地站在一边，额头上吱吱冒着汗。窗牖外的芭蕉上来了只长尾红嘴的鸟，唧唧喳喳聒噪着，转头往里看了一眼，觉得势头不对，飞走了。

“好啦，你坐下吧。”香翰屏眸光中的精芒隐退，又显柔和温润之色。他站起来，伸出右手搭在二哥楚协生的肩头：“楚协生，我任命你为情治科的上尉科长。”

二哥楚协生站了起来，啪地立正，敬礼：“感谢香司令栽培，协生一定竭尽全力，为党国效命，为香司令效劳。”

“包括你的大哥和三弟，能争取就争取，不能争取就——”停了一下，眸光中的精芒又起，直视着二哥楚协生，“你能做到吗?”

“职责所在，万死不辞。”

香翰屏走到窗边，久久地看着窗外，说：“国家危急存亡之秋，万千责任系于吾侪肩头。现如今四处皆敌，日本人在明处，战场上拼，还好说，怕就怕有些人暗处里捣鼓，防不胜防。”忽回过头来，看着二哥楚协生：“据可靠的情报，你三弟楚稔生已加入黎岸村的短枪队，到了乌鸣嶂。你抽空去一趟，好好跟他聊一聊。还有，那个贺子群怎么样?”

“我打包票。”

“那就好。叫他给你做助手。”

二哥楚协生给香翰屏敬了礼，转过身要走，却又被香翰屏叫住：

“协生，苏东坡《食蚝》文里说，恐北方君子闻之，争欲为东坡所为，求谪海南，分我此美也。又在《惠州一绝》里说，日啖荔枝三百颗，不辞长作岭南人。他一个四川人，对这里都这么欢喜，你和我祖祖辈辈生于斯长于斯，卧榻之侧，岂容狗强盗鼾睡？赶走日军，我们好好吃清平蚝，吃罗浮山荔枝。”

听龟爷爷说要在永兴桥上杀贺子其，我第一个想法是回房间睡觉。不是我怕。我不怕。我什么都不怕。我是懒得看。我都看了杀了那么多人，有什么好看的？一点也不好看。走到天井中间，我又踅回来了。因为，我听到一个声音。是母亲的声音。听到母亲的声音，我的眼泪下来了。我这才想起，好久没去落霞洲了。

我迈出门槛，走到石龟身边，我听到龟爷爷喊我："俊生，俊生。"

我没停下脚步，只在心里说：

"我不陪你了。"

"俊生。"龟爷爷急着喊。

我只好停下脚步，望着石龟。龟爷爷说："我告诉你两件事。一件事是，他们不像杀猪一样杀贺子其了，要像捌毦一样捌——"

我又听到母亲叫我。我愿意听我母亲说话，可是，她却很少跟我说话。她不像我，是个哑巴，她能说，而且很会说，她说起来一串一串，像唱歌一样。当年在学校，她是有名的演说家，能够在几百上千人面前大声说话。她说话的声音像打机关枪，又快又狠。可是嫁给我父亲后，她的话就少了，像舌头受了伤一样，除了父亲，她几乎不对别人说一句话。生了我后，她也不跟我说话。她不欢喜我。或者这样说吧，她在生的时候，不欢喜我，死了，倒有点欢喜我了。我感受到她有点欢喜我，因为，她会时不时跟我说话。谁欢喜我谁不欢喜我，我是知道的。其实，这个世界上，除了父亲，没有一个人真正欢喜我。他们把我当多余的人。但不知道为什么，我却不欢喜父亲，他死了那么久，我一次也没有梦见他。对此，我一点也不愧疚。

吉田走神了，低头干着什么，他没有注意到我突然从大门出来。直到我走到跟前，他才抬起头，手一抖索，一个圆圆亮亮的东西掉到地上。他连忙捡了起来，攥进袋子里。我看到了，是面小镜子。

永兴桥未坍塌的那边桥面上，有七八个人在搭台。那些搭台的人和协军，原来都是我家的蚝工，有些我认识，有些我不认识。靠木台的地上摆放着一个井字形的木架，约有一人高，上梁扣着三个铁环，下梁两个。两个人在铁环上绑着麻绳。绑好了，一个人要把另一个人的手绑上去，嘻嘻哈哈笑。木架的旁边是个椭圆形的杀猪用的箍桶，箍桶里放着一叠前铁钩后木柄的捌刀，捌蚝用的捌刀。我想起龟爷爷说的要把贺子其像捌蚝一样捌的话，浑身蹀蹀躞躞，脚步竟一时挪不动。

“来，先捌了这个哑巴。”一个协军丢了烟屁股，朝我走过来。

“好，捌了他。”另一个协军拍手叫道。

“好。”绑麻绳的两个人停了手脚，站了起来。

搭台子的几个人笑着直起了腰。

看样子，他们真想把我绑在木架子上，然后用捌刀捌我。我的血往头上冲。我瞅了一个空，像条逃命的白鳗从一个协军的肋下冲过去，跨上木台，又飞似的跳下木台，踩着临时搭建的独木桥，到了茅洲河的另一边。我来到落霞洲。

几个月没来，落霞洲好像变成了荒屿，沿着海岸，筑了一道半丈高的铁丝网。一眼看过去，蜿蜒的铁丝网像一条腐烂的蛇。洲上的路被荆棘野草覆盖住了。我费了很大的劲沿着旧路往前走，锋利的蒺藜划破我的衣服，也划破我的脸，血涌了出来，但我一点也不觉得痛。我扑倒在那块巨石上，放声大哭。

“俊生，你怎么了?”我听到母亲的声音。

我想止住哭，但没法止住，好像一止住，我就会死去。

母亲又在说话了:“俊生，别哭了。”

母亲不说，我也不哭了。因为，我哭累了。伏在巨石上，我睡了过去。这次，不是昏迷了，是睡着了。我做了一个梦。我梦见进了离清平墟约五里之远的天后庙。也许，不是天后庙也难说。但应该是天后庙，我看到白汉玉的山门，这座山门，是我父亲迎娶我母亲的前一年捐建的。那一年，合澜海吹台风，百年不遇，把天后庙的木制山门吹塌了，还砸死了香烛店的一对老夫妇。但这么大的台风，我家的蚝却丝毫无损，父亲感念这是天后娘娘保佑，主动出资建了山门。第二年娶了我母亲，还出钱做了一次最大的天后诞，做法会，唱大戏，摆了一百桌大盆菜。他烧了三炷长香给天后娘娘:“保佑我生个接衣钵的儿子。”

那时候，父亲看出来了，他的百般栽培付了流水，三个儿子对他倾注了大半辈子心血的蚝不感兴趣。知道我是个哑巴后，父亲再没有踏进天后庙半步。

我走进正殿。中间供奉着五彩的天后娘娘的塑像，我分明听到她在叫我:“俊生。”是母亲的声音。天后娘娘变成我的母亲。她伸出手:“俊生，过来。”

我走上去，也伸出手。我的指尖触到母亲的指尖。我握着母亲的手。母亲的手温温软软。突然，我感觉母亲的手变冷变硬。母亲的手变成枪管。我抓着了一根枪管。黑洞洞的枪口对着我。

我大喊:“妈妈。”我听到狞笑声。

一看，母亲变成了吉田。

第十四章

我睡着了，冢二在永兴桥杀贺子其。

贺子其呈大字形固定在井字形的木架上。他的头，他的双手双脚，顺着铁球，用麻绳绑住。头是撬开嘴绑的，除了眼睛，他半点也不能动弹。

一群捌蚝的女人被押在那里，吓得半死，谁也不敢上去。

大哥楚孚生走到戏台中央，跪了下来，从腰上拔出勃朗宁手枪，对着自己的太阳穴说："你们不想贺子其死，我死。"

"我捌。"一个女人站了出来。

贺子其吼了一声，他的嘴巴被麻绳堵住了，吼声发不出，但还是从鼻管里喷涌，如一记闷雷。尤其是眼睛，圆鼓鼓地瞪着，眼球几乎要爆裂了。那个捌蚝女人身子一阵乱颤，踯躅不敢向前。

冢二脱了右手的白手套，摸了摸刀柄上悬着的红缨子。大哥楚孚生过来对冢二说："我叫她先捌了贺子其的眼睛。她们不是怕贺子其的喊，是怕他的眼睛。"

冢二叫住了大哥楚孚生，对赵翼然说："叫吉田来。"然后笑了笑对大哥楚孚生说："我就叫吉田捌他的眼睛，他的胆子比女人还小。"

大哥楚孚生摸出绢巾擦额头上的汗。刚摸出来，绢巾掉到地上。冢二笑得嘴角翘了一下说：“孚生君的胆子也不大。要不，吉田㧟一只，你㧟一只？”

那天晚上，二哥楚协生和贺子其里外两路人马奇袭清平墟，反被冢二包了饺子。除了二哥楚协生仗着熟路，从下水道里逃出生天，其他人，包括凤岩庙的几个和尚，死的死，抓的抓，几乎全军覆没。其实，被抓的活口，只有两个，一个贺子其，一个苦鲛，被麻绳绑了拴在戏台的石柱上。昏迷中醒来，贺子其看见在血泊中哭哭啼啼的苦鲛，咧了嘴笑道：“小和尚，哭什么？菩萨会来救你的。”

苦鲛盯了贺子其一眼。贺子其啧了啧嘴说：“别怪我，是楚家老二出的馊主意。”

苦鲛呜呜哭了起来。

“我有个法子，可保你不死。”

“什么法子？”苦鲛望着贺子其。

贺子其凑在苦鲛的耳边说了一番话。不一会，苦鲛对看护的协军说：“请给楚会长带句话，我有一个秘方治好她夫人的病。”

还没等协军说话，大哥楚孚生呼地站起来：“快把小和尚带过来。”

赵翼然说：“孚生，你还嫌这事闹得不够大？”

“天塌下来了我顶着。”

协军把苦鲛提了进来。大哥楚孚生屏退左右，包括赵翼然，给苦鲛松了绑，请他到椅子上坐了，作了个长揖说：“你有什么秘方？我什么都依你。”

苦鲛接过大哥楚孚生递过来的茶，喝了一口说：“会长知道夫人得的什么病吗？”

“不是惊厥症吗？”

苦鲛摇了摇头说：“惊厥症是表，是果，其内其因，是热惊风。”

“来人，把这骗人的小和尚押回去。”大哥楚孚生大声说。

“楚会长性子好急，也不等我把话说完。原来楚会长也懂医，热惊风是小孩子才得的一种病，夫人二十好几，怎么会得热惊风？这就只知其一，不知其二。其实大人也会得热惊风的，杨贵妃就得过，御医都治不好，后来让一个姓杜的土郎中治好了。你知道我本来姓什么吗？”

“姓杜？你就是那杜郎中的后代？”

苦鲛点了点头说：“一般人只知道绝色的女子样子像小孩，其实，她们的心性也像小孩。夫人跟杨贵妃一样，都是绝色女子，纯阳之体，得热惊风一点也不奇怪。”

“险些错怪小和尚了。”

“热惊风一症，有三种原因：一是眼睛看了异物，耳朵听了异声，神散气乱；二是心肝火盛，风寒郁闭，阻滞不通；三是痰热极盛，内动风寒。第一种，服清热镇惊汤，清热镇惊汤治外惊：柴胡薄荷麦门冬，栀子黄连龙胆草，茯神钓藤草木通；第二种，服牛黄丸：黑牵牛、白牵牛各七钱，半胆星、枳实、麸炒、半夏各五钱，姜制牙皂二钱，去皮弦大黄一两半，研成末，用白蜜炼成丸，姜汤服下；第三种，服凉膈散：黄芩，大黄，连翘，去心芒硝，甘草，生栀子，薄荷，药引子用竹叶和生蜜——”

大哥楚孚生打断苦鲛：“祖宗，别背药经了，这些药全用了，这个散那个丸，全没用，你说你的祖传秘方吧。”

“百年四精汤。”

“哪四精？我明天就请人治齐，大不了天上飞的，水里游的，山里长的。”

“天上飞的倒是没有。一是百年老参的须，二是百年灵芝的脚，三是百年海蚝的柱。一般人家，这三样凑齐就很难了，别说第四样。楚会长运气好，第四样也给你送来了。”苦鲛看着大哥楚孚生，凝住了。

大哥楚孚生恼道：“这个小和尚，真把人急死了。”

“百年恶人的肝。”苦鲛缓缓地说。

大哥楚孚生刚坐入椅，听了这话，脚一哆嗦，差点摔下来。好一会，才定了神，扶了椅背，轻叹了一口气说：“贺子其啊贺子其，治好了小蝶的病，我给你立个生祠。”

苦鲛正蹲在炭火炉前守着，缩成一团，悚悚发抖。他望着跳跃的蓝色火焰，仿佛那是地狱之火。

炭火炉上的瓦罐正煲着百年四精汤。

从最后一味药入罐开始，煲了快两个时辰。最后一味药是贺子其的肝。是苦鲛动手从贺子其被捌开的胸膛里割下来的。这也是贺子其给苦鲛出的主意，那肝非得苦鲛动手割不可，而且，汤也要苦鲛煲。所谓的百年四精汤之说，是贺子其叫苦鲛胡诌的。有一点倒是靠谱，苦鲛还真懂一点医，闲时跟凤岩庙的方丈孜然学过。所以，跟大哥楚孚生说时，说得那么像模像样。

这是缓兵之计，拖延时间，否则，秘方早兜了底，没用处了，大哥楚孚生会杀了苦鲛的。从那天晚上说出秘方开始，绑是没绑了，派了个协军跟着苦鲛。但贺子其的计划泡汤了。

贺子其从小在我家宅子里玩，他知道有个地方可以逃走。他把这个地方告诉了苦鲛。汤煲到一个时辰的时候，苦鲛找了一个机会，避开协军的视野，到了那个地方，即西厢房和东厢房交接的下水甬道。苦鲛傻眼了，没有铁箅了，全封上了砖石。哪怕苦鲛变成一只穿山甲，也逃不出去了。穿山甲只能扒土，不能扒坚硬的砖石。二哥楚协生就是从这里逃走的。贺子其要是知道二哥楚协生也打了下水甬道的主意，估计他不用别人拶，直接会气死。

大哥楚孚生一直守在凌小蝶的床边，隔一会，他就派人来，问苦鲛汤煲好没有。又听到了脚步声，像听到死神的脚步声，苦鲛的心揪得紧紧的。

来的却是赵翼然。人没进来就在那大呼小叫：

“苦鲛，苦鲛。”

听到赵翼然的声音，苦鲛一屁股跌在地上。赵翼然撞进来，拉起苦鲛，上下左右看了一圈，忽伸出手摸了一下苦鲛的脸蛋，笑嘻嘻的：

“怎么坐地上了？快起来。哟，真是个漂亮的小和尚。”

像蛇咬了一样，苦鲛缩了身子。这一缩，正碰着炭火炉，连炉带陶罐倒在地上。汤舔着烧红的炭块，呼呼地冒起白汽。苦鲛傻眼了，赵翼然也傻眼了，好一会，木在那里，像被摄了魂。苦鲛哇一声哭起来。赵翼然眼睛翻了几下，捂住苦鲛的嘴，在他耳边说：

“哭死也没用了，听我的，包你没事。”

说着，进了西厢房，大叫：“完了，完了。”

大哥楚孚生听到喊声，跳了出来，脸色都变了：

“你慢点说，什么完了？”

“汤完了，炉子倒了，罐子碎了——”

没听完，大哥楚孚生掉头跳着回房间。一会出来了，手里拎了枪，那把勃朗宁手机。赵翼然死死地抱住。大哥楚孚生发了飙，枪口对着赵翼然："滚一边去，我连你也一枪打死。"

"有种的你连家二一枪打死。"

"什么意思?"

"家二叫我来喊苦鲛的。苦鲛出了厨房，刚说几句话，狗闻到香气溜进去了，撞垮了炉子。孚生，这也怪不得谁，是命数。"

"命数。"大哥楚孚生喃喃地说，眸中有泪光闪烁，忽然警觉地问：

"家二找苦鲛干什么?"

赵翼然做了个下流的手势，诡笑了一下。

第十五章

有两轮像鸡蛋黄的落日，一轮浮在空中，一轮沉在合澜海的水里。烂彩的云幔也是，一半空中，一半水里，空中和水里未隔又隔，融成叆叆叇叇、绵绵厚厚的一大块。云幔之间，白鹭海鸥点点，像镶在上面。白鹭海鸥的翅膀涂着浑金。暮光把天地涂成浑金，把落霞洲的菰蒲也涂成浑金。

我在菰蒲间跑着。风在我的耳边呼呼响。我能听到声音。什么声音我都能听得到。风的声音，浪的声音，采蚝人唱歌的声音，菰蒲擦过我身体的声音，翠鸟唧一声像箭一样掠翅飞起的声音。还有，蛇在草丛里沙沙沙爬行的声音，甚至，蒿草泼剌剌拔节的声音，我也能听得到。吉田的笑声，吉田的脚踏过草地的声音，吉田的心跳声，我也听得到。

吉田刚开始穿着木屐，嘀嘀嗒嗒，后来，他把木屐甩了，赤着脚，他牵着我的手，在菰蒲间跑着。他穿着一件浅葱绿色的和服，缀着粉红的樱花，背后盘成蝴蝶结一样的带。他原来是绾着头发的，高高地耸着，鬓边各扎着一朵橘黄色的金樱花，跑着跑着，金樱花一前一后掉了，在空中飘，划着好看的弧线。我听到金樱花在空中划过的声音。他的头发散了下来，像黑缎一样散了下来，迎着风逸舞。我跟着他，他的头发打在我的脸上，有一股青草的芳馨，我酥酥欲醉。

我们跑过菰蒲丛，来到一片开阔的地方。我从不知道落霞洲还有这么一个漂亮的地方。地上是又软又厚的青草，踩上去，就像踩在伊斯兰的地毯上。我没踩过伊斯兰地毯，我想象那是踩伊斯兰地毯的感觉。青草的尖上开着花，黄的花，白的花，星星点点的，像太阳光，或者说月光，溅在青草上。吉田站定了，他看着我，他的目光不再忧伤，而是娇羞。他抽开我握着的他的手。哦，对了，他的手纤滑柔嫩，像丝巾一样。我正在忐忑他为什么这样做，因为我不情愿松开他的手，他把和服背后带子的头塞到我的手里。我愣愣地握着，不知道干什么，他像跳舞似的跳开，手向上撑着。带子在我手里像铁链一样散开，顺着他跳开的身子延展开去。带子展到尽头，吉田仍然跳，和服像笋叶一股脑被剥开，一道白光直射过来，射得我的眼睛都几乎看不见。

吉田是个女人，我的脑子里嗡地响了一声。

那嗡的声音还在回旋，吉田抱住了我，像藤一样抱住我。

天空中有万千的星星飞舞闪烁，金的星星，银的星星。我也变成飞舞闪烁的星星。我听到蚝的歌唱，他们唱着欢快的歌。我看到红树林中有无数的红喙绿翅的翠鸟嬉戏，树梢间飘扬着纷乱的羽毛。我还看到，一大片青草偃伏，茎秆被折断，喷射出绿色的汁液。我飞起来了。在温煦而粉黄的天穹中飞起来了。我向落日飞了过去，向鸡蛋黄的落日飞了过去。

我感到腹部一阵疼痛。我摸了一下，黏糊糊的，是血。我还摸到一个圆圆硬硬的东西，是一颗子弹。我看到，子弹像雨簇一样在我的四周飞射。吉田举着冲锋枪朝我扫射，她狞笑着。她狞笑的声音比机关枪的声音还大。她穿上了军装，又变成一个日兵。我往下掉，青草地变成燃烧的熔岩。

我大叫一声，醒过来了。

我举目四望，黑蒙蒙的，大块的乌云卷集，海滚着黑潮。好大的风飙过来，把那么一大片菰蒲吹得全匍匐在地上，又反方向吹过去，菰蒲直起了腰，又匍匐下去。如此反复。折断了的菰蒲枝枝叶叶向半空飞去。是被一个风的漩涡吸过去的。空中形成一道风的柱子，旋转着，越旋越高，越转越快。除了菰蒲，其他东西也被吸过去了，海水，石头，还有鱼虾，蓬蓬勃勃的一大堆。我看到了，那旋转的柱子变成一条张牙舞爪的黑龙。我也快被黑龙吸过去了，我拔腿跑着，好像有几双手抓着我的衣服，我举步维艰。我死死抱着礁石，才稳住身形。不一会，那抓我的手离开了。黑龙转变方向，向茅洲河飞遁而去。看来，传说没错，茅洲河底下真有一条黑龙。

黑龙从茅洲河入海口一路杀将过去，什么都阻拦不了它。它把一切阻拦它的东西踏为齑粉。河边停泊的船，岸边的茅寮和树木，堤路上厚重的青石板，隔永兴桥约半里之遥的日本人设置的一个岗亭和它周围的铁丝网，包括站岗的四个日兵，全被它裹在漩涡之中，升腾，粉碎。我看到，望海楼顶上的日兵朝黑龙开枪，几挺机关枪一齐开火，哒哒哒，哒哒哒。黑龙只摆了一下尾，一条长长的水线朝望海楼疾射而去，四个日兵摔着筋斗飘了下来，像四片树叶。他们声嘶气竭的叫声淹没在黑龙的狂风暴雨中，比蚊子的声音大不了多少。两个日兵跌在巷道的青石板上，脑袋碎成破瓜瓢，身子抽搐了几下，死了。大雨一刹那冲刷掉他们流出来的血髓，死态安详。另两个日兵，一个卡在木棉树的枝丫里，双手双脚乱晃，像只被摁住的七星瓢虫，一根撑船的竹篙插进他的胸口，大雨冲刷掉他胸口流出来的血，也死态安详。我左看右看，没看到另一个日兵去了哪里。

我来劲了，对着黑龙大喊：“黑龙，你再厉害点，毁了清平墟，全毁了。”

我想象着清平墟全毁了的样子，黑色的海浪冲过来，把一切卷走，海浪漂浮着冢二的尸体，大哥楚孚生的尸体，日兵和协军的尸体。当然，还有凌小蝶的尸体，所有的人的尸体。我哈哈大笑。

但黑龙戛然停了。在永兴桥边戛然停了。然后，化作黑烟，腾空而去。永兴桥上的台子、木架，还有贺子其被捌得七零八落的尸块，全随黑烟腾空而去。天又亮堂了。除了巷道里躺着的两具日兵的尸体，木棉树枝丫上挂着的一具，一切依旧，好像什么都没有发生。

我揉了揉眼睛，回头一看，那些折断了吹走了的菰蒲也复了原，郁郁葱葱，在风中摇曳。还有几只长喙短翅的翠鸟在菰蒲鹅黄的嫩尖上鸣啭。那轮鸡蛋黄的落日还浮在烂彩的云幔之间，天地之间，一片浑金。

我想不明白，这到底怎么了？我头痛欲裂，默念道：“一切有为法，如梦幻泡影——”

但只念了两句，我耳边响起龟爷爷的话：“俊生，别念了，你以为变成蚝就能逃掉？逃不掉的。”

“怎么会这样？我看到的这一切是真的吗？”

“是真的，也是假的。别犯傻了，走吧，吉田等着你呢。”

像被毒蜂蜇了一下，我跳起双腿：“她在哪里？”

“你向右边看看。”

右边是一片一人多高的菰蒲，我站在石头上，踮起脚，看到了吉田。

吉田盘腿坐在倒伏的草丛上，出神地望着海。她穿着军装。

原来，她是望海楼顶上四个日兵之一，其他三个，死了，她却被风刮到离我五丈之远的海边的菰蒲丛里。她也不知道自己是怎么过来的。

吉田看着落日下的合澜海，思绪飘回了她的家乡北海道的海。北海道的海比合澜海更清更亮更大，像一面巨大的镜子。当兵之前，她经常坐在海边看海。她家是世代的渔民，很多年前，每天早上，她的父亲带着她的两个哥哥，驾着小巧灵捷的机帆船出海。日暮时分，她坐在海边等着他们回来。船舱里满满的，有鲑鱼、狭鳕、鲱鱼、沙丁鱼和秋刀鱼。有时候，还有蟹，毛蟹、多罗波蟹和堪察加拟石蟹。这些蟹是做寿司的好材料，不用加芥末，蘸点酱油就可吃，一点腥味也没有。

战争来了，吉田的大哥当兵，战死了。不久，她的二哥又当兵，又战死了。无兵可征了，政府要吉田的父亲当兵。吉田对父亲说：

“我替你去。”

“你怎么去？”母亲哭着说。

“我能去的。”

吉田如愿了，她顶替父亲当了兵。简单地训练了两个月，就来到中国，成了冢二的手下。这刚来一个礼拜，冢二就要吉田捌了贺子其的眼睛。

起了一阵风，海天间烂彩的颜色渐渐黯淡，落日变得淡明，像蒙了层黑纱。吉田觉得这像极了贺子其被捌掉了眼珠的眼洞。刚才，想起家乡北海道的海，想起她海边的家，想起她的父母和两个战死的兄长，她的眼神还是原来的忧伤，觉得这海天暮色像贺子其被捌掉了眼珠的眼洞后，眼神就变了，坚毅和果敢，不仅仅是坚毅和果敢，还有凶残。

我想起了，吉田的这种眼神是鲨鱼的眼神。不是死了的鲨鱼的眼神，是活着的鲨鱼的眼神。他们攻击和吞噬食物的时候，是这种眼神。

“龟爷爷，吉田的眼神怎么变了？”我问。

“因为她吃了贺子其的眼睛。”

第十六章

我梦到和吉田在落霞洲的菰蒲间奔跑的时候，冢二正在吹尺八。

冢二吹的是《空山》。是简单得不能再简单的曲子，一会高一会低，高的时候像裂帛破竹，低的时候像丝绸划过婴孩的皮肤。但不知怎么回事，这么简单的曲子，却有着一股神奇的力量，像一张铁网，网住一切，让人无法逾越。其实，说铁网是不对的，铁网有逼迫的意思，不是铁网，非得说网，也是一张无形的温柔的网，温适，愉悦，让苦鲛心甘情愿，无法逃遁。

这样说吧，当苦鲛懵懵懂懂被赵翼然领进冢二二楼的房间时，他是当铁网的。他绝望地想，今天反正一死，最终还是没逃脱给贺子其陪葬的命运。两相比较起来，他更愿意死在大哥楚孚生手里，而不是冢二手里。都监铁根告诉过他，死在日本人手里，魂灵没法超脱。因为，日本人是地狱里的魔物转胎。

苦鲛不欢喜铁根。像他的名字一样，铁根这人像块铁，冷冰冰的，除了孜然方丈，对其他人，他轻则骂，重则打。苦鲛十一岁到凤岩庙，是最小的和尚，这些年，他是在铁根的打骂交加中度过的。哪怕苦鲛后来做了孜然的侍者，跟孜然很亲近，也没逃过铁根的打骂。孜然知不知道铁根的这些行径？估计是知道的，孜然又不是聋子。但他从来不管，就躲在精舍里诵经念佛，饭菜都是苦鲛用供盒提了送去。

有人说，这是假相。其实，每天晚上，等众僧睡着了，孜然会提着禅杖上黑鳌岭，在山头云脚里推压拍铲，截劈冲摇，舞得啸啸生风。

孜然的禅杖重一百零八斤，黄铜铸的，平时搁在禅床的边上，几乎没挪过位置。有一次，苦鲛在抹禅杖的时候，他看到了，月牙形柄上吊着的四个环中的一个环有个啮痕，不知道是被刀砍的，还是磕击在哪个硬物上。还有一次，一大早，苦鲛给孜然送菜羹粥，一进禅房，就闻到一股淡淡的，但很怪怪的味道。他小心地探访这股味道的源头，原来是禅杖上散发出来的。那股淡淡的、怪怪的味道是血的味道，腥膻。

这个没什么。居然还有人说，铁根是孜然和一个日本女人的私生子。前面说过，有个说法，孜然去日本留过学，做过孙中山的保镖。这是一群精力充沛的年轻人，读书，革命，玩女人，样样不落。别人玩艺妓、餐厅的服务员，孜然艺高人胆大，玩了个警察的女儿。警察知道了，把孜然堵在学校门口，用手枪指着孜然的头："离开我的女儿，你这个支那猪。"

孜然用了一招擒拿手，不知是潜龙腾渊，还是亢龙有悔，反正，站着的警察变成躺着的警察，枪也从警察的手里到了孜然的手里。孜然举起巴掌，本来要打警察的脸的，但到半路缩回去了，换成了脚，踢在警察的屁股上。

孜然对警察说："你别弄错了，我早就想离开你的女儿了，是她离不开我。她怀了我的孩子。嘴巴干净点，别支那猪支那猪的，唐朝的时候，我们还叫你们倭夷呢。有意思吗?"

恼羞成怒的警察把女儿逐出家门。孜然跟怀孕了的女人租了一个仅可容身的房子栖身。女人的肚子一天比一天大。孜然忙于革命，拙于生计，有时候，一天都吃不上一顿。未等孩子出生，孜然就跟着孙中山去了槟榔屿。走之前，他也没跟女人说一声。孜然再也没去过日本。

关于日本女人的事情，有几个版本。一个版本是，她难产死了，小孩活了。一个版本是，知道孜然走了后，她腆着大肚子跳了海。铁根是第一个版本里的那个小孩。孜然的一个同乡把小孩带到广州，养大成人，然后辗转把小孩交到孜然手里。事实上，这种说法的可信度极低。那个同乡为什么要接受托这个孤？怎么能带个刚生出来的小孩回国？又怎么能找到隐姓埋名的孜然？孜然为什么又要把铁根一同带进空门？都站不住脚。而且，最重要的一点，铁根是甲辰年出生的，而孜然是己酉年离开日本前往槟榔屿的，仅此，虽未必能证明铁根不是孜然的私生子，但至少可以证明，不是孜然跟那个日本女人所生。

苦鲛不欢喜铁根。但铁根却最后保护了他。那天晚上，从我的房间里出来，一众人敲锣打鼓跟着铁根进了凌小蝶的房间。房间里灯火通明，除了头部，凌小蝶的身子被严严实实地盖着。苦鲛早按捺不住看了凌小蝶一眼。就看了这一眼，苦鲛全身像着了火，他念错了一句经词。待房间里只剩了铁根和苦鲛。铁根仔仔细细看了凌小蝶一眼，然后把揭开的被子盖上了，吹熄了灯，提了苦鲛的胳膊，出了房门。子弹像暴雨一样。铁根簇住苦鲛。铁根中弹了，两个人躺在地上，铁根仍簇着苦鲛。铁根的嘴里流出了血。铁根掏出一个东西塞到苦鲛的手里：“你要没死，交给小蝶。告诉她，我是阿桂。”

说完这句，铁根闭上了眼睛。苦鲛摸了摸铁根给的东西，冰凉滑润，四四方方的，估计是块玉，还有根绳子。

到了冢二的房间，苦鲛又念起了经，这一念，苦鲛不把冢二当铁网了。当然，也还没到无形的温柔的网之际。

冢二穿一套雪白的纹付羽织袴和服，盘腿坐在贺孟友留下的那张禅床上，脚上是松松垮垮的白袜子，靠着禅床放着一双白色木屐。赵翼然将苦鲛送到门边就走了，自始至终冢二连眼皮子也没抬。禅床下面的金漆檀香炉里点了香。在缭绕的香烟里，苦鲛的脑子里像水洗了一样，一片空白。冢二站起来了，趿了木屐，双手递过一只白底上散着黑麻点的小巧的凸肚圆口的瓷杯，瓷杯里有三分之二的液体，发着清辉。苦鲛的手颤抖着，看着冢二。冢二迎着苦鲛的目光："酒。清酒。大日本的清酒。"

苦鲛接了，手还抖着，但没有刚才那么厉害了。冢二自己也端了一杯，举过来，跟苦鲛碰了一下："小和尚，欢迎你。"

苦鲛学着冢二，喝了半口。像诵了一句佛经，唇齿间一片欢腾。

冢二取了墙上的尺八，吹奏起来。吹到高音的时候，苦鲛多少还有点感到像铁网，吹到低音时，苦鲛就几乎卸掉恐惧的包袱。他喝完杯里的酒，又给自己倒了一杯。倒完之后，才觉得后怕，看了冢二一眼。冢二却给他投来一个赞赏的目光。苦鲛受到鼓励，这一次，他一口喝掉了。苦鲛喝第二杯时，冢二正吹到高音，排山倒海，苦鲛想起枪声。但这时，哪怕想起枪声，苦鲛也不怕了。

吹到最高音，冢二停了，他一脸绯红，目光中火焰扑闪："小和尚，凌小蝶美吗？"

这天下午，乌鸣村祠堂前的地坪里一派热闹的景象。是上体育课的时间，十多个小孩子像起网的鱼，你一堆，我一堆，欢蹦乱跳。有的在简易的篮球架下打篮球，有的跳绳，有的玩老鹰抓小鸡的游戏，有的跑步，有的翻筋斗。

在祠堂里侧墙边空隙，三哥楚稔生在教几个学生打沙包。半个来月的历练，在地狱的边缘行走，三哥楚稔生从一个满腔热血的学生郎变成一个刀口舐血的战士，身体强壮了，浑身镀了一层古铜的颜色。此刻，他正给学生做示范，只见他踮着脚，身子弓似的紧绷着，来回闪忽，猛地冲上去，紧咬着牙，拳头打在沙包上。一连打出三五十拳，一拳比一拳猛烈刚劲。但发出的声音却是沉喑的，沙包纹丝不动。最后，他退了三五步，站定，紧盯着沙包，喝了一声，倏地腾了空，两脚像鸟翅张开，一前一后踢在沙包上，是侧翻腿。沙包像秋千晃荡，划着偌大的弧线，咯吱咯吱响。

这时，一个小孩跑过来，递给三哥楚稔生一张小纸条。三哥楚稔生看了，脸色变了。他急匆匆走到黎岸村的房前。透过窗户，他看到黎岸村坐在书案前写着什么，可能写卡壳了，摘了鸭舌帽，搔着头，搔着半月亮形的前额，半月亮形的前额泛着月亮一样的光。三哥楚稔生的心里咯噔了一声。黎岸村那么欢喜戴鸭舌帽，帽不离头，原来是个半秃头。三哥楚稔生第一次这么认真地看黎岸村的头，觉得很难看。他强迫自己别这样想，但没办法，还是觉得难看。

这搅乱了三哥楚稔生的计划，他停住脚步，掉头走。黎岸村听到脚步声，抬起头：“稔生，什么事?”

“没什么事。”三哥楚稔生回过身，走到门边。

黎岸村戴上鸭舌帽，示意三哥楚稔生坐下：“我正要找你说个事。冢二杀了贺子其，用捌蚝的捌刀一刀刀捌的，足足捌了两个小时。楚孚生还捌了肝，煲汤给凌小蝶治不醒的病——”

未等黎岸村说完，三哥楚稔生站起来，一拳打在墙壁上，天花板上的灰尘呼啦呼啦往下掉。他想吼，没吼出来，头拨浪鼓一样晃荡了一阵，停住了，瞪着黎岸村，眼睛通红通红："去打清平墟，我要亲手杀了楚孚生。"

黎岸村低声喝道："你想把这房子一拳打垮？我告诉你，你还在考察阶段，千万别捅娄子。贺子其被杀了，就打清平墟，谁在广州被杀了，就打广州？我们不是江湖侠客。"沉凝了一会继续说："还有个事。香翰屏上海吃了败仗，被蒋介石记了大过。不是香翰屏不行，派谁去谁都会败。趁这个机会，老蒋灭了广东帮的势力。香翰屏也是条硬汉子，一个光杆司令，呼啦一下拉起这么多人。这点上，我是佩服他的。但他骨子里跟老蒋一个德行，打鬼子是真的，反共也是真的。上次特派员说了，香翰屏对我们防得严呢，准备成立情治科，专门收买拉拢我们的人，收买拉拢不到，就——"站起来，咔嚓一声，右手挥掌做了个劈的动作，"所以，情况很复杂啊，是敌是友，一团雾。"说着从书案上拿起一张纸，掸了掸说："我收到密电，香翰屏刚任命情治科科长。你认识的，你知道是谁吗？"

三哥楚稔生猜到了，但他不说，摇了摇头。

"你二哥。"黎岸村把那张纸拍在书案上，打了一个响亮的哈哈，"有点意思了。闹来闹去，唱的是你们三兄弟的戏，就不知道你那个哑巴弟弟站在哪一边。哟，你上次跟我说了，忘了，他叫什么名字？"

"俊生。"三哥楚稔生飞快地答道。

黎岸村坐下了，头往后仰，身子懒懒地躺着，双手扣着，两只大拇指转着圈，抬头望着天花板，好一会似乎才回过神来，似笑非笑地看着三哥楚稔生：

“我刚才在想，这乱嗡嗡的世道，我要是俊生，会选站在哪一边。你猜猜，我会怎么选？”

“哪边也不选。”

黎岸村猛地站起来，挟起风，吹得那张纸飘了起来，他直视着三哥楚稔生，眉峰高高地蹙起：“对，我要是俊生，我哪边也不选，就选有碗饭吃，有个地方睡觉。但你，我，你大哥，你二哥，就不同，我们不是哑巴，就一定得选，你不选也会有人逼着你选。选什么都没有错，这是个人的事。有三个选法：第一种人选对他最有利的，第二种人选最想做的，第三种人选他认为最正确的。你大哥是第一种人，他觉得他最聪明，不吃眼前亏。你二哥呢，是第二种人，他想做的事情就是做官，出人头地。你呢？我觉得你在第二种和第三种人之间摆，不知道最想做的事和最正确的事之间有什么差别。我说得对吗？”

“我跟我二哥不同。”

第十七章

一年前的样子，二哥楚协生第一次领着凌小蝶到清平墟，她穿一件湖蓝色翠烟衫，配一条散花水雾绿草百褶裙，袅袅娜娜，像从画里走出来的，一墟人跟着看：“哇，凌小蝶。”

晚上，二哥楚协生请客，在县城最有名的粤菜府龙凤堂，共请了五桌人，都是楚家大小和商界的头面人物。我父亲没去。凌小蝶登台唱了一曲《霸王别姬》：

果阵虞姬听罢，
不觉泪抛沙，
听闻君话真系咬碎银牙，
王呀自系奴当日归你帐下，
估话恩同山海迭重加，
只望天长同乐耍，
重话逍遥歌管乐繁华。
记得玉手相携随御驾，
我估今生缘聚在帝王家。
与你朝游凤阁观图画，
咁就观图画，

晚倚龙楼看落霞。
曾记扶我同上马，
当日金鞭敲落海棠花
…………

那天晚上，喝了六十七斤白酒、八十三斤娘酒，打烂了九十三只碟子，四个人得了心脏病，七个人拧断了胳膊，九个人摔断了腿。我什么都听不见，我像看默影戏一样地看着那些人为了一个凌小蝶疯呀癫的，有一会觉得很有趣，有一会又觉得一点意思也没有。我拼命吃蚝。但不是清平墟的蚝。是我二哥楚协生托人从香港买回来的，说是澳大利亚的蚝，请大伙尝尝鲜。

父亲之所以不来，就是因为澳大利亚蚝的事跟二哥楚协生杠上了。父亲的意思，家里蚝多得堆成山，为什么要吃澳大利亚的？这不胳膊肘子往外拐成心砸老楚家的招牌吗？二哥楚协生说，老吃清平墟的蚝，吃腻了。仅说这个话，父亲是不会生气的。紧接着，二哥楚协生又说了一句："天上的嫦娥娶进门，也吃得打嗝。"

一年前，二哥楚协生要跟潮州茶王黄亦轩的女儿划道，父亲还能摔烂一把上好的宜兴紫砂壶。现如今，父亲没这气魄了。他得了花柳病，鸟烂得只剩了一截。男人这东西，脾气是连着鸟的，鸟不行了，脾气也没了。父亲的这个病是瞒着别人的。刚开始还治了一阵子，越治越坏，后来就懒得治了，等死。别人不知道，我知道，是我上次变成蚝的时候，龟爷爷告诉我的。龟爷爷什么都知道。我也不知道它为什么知道得这么多。

二哥楚协生那句天上的嫦娥的话无意中揭了父亲的伤疤。

父亲的这个病是在吉隆坡得的。两年前，一个老朋友过来对父亲说："老楚，你这辈子，天上的嫦娥都睡过了。但有一种，你听都没听说过。"

"哪一种?"父亲来了兴趣。

"印第安女人。一个朋友，原来在墨西哥做生意，收养了四个印第安孤儿，都是女婴。印第安的政府给他颁了牌，写着字，上帝派来的好人。后来，生意不好做了，回了马来西亚，日子越过越穷，就逼着四个养女卖淫。生意好得不得了。他的那个'上帝派来的好人'的牌子还挂在房间里，有一次，我对他说，快点把这牌子砸了。你猜他怎么说?"

"他怎么说?"

"我当年领养她们，救了四条命。这会，我救了更多男人的命。不是'上帝派来的好人'是什么?"

父亲哈哈大笑。笑完了，立马启程去马来西亚。呆了一个礼拜。他出了大价钱，那个礼拜，不接别的客人，就接他一个。那是父亲最后的疯狂。

那天晚上，那些人像看西洋镜一样地围着凌小蝶转。最好的食物，他们也没空吃。二哥楚协生喝得最高，叫得最响。他挽着凌小蝶的胳膊，这张桌子走到另一张桌子，逢酒必喝。后来，在别人的劝怂下，他和凌小蝶还喝了交杯酒。这一开了头，交杯酒喝不完，这桌喝了另一桌喝。我还真没想到，凌小蝶也很能喝的。她喝酒的姿势也很美，右手的拇指和食指捏着酒杯的把，其他三指像翅膀一样张开，左手横臂挡着嘴，正是刚才唱《霸王别姬》里虞姬饮酒的动作。只是，唱戏的时候，是假喝，这到桌子上，是真喝。每喝一次，那掌声如潮水响起。喝到后来，二哥楚协生的脸红扑扑的，眼睛像充了血。倒是凌小蝶，自始至终，一点气色也没改，一直笑笑的。我有点为二哥楚协生着急了，他为什么就不明白？别人那么起劲，不是为他，而是为凌小蝶。别人为凌小蝶，可他为什么还那么高兴呢？

那天晚上，二哥楚协生喝多了，他把凌小蝶带回房间，但他不行，一连几天晚上都是。二哥楚协生至死也没有明白，这到底是怎么回事，一直好好的，从看到凌小蝶的第一天起，就好好的，甚至到房间前，不，脱衣服前，都好好的，但突然就不行了。后来，离开了凌小蝶，他又行了。

这事困扰了二哥楚协生半辈子。后来，他去了台湾，跟黄亦轩的女儿黄二小姐结婚了，生了两男一女，但心里仍搁不下这件事。有一天晚上，他做了一个梦，梦见穿着霓裳羽衣的凌小蝶流着泪对他说：“协生，我要死了，你陪我吧。”醒来后，是半夜，二哥楚协生披衣出了房间，走到阳台上，清辉万里，月华如洗，他听到凌小蝶在云空里唱：

斜阳画角哀，
诗肠愁满载，
沈园非复旧池台。
红酥手，黄縢酒，
泪湿鲛绡人何在？
桃花落，闲池阁，
依然春去又春来，
梦断香销屈指算来四十载。

二哥楚协生大叫了一声：“小蝶，我来了。”说着，二哥楚协生张开双臂跳了下去。他住在 17 楼。他像只大鸟一样飞了下去。那一年，二哥楚协生六十四岁，离他第一次见到凌小蝶相隔四十年。

顺便说一句，也是那一年，清平墟开进了第一台大型挖土机。一家中日合资的鞋厂动土开工。日方的董事长是禾田的儿子。挖土机是三菱牌的，漆着锃亮的红油漆，车头前面扎着一朵大红花。搞了一个隆重的开工仪式，镇委书记贺子群讲完话后，放了一挂鞭炮，响声很大，惊得落霞洲菰蒲丛里的长尾翠鸟四处逃窜。挖土机举着高大的手臂，只一抓，就把那棵木棉树抓断了，绿汁四溢，像绿色的血液。

有个小插曲。那天，我不知道哪里来的勇气，我只听得脑子里有个声音喊我，那声音很陌生，又很熟悉，像我父亲的声音，又像我母亲的声音，还像贺子其的声音，还有点像冢二的声音，还像谁的声音。很多声音，搅在一起，我也不知道是谁的声音，反正，那个声音推着我向前。我拦在挖土机前面，不让挖木棉树。因为，那棵木棉树是我栽的。是贺子其死的第二天我栽的。贺子群带着人七手八脚把我抬开。我哭得七荤八素。贺子群不断地安慰我："俊生，别难过，我知道你舍不得树。现在改革开放了。"

他知道个屁。我这棵树是栽给他的哥哥贺子其的。他什么都不知道。也许，他什么都知道。

二哥楚协生临跳楼前听到的凌小蝶唱的那段曲子，是《再进沈园》的一段，是我大哥楚孚生第一次跟凌小蝶登台合唱的戏文。

大哥楚孚生去了日本几年，什么都忘了，但有一样没忘：唱戏。老楚家每一茬出一个戏迷。上辈子出的是我二爷。父亲之所以把大哥楚孚生送到日本去读书，其实跟二爷跳江的这个事有关。父亲怕大哥楚孚生会走二爷的老路。

父亲叫来大哥楚孚生："日本人真会打我们这里？"

"那不？全要。"大哥楚孚生伸开手在空中抓了一把。

父亲坐在紫檀木的椅子上，屁股下垫着厚厚的棉花垫，但仍尖着屁股坐着。他的右手摸向胯部，半路上停下了，他咳嗽了，手就顺势抬起来，锤打着胸口，脸憋得由黑至红由红至紫："全要？一个中国全要？"

"亚洲全要。"大哥楚孚生看了父亲一眼，皱了皱眉头。他闻到了父亲身上像尸体一样腐烂的味道："没事的啦，我不回家了吗？我要去排下戏。今天晚上有一场，跟协生那个相好的，不知道她唱得怎么样。"

也不知道是真话，还是假话，清平墟的老戏迷都认为，当晚大哥楚孚生跟凌小蝶的《再进沈园》唱绝了。大哥楚孚生演的陆游扮相清奇，眉宇间一股厚薄相宜的忧愁，丝丝撒落在戏台上、在空气里。凌小蝶演的唐婉儿更不用说了，活该唐婉儿就是她这个样子，假如有什么差错，那也不是凌小蝶的错，是唐婉儿的错。很多人看哭了，稀里哗啦哭成一片。二哥楚协生也看哭了，大哥楚孚生和凌小蝶牵着手谢幕呢，他跳上了戏台，要抱凌小蝶："小蝶，你唱得太好了。"

凌小蝶没让二哥楚协生抱，她笑了笑，像条泥鳅滑过二哥楚协生张开的怀抱。但傻傻的二哥楚协生以为凌小蝶害羞而已，他转而抓住凌小蝶的左手。这回，凌小蝶倒没有抽回自己的手。二哥楚协生抓住凌小蝶左手的时候，大哥楚孚生的拇指在抓着的凌小蝶的右手的手掌心里摩挲着。凌小蝶右手的手掌心湿湿的，而左手的手掌心却干涸得像烤鱿鱼丝。

那天晚上，就我跟父亲没看大哥楚孚生和凌小蝶的戏。我陪父亲坐在他房间里。他斜躺在贵妃椅上，像一床皱巴巴、软塌塌、脏兮兮的旧棉被，房间里熏了两根檀香，但我也像大哥楚孚生一样，闻到了一股尸体腐烂的味道。远处的锣声鼓声琴声笛声唱声笑声大水一样漾进来，父亲紧闭着眼睛，吧嗒吧嗒吸着鸦片烟。我开始愣坐着，隔一会就给父亲点一下快熄了的烟。

我真抽了一口。学着父亲的样子，吸了进去，深深的。我感觉到烟在我的身体里前进。进到食管时，我觉得房间上下铺了一层金灿灿的颜色，父亲开始晃动，他变成两个父亲，又变成四个父亲。我叫了一声，不敢再往里吞了，连忙吐了出来。但吐不赢了，那烟早钻进了我的血里，飞奔着流淌。我听到很多声音，锣鼓的声音、琴笛的声音、唱和笑的声音，还有风的声音、水的声音、飞鸟的声音、游鱼的声音。我还看到了，看到了远处炮火连天，血流成河。甚至，我看到了大哥楚孚生在凌小蝶右手的手掌心里跳着舞的那根大拇指。我还看到了，凌小蝶右手的手掌心像泉似的涌着汗水，那汗水，像我嘴里的烟似的，飞快地钻进大哥楚孚生的血液里，飞奔着流淌。

第十八章

“你对他说，我要带人去杀孜然。”苦鲛对赵翼然说。

赵翼然看着苦鲛，眼睛瞪着大大的。他转过头去看着冢二。冢二给了赵翼然一巴掌：“你聋了还是哑了？”

冢二穿好军装。苦鲛直着腰在墙上取了军帽，又矮着腰递给冢二。冢二戴好帽子，对赵翼然：“你告诉楚会长，那个药方，贺子其瞎说，不要怪罪小和尚。以后，你得听小和尚的话。”

“完了，完了。”人还没进大哥楚孚生的书房，赵翼然的眼泪就滚下来了。

大哥楚孚生躲在书房喝茶，泪眼迷离。他用的是潮州产的瓷杯。上次，赵翼然把冢二送的四只仿曜变天目碗打烂了一只。事后，赵翼然吓坏了，把碎片包了，专诚请人去了趟广州，粘好了。乍一看，倒也看不出来。但大哥楚孚生还是不敢用，用个小巧的檀木箱子装了，摆在博古架上。万一哪天冢二来，问起，也有个交代。但过来要了蚝送到惠州犒军后，冢二再也没有进过大哥楚孚生的书房。为这事，大哥楚孚生还跟赵翼然嘀咕过。赵翼然的解释是：“冢二占了贺孟友的小楼，有喝茶的地方了。”

“你想得太简单了。他在清平墟站稳脚跟了，不依仗我们了。”

“这可怎么办?”

“怎么办?总不能乖乖地听他摆布。他答应得好好的,每天运四船蚝去香港,现在,一个礼拜才四船。我还想着超过老爷子,把清平墟的蚝卖到五大洲四大洋去。老爷子尸骨未寒,连香港都卖不过去了。”

“又不能跟他闹翻了。”

“你探一探路,找找禾田。”

“高。孚生。”

这几天,大哥楚孚生像一块在狂风怒涛里行走的舢板,一会被顶上天,一会又被覆到底。内心里,大哥楚孚生是不赞成冢二像杀猪一样杀贺子其的,更别说㓟了。冢二提出要在永兴桥上像杀猪一样杀掉贺子其时,大哥楚孚生委婉地说了自己的意见:“落霞洲沙滩上枪毙了算了。原来都是这样的。皇军来了清平墟,亲善友好。”

冢二打断大哥楚孚生:“你们中国有个成语,杀鸡儆猴。”见好像还没有说服大哥楚孚生,接着说:“我问你,假如贺子其成功了,等着被千刀万剐的可是我和你。当然,你的睡着了的优雅而漂亮的夫人也让你的二弟楚协生抢走了。”

冢二这句话像杯烈酒,大哥楚孚生的额头上滚出豆大的汗瓣,他错着牙说:“少佐,你是对的,就该千刀万剐。”

“我再问你个事。假如我们抓到楚协生,也像对待贺子其一样,你同意吗?”

大哥楚孚生的额头上、全身上滚出更多豆大的汗瓣。他直视着冢二的眼睛,叭地敬了一个日式军礼:“我同意,少佐。”

去日本之前,大哥楚孚生吃喝嫖赌样样俱全,还唱得一手好戏,是出了名的票友,在梨园圈子里,人称驸马爷,因为他演的

《帝女花》里的驸马周世显比那些角还唱得好。去了日本几年，断了戏根，大哥楚孚生连自己都觉得忘得差不多了。谁知道根本不是，就像一场假寐，醒了，比原来精气神更足了。大哥楚孚生以为，这一切全拜凌小蝶所赐，让他重新回了天堂。不，是终于找到天堂。

苦鲛煲百年四精汤的那会，大哥楚孚生一直守在凌小蝶的边上。他亲手给她擦抹着身子，用的是特制的香薰汤，借冢二的军车从从化拖过来的温泉里的水，煮开了，里面加了薰衣草、玫瑰、檀香、牛奶等。他抚摸着她如醴似雪像婴孩一样的每一寸肌肤，泪流满面："小蝶，你要醒过来了。你要醒过来了。"

大哥楚孚生分明看到了，凌小蝶脸上的表情像雪融糖化，紧闭的唇线向上翘了翘。

"小蝶，你笑了。你真的笑了。"大哥楚孚生捧着凌小蝶的脸颊，大声喊着。

突然想起什么，大哥楚孚生冲进里间。那是一间专门放置蟒、靠、褶子、开氅、官衣、帔的房间。他找出凌小蝶饰演长平公主的行头。他给她包头套，制作刨花，贴上片子，又给她戴上凤冠，披上霞帔，穿上绣了团凤的蟒袍，连鞋面上绣了鸳鸯戏水、鞋尖上缀了个红绒球的平底绣花鞋也给她穿上了。

给凌小蝶妆饰穿戴完毕，大哥楚孚生自己则只戴了顶前低后高、左右插有金色如意翅的汾阳帽。这顶汾阳帽是大哥楚孚生结婚前花大价钱做的，缀的珠子是潮州南澳岛的珍珠，镶的龙纹是如假包换的黄金。最厉害的是檐前的那块翡翠，也不知道大哥楚孚生有没有被人骗，说是北宋欧阳修的私藏。欧阳修倒是真的在《归里录》里说过这么一码子事：

余家有一玉罂，形制甚古而精巧，始得之梅圣俞，以为碧玉。在颍州时，尝以示僚属。坐有兵马钤辖邓保吉者，真宗朝老内臣也，识之，曰：“此宝器也，谓之翡翠。”云禁中宝物皆藏宜圣库，库中有翡翠盏一只，所以识也。

穿戴完毕，大哥楚孚生唱了起来：

谢宫主玉手赐琼浆，
好比月破蓬莱，云迷楚岫。
甘露未为奇，玉杯宁足罕。
最难得是眉目暗相投，
彩凤有翠拥红遮，经已兰麝微闻，
我未接葡萄，香先透。
翘首望瑶池，
天上有金童玉女，
人间亦有凤侣莺俦。
忽见含樟树，倚殿千年，
怎得情如合抱仝长寿。
…………

大哥楚孚生欢快的粤腔粤韵让赵翼然打断了，炉子倒了，罐子碎了，苦鲛被冢二叫走了。那么一会，他几乎想操了勃朗宁手枪去杀了冢二。但就那么想了一会而已，一秒钟时间，他的怒气像一滴水滴在烧红的铁板上，吱一声，没了。甚至，连吱都没吱一声。大哥楚孚生就这么一个人。看上去主意多多，但都坚持不了多久。唯有对凌小蝶不一样。

这会，躲在书房里，想着醒不来的凌小蝶，大哥楚孚生哭了，谁知道，他还没哭够呢，赵翼然又哭进来了，而且，又是两声“完了”。大哥楚孚生把瓷杯举到了半空，他想摔了。但在举杯上半空的时间里，他想清楚了，他得对赵翼然好一点。他喝掉杯里的茶，取了杯，倒满，示意赵翼然坐下，居然笑了：“坐。凤凰单枞。”

“孚生——”赵翼然不坐，急着要说话。

大哥楚孚生伸手拦住了，不让赵翼然说话。赵翼然坐下了，一口咕噜噜喝完了，看着大哥楚孚生，眼泪又下来了。大哥楚孚生又倒满茶，一边倒一边说：“茶王树上的茶。别急，喝茶，慢慢品。”

这回，赵翼然喝完了，但喝完了，还是满脸的泪水。

“翼然，别急。再喝一杯。”

喝完了第二杯茶，赵翼然果然自持了不少：“那个小和尚长翅膀啦。”

“他飞走了？”

“不，冢二给他安了一双翅膀，他飞起来了。冢二对我说，叫我以后听小和尚的话。小和尚要冢二带人去杀孜然，冢二答应了。我说了一句，冢二还打了我一个耳光。你看，现在还火辣火烧。”

说着抚了抚脸，眼睛又红了。大哥楚孚生端茶杯的手抖了一下，但没有淌出水来，他稳住了，顺顺当当把茶送进嘴里。放下杯，他笑了笑说：“哟，这个小和尚不简单。他长了翅膀好啊，飞呗，看他能飞多高。就别飞太高了，摔下来摔死了——”大哥楚孚生皱了皱眉，接着说：

“他为什么对孜然那么深仇大恨？”

“杀别人，我还想得明白，为什么要杀老和尚呢？”

“我明白了，他这叫杀鸡儆猴。”

“杀鸡儆猴？”

“他这是赌一把，赌冢二会不会听他的。冢二听他的，他就杀孜然，杀自己的师父，自己的师父还敢杀，别的人就更不在话下。冢二不听他的，他还是做他的小和尚。冢二真听他的了。乱了套了，这仗打的，打得人一个个变成了畜生。”

赵翼然要说什么，大哥楚孚生拦住他，接着说：

“要赶紧找上禾田，否则，我们会死得很难看。”

三哥楚稔生来到鸟鸣嶂半山腰的茶寮。

一个简易得不能再简易的茅草棚，棚内四个方向搁了树干，当凳子坐，供上山下山的人休息。寮外有一眼泉，泠泠冽冽流进一个整块石头凿成的池子里，一池子的雪泉。池满了，泉又泠泠冽冽从边上溢出去，像朵浪石花。池子里浮着把瓜瓢，一半干，一半湿，湿的那半长了茸茸的绿苔。瓜瓢喝水的，千人喝。站在茶寮里，清风徐来，远眺万壑千山。有好事者还在柱子上写了一副对联：

有名空富贵；

无事笑神仙。

二哥楚协生刚进来，看了这副联，笑了笑对贺子群说：“看不出来，这山里还有读书人，挂出这么雅的对联来。”

“礼失求诸野。”

二哥楚协生和贺子群一副卖货郎的打扮，布衫草履，戴着一顶破草帽。贺子群的脸模子还认得出，二哥楚协生活脱脱换了一个人。上次，他假扮和尚，到清平墟做法会，连大哥楚孚生都没认出来。脸，身高，胖瘦，全变了。

三哥楚稔生也没有认出来，他认出了贺子群："子群，我二哥呢?"

二哥楚协生上去，捣了三哥楚稔生胸口一拳："加入短枪队，我都不认识了?"

一说话，三哥楚稔生才知道眼前这个卖货郎是二哥楚协生，他哈哈笑了，伸手要扯二哥楚协生稀疏蜷曲半黑半白的胡子。二哥楚协生拦住。像小时候一样，在茶寮前的空坪上，两兄弟打起来了。不过，小时候，他们是真打，这回，是假打，嘻嘻哈哈。贺子群在旁边看着，也嘻嘻哈哈。

二哥楚协生和三哥楚稔生闹完了，出了一身汗，都到池子边喝了一瓜瓢泉水。三哥楚稔生摸了摸嘴边的水珠说："我还没有正式加入短枪队。但我告诉你，二哥，我不会加入你们的。"

二哥楚协生吐掉嘴里的泉水，瞪着眼。贺子群拉了拉三哥楚稔生的胳膊："稔生，别把话说死了嘛。协生特意过来——"

"别说了，各为其主。"

第十九章

我几乎飞着从落霞洲回到清平墟，衣衫褴褛，是被吉田用匕首划破的。

清平墟的大街小巷满是人。我以为人早跑光了呢，原来还有这么多人。他们像从穴洞里爬出来的蚂蚁，都穿着黑色的衣服，看上去一模一样，连脸上的表情都一模一样，惊恐，畏葸。不，他们更像从地狱里跑出来的鬼。

“俊生，俊生。”说到没人理我，龟爷爷倒理我了。我一只脚踏进门槛，我不想理他，但最后，我还是把那只脚退了出来。听到龟爷爷的声音，我止了的泪水禁不住又流了出来。话到嘴边，我想了想，还是没对龟爷爷说。其实，我不说，龟爷爷也是知道的。

龟爷爷叹了一口气说：“下趟海吧，那些蚝兄蚝弟想你了。”

我进到天井。原来天井里也热闹，一群人，都是我家的佣人，在冲洗擦抹着戏台。又要唱戏了吗？我想。我继续往里走，迎面碰上赵翼然。若不是脸上流着泪水，他像具僵尸。僵尸是不流泪的。对，赵翼然像具流泪的僵尸。他一把抱住了我，张嘴哭了起来：“俊生，为什么好人没有好报？”

我指了指自己的耳朵，摊了摊手。

“我知道你是个哑巴，我知道。”

赵翼然一边说，一边朝四周看了看，像个老鼠。然后，他把我拉到回廊边的一丛木槿花边。木槿花艳艳地开着，红里透白。看到花，我心里一颤。

我正看着花，赵翼然趴在地上，两手两脚在地上走，学着狗叫，汪汪汪的，然后又说：“你看，我学狗学得很像的，还能讲日语。小和尚什么都不会。”

站在凤凰山的探鳌峰上，老和尚孜然看到在清平墟肆虐的那条黑龙。他看到它从合澜海升腾而起，一道旋转着的庞大的水柱连接着海与天。他还看到在云端中喷薄张扬的龙头。那是老龙，头角狰狞，眼睛睁得像铜盘那样大，嘴张着，呼呼往外吐射着水线，黑色的水线。

孜然点燃宣德炉中的香。他把凤岩庙里的宣德炉也搬上探鳌峰。香烟腾起，三炷香扑腾打了一个结，缠绕在一起，袅袅上升间，又分开了，分成淡蓝、奶白、靛紫的三股，向空中逸去。清平墟那么大的风雨，而不到十里之遥的凤凰山却云淡风轻。孜然跪下了。在宣德炉边，朝黑龙跪下了。他老泪纵横。泪水顺着他沟沟壑壑的脸颊向下淌，最后，一股股泪水汇聚在白须上，往地上滴去。那泪水滴落的声音很沉重，把探鳌峰打得一颤一颤。

黑龙沿着茅洲河口向清平墟移动，房屋，草木，还有人，漫天飞舞，像一朵盛开的花。一阵风吹来，吹得宣德炉的三炷香打了一个趔趄。山谷里响起涛声。万千的鸟飞起来，聒聒叫着，雪片似的乱羽翻飞。还有些鸟相撞了，碰碎了腹腔，血从空中倾泻下来。鸟一会又不见了，不知道是飞到远方去了，还是重新隐在茂密的林中。

一大块黑云压过来，墨似的黑把清平墟和凤凰山连成一片。风过后，雨说来就来了，瓢泼似的雨。孜然站起来，像陷在泥淖里的一匹雄狮终于拔出腿那样地站起来。他振臂啸吼一声。那啸吼声，竟把风声、雨声压下去了，穿过风雨交织的幔。黑龙好像听见了，扭头朝这边望了一眼，一道水柱铺天盖地打过来。孜然朗声念道：

> 天地有正气，杂然赋流形。下则为河岳，上则为日星。
> 于人曰浩然，沛乎塞苍冥。皇路当清夷，含和吐明庭。
> 时穷节乃见，一一垂丹青。在齐太史简，在晋董狐笔。
> 在秦张良椎，在汉苏武节。为严将军头，为嵇侍中血。
> 为张睢阳齿，为颜常山舌。或为辽东帽，清操厉冰雪。
> 或为出师表，鬼神泣壮烈。或为渡江楫，慷慨吞胡羯。
> 或为击贼笏，逆竖头破裂。是气所磅礴，凛烈万古存。
> 当其贯日月，生死安足论。地维赖以立，天柱赖以尊。
> 三纲实系命，道义为之根。嗟余遘阳九，隶也实不力。
> 楚囚缨其冠，传车送穷北。鼎镬甘如饴，求之不可得。
> 阴房阗鬼火，春院閟天黑。牛骥同一皂，鸡栖凤凰食。
> 一朝蒙雾露，分作沟中瘠。如此再寒暑，百沴自辟易。
> 哀哉沮洳场，为我安乐国。岂有他谬巧，阴阳不能贼。
> 顾此耿耿在，仰视浮云白。悠悠我心忧，苍天曷有极。
> 哲人日已远，典刑在夙昔。风檐展书读，古道照颜色。

念完了，孜然又啸吼了一声，举起宣德炉，扔到悬崖下。那是一道几十丈深的悬崖，巉岩竦峙的悬崖。下面是深不可测的潦潭，叫龙澡潭。

孜然跳了下去。

二哥楚协生进去时，香翰屏正在书房弯腰写字，笔舞龙蛇的。抬起脸看了二哥楚协生一眼，继续写。二哥楚协生站在边上，凝神屏息。等香翰屏写完了，二哥楚协生念道：

南枝向暖北枝寒，
何事春风作两般？
凭仗高楼莫吹笛，
大家留取倚栏看？

念完了，击了击掌说：“司令，写得好。铁划银钩。是不是还有个版本？‘南枝向暖北枝寒，一样春风作两般。现成一段西来意，一片西来一片东。’”

香翰屏摸了摸下巴，微微地点了点头说：“原来你也知道这首诗。但你只知其一，不知其二。你那个版本是后人拼凑的，还安到苏东坡、佛印和尚、秦少游的头上。还有人安在无德禅师的头上。所以，典籍是一笔糊涂账，张冠李戴、杜撰虚拟的事情特别多，连禅门也不例外。其实，这是一首唐朝无名氏的咏梅诗，因为写得好，北宋的晁补之还把它化在自己的词里：‘最是关情处，高楼上，一声羌管。仗何人说与？争如留取倚栏看。’孙济师化在他的《落梅词》里：‘一声羌管吹玉笛，玉溪半夜梅翻雪。’再往远点说，说起来，连这首诗也是化的李白的《与史郎中钦听黄鹤楼上吹笛》：‘一为迁客去长沙，西望长安不见家。黄鹤楼中吹玉笛，江城五月落梅花。’说到‘黄鹤楼中吹玉笛’这一句，实在太好，你们宝安明朝的诗人陈琏又化在写合澜海龙穴洲的诗中：‘洲前风起水云腥，满眼波涛似雪明。欲向矶头吹铁笛，只愁海底老龙惊。’你看看，天下文章一大抄，此言非虚。”

“听您一席话，胜读十年书。我以为‘一片西来一片东’那个版本才是正宗的。”

说话间，香翰屏将二哥楚协生领进茶室。二哥楚协生看到，上次那个白炭红泥的炉子不见了，换了个酒精炉子。香翰屏见二哥楚协生的目光盯在电炉子上，一边添水一边笑着说：“你去的这几天，淡水打了一仗，端了一个中队，缴了一些战利品。我要了两样：一样是这个酒精炉子；另一样是《双溪醉隐集笺》。那个白炭炉雅是雅致，就不方便，烧壶水太费时间。”

说着，将铁壶搁在酒精炉上，点燃了火，吐出蓝色的火焰。

“您说李文田的《双溪醉隐集笺》？日本人还有这个雅兴？”

“是呀，刚拿到，我吃了两惊。”香翰屏一惊是：他居然知道李文田。李文田是岭南最后一个探花，礼部和工部的两个右侍郎，书画大家。甲戌年称病回广州，主讲凤山和应元两书院，还盖了泰华楼藏书阁，藏书十万册，对两广有教化启蒙之功。他花了十年的时间干这件事。甲午年，中日交战，他临危受命，任京师团防大臣，可惜第二年就死了。甲午一战，北洋水师全打光，割地赔款。据说，李文田是被气死的，死的时候六十一岁。

水一会就开了，二哥楚协生洗杯泡茶，香翰屏拦住了，示意二哥楚协生坐下，接着说：“二惊是，这个人怎么找到《双溪醉隐集笺》这本书的？李文田著述甚丰，也流传甚广，唯独这本笺秘不示人，说是他一辈子的书法心得全在里面。我还托人找过，想一窥真迹，哪里找得到？这些年，广州没断过仗，打过来打过去，泰华楼的书，尸骨无存。踏破铁鞋无觅处，得来全不费功夫。这就得到了。哟，《双溪醉隐集笺》里还写了一副你们清平墟的字，写的是明朝吴中的诗《龙穴楼台》，做过东莞县知县的。我拿给你看。”说完把茶倒进公道杯里，也不分了，起身去捧了《双溪醉隐集笺》来，翻给二哥楚协生看，读起来：

一时幻化何奇哉，时人初见频惊猜。
天风来急忽吹散，沧波依旧青如苔。

二哥楚协生笑着说：“原来是写海市的。天风来急忽吹散，沧波依旧青如苔，还真这样。小时候，我们就盼着海市，春夏交季的时候最多，活灵活现，什么都有，街啊楼啊。有时候，连人都看得清。我们就敲铜盘，声音敲得很大，说是敲铜盘，里面的仙女听到了，就走出来了。”

“东方云海空复空，群仙出没空明中。”香翰屏也笑了，念了两句诗，是苏东坡的。他倒了两杯茶，看了二哥楚协生一眼说：“刚才说到的‘一片西来一片东’的版本，一看就是冒牌货。前面两句是一东韵，后面两句是十四寒。说起来，最有名的还是第一句‘南枝向暖北枝寒’。后人拿这句诗来说文天祥两兄弟。”

二哥楚协生的心里一阵悸动，他借机端起茶，低头抿了一口，连说好茶。香翰屏也喝了一口，缓缓地放下茶杯说：“元兵铁蹄南下，南宋悬卵之中，文天祥起兵勤王，召集天下兵马抗元。倒是他的弟弟文璧，在惠州做知县，乖乖降了元。后人形容这两兄弟：南枝向暖北枝寒。当然，”沉凝了一下，接着说，“还有另一种说法，说两兄弟，一人尽忠，一人尽孝。我就不信这种屁话，天下的好名声都让这两兄弟占了。依我看，那文璧不过是以尽孝作幌子而已。”忽然站了起来，大声说：“令兄楚孚生，别嘴花花说为了尽孝，为了你们老楚家一家大小，为了清平墟的蚝，这都是屁话。皮之不存，毛将焉附？是社稷江山重要？还是你那个孝重要？还是你老楚家的一家大小和清平墟的蚝重要？这种人，人人得而诛之。”

“司令，从他事日那天起，他就不是我的大哥了，他是汉奸，是敌人。”

“那楚稔生呢?”香翰屏直视着二哥楚协生。

“稔生也是我这个话，楚孚生是汉奸，是敌人，若有可能，要亲手杀了他。”

“你没有回答我的问题，楚科长。”

二哥楚协生的脸上流下了汗，嗫嚅道：“香司令，稔生现在还有点徘徊，他只是一只脚踏进共产党的门而已。我再去争取争取——”

香翰屏一抬手打断二哥楚协生：“你心里比我还清楚，楚稔生肯定指望不上了。他只踏进了一只脚就这样，等他两只脚踏进了就更指望不上了。协生，作为兄弟，你尽仁尽义了，他敬酒不吃，只能吃罚酒了。”

第二十章

短枪队有了一艘傻子船，驾起来，在海上像箭一样飞。说是新加坡的实业家陈嘉庚送的。他是南洋华侨筹赈祖国难民总会的会长。陈嘉庚拜访粤华公司的唐老板。闲谈中，唐老板说了一句：“大亚湾那边，游击队的一条船被两艘日军的巡逻船打沉了。我们的还是渔船，扑腾扑腾，跑不动。”

半个月后，陈嘉庚送来十二艘汽油小艇。尖岩短枪队营地分到一艘。小吴培训了半天，就能熟练驾驶了。他笑嘻嘻地说：“太容易了，傻子都能开。”从此，短枪队的人就把汽油小艇叫傻子船。

小吴把傻子船看得比命还珍贵，一有空就扫啊抹的，擦得油光锃亮。晚上，船拖上来搁在沙滩上。岩上有哨兵的，但小吴还是隔不久就去看一次。有时候，干脆在船舱里过夜。有人就笑他：“你是不是把船当老婆了？”

“老婆哪有船这么好？不要吃不要喝。离你一会，还不会哭鼻子哭脸。”

哗的一声笑开了。都知道，小吴这是在笑秋蝉。秋蝉不加入笑的行列，她瞪了小吴一眼，落落地走到那边去。

秋蝉弄不清楚，这男人和女人真的是上帝造人时分成的两半吗？散在人海之时，每一半各活自己的，及待相遇，就像电器插上了电，吱吱地冒着火花。尤其是有了肌肤之亲，更是心揪对方，离舍不得。看着三哥楚稔生跟黎岸村坐上船消失在茫茫黑夜之中，她有一种不祥的预感。果然，第二天，她就听到小分队突袭失败仅剩两人的消息

“秋蝉，稔生命大，就剩了他跟岸村哥没牺牲。”小吴说。

秋蝉转啼为笑，想到还有其他牺牲的战友，又哭了。

隔几天，小吴就出趟艇，去沙鱼涌接人。各色的打扮，不苟言笑，在营地住一宿，第二天送去香港。事后，有人告诉秋蝉，这是谁谁谁，都是一些报纸上才能看到的名字。秋蝉很希望哪天晚上三哥楚稔生能从小艇里走出来，但没有，别说三哥楚稔生，连黎岸村也没有。小吴告诉秋蝉，上次牺牲那么大，上面批评了黎岸村，命令他抓紧时间恢复队伍。

小吴告诉秋蝉说：“岸村哥瘦了一圈。但眼睛还是特别有神。他送人到艇边，我喊了他一声，岸村哥。他看了我一眼，眼睛像手电筒一样。有人说，岸村哥的眼睛杀得死人，我也怕他的眼睛。岸村哥这是憋了气呢。”

小吴说的黎岸村送人上艇的那天晚上，送的人是伤员，三个伤员，伤得很重。一个人伤了腿，另一个伤了肩，第三个伤了腹部，子弹穿过去，肠子都出来了。是从羊台山转过来的。羊台山有个根据地，鬼子视为眼中针，隔三岔五扫荡。三个伤员是老游击队员，电报直接发给唐老板，才答应走沙鱼涌这条秘密通道，并且叫黎岸村亲自护送上船。上面之所以批评黎岸村批评得那么狠，一个固然是突袭行动伤亡惨重；第二个原因，是差点暴露秘密通道。唐老板的意思，这条通道绕得远，避开了日军的巡逻线，中间又有砦岩作中转站，进攻退守游刃有余，以后用处大

着。还好，黎岸村的小分队突袭失败后，以为鬼子会顺藤摸瓜掐掉沙鱼涌的上岸点，不知道是鬼子的兵力布置跟不上，还是其他原因，反正，未有动静。不幸的是，那个腹部中枪的游击队员死在半途。本来直接送香港的，小吴还是在岢岩停了艇，把尸体放下来。

偶尔，小吴也去趟香港，一般是在白天。出岢岩二十来海里这一截，小吴加大油门，艇像一片叶子在水上漂，后面一束急卷着的雪似的浪。小吴敞开喉咙嘶喊，跟平时判若两人。谁也不知道，老实得近乎木讷的小吴还有如此热烈激昂的一面。这时候，艇上若有其他年轻人，也会跟着他嘶喊。当然，要是有年纪大的，或者陌生人，小吴就规规矩矩开。临近港岛，小吴就开慢了，艇面上盖块蔚蓝色的帆布遮掩，沿着九弯八拐的岸岬彳亍而行，避开海上巡逻的英国水警。小吴被撵过一次，英国人像疯了一样，紧追不舍，追了几十海里。见追不上了，还放了几梭子枪。不是傻子船跑得快，早呜呼哀哉了。自己死了不要紧，击沉了傻子船就损失大了。

粤华公司在香港布有很多点，各式各样。小吴连粤华公司的门往哪开都不知道。跟小吴接头的海边临街的一家粥店，旗杆上高挑着一面杏黄旗，旗上写着一个斗大的“粥”字。老板高颧骨，长牙梁，肤黑如炭，却偏偏穿西装，打领带，头发稀疏，又偏偏梳得光溜溜往后倒，坐在门边的檐下喝功夫茶。边上有棵盆栽的罗汉松，黑陶盆里沿松干积了满满的茶叶，说是茶叶肥润罗汉松。罗汉松果然青枝绿叶，像打了一层蜡。他的老婆领着两儿两女忙得陀螺似的转，他却扫把倒在地上也不扶一下，只喝他的茶，来了客人，不说喝粥，说喝茶：“来来来，单枞还是炒茶？”

说喝单枞，他就举了大拇指：

“醇，厚，回甘好，行家。”

说喝炒茶，也举了大拇指：

“行家，潮州人不喝炒茶喝什么？”

没错，他是潮州人。姓黄。但他不欢喜自己姓黄，改了个英文名字：

“叫我斑博。斑博，听懂了吗？”

人家没听懂，他就蘸了茶水在桌子上写：“Bamb——”

没写完，人家就看懂了：“竹子。”

斑博笑嘻嘻举了大拇指：“高。我欢喜竹子。知道我为什么欢喜竹子吗？竹子空心，谦虚，谦谦君子。”

大家觉得斑博是个好玩的人。所以，他店里的生意特别好，好得可以用个成语：客似云来。回头客多，熟稔了，都忘了他姓黄，乱七八糟地叫，老斑、斑叔、斑生、斑师傅、斑老板。刚开始，他还暴着青筋红着眼睛争一下，后来，就懒得争了，叫什么都无所谓，招呼别人喝茶。

小吴叫他斑叔。小吴指着斑博对秋蝉说：“这就是斑叔。”

“我早知道你们啦，楚稔生和秋蝉，这个。”斑博举了举大拇指。一阵风吹过来，把头发吹了些覆在脸上，斑博往后捋上去了。一边捋一边问：“喝什么茶？单枞还是炒茶？”

“我就喝水，斑叔。”秋蝉笑了笑说。

斑博怒了秋蝉一眼，右手曲了三指直了食指举了大拇指做手枪状：“啐，茶都不喝，你能玩这个？”

“斑叔，你别吓着秋蝉，她玩笔杆子的。”小吴端了一杯茶，夸张地仰着脖子喝了，啧啧了两声说。

斑博作势要打小吴：“兔崽子，你还讨好卖乖，担心楚稔生回来宰了你。别耽搁时间了，货在船舱里。”

斑博这里有个转送点，什么都有，由小吴拖到岂岩，有些留在营地用，更多的是再拖到沙鱼涌上岸，分送四处。小吴嘿了一声，急匆匆要走。斑博又喊住："一路来没碰上什么吧？"

小吴摇了摇头说："我上面盖了帆布，走的边边角角的地方。"

"小心点。是不是英国人嗅到了什么？前天，两个年轻人跑这里喝粥，来探路的。头发上的帽子痕清清楚楚，瞒得了我的眼睛？"

"英国不是中立的吗？"秋蝉喝了口斑博给她倒的白开水，杏眉倒竖。

"不上道，不识相，这帮英国佬，就信日本人的鬼话。在战争漩涡中了，中立得成吗？香港迟早一天会打得稀巴烂的。"

小吴右手的拳头在左手掌心里重重地击了一下说："好不容易有这么一块不打仗的巴掌大的地方。"

"不说了，天塌不下来的。小吴，走吧，路上小心点，今天都是硬东西，不能落在水警手里，每一样都来之不易，弟兄们等着。"

斑博目送着小吴小跑着走了，回过头，举了大拇指对秋蝉说："天底下第一号实诚人。不是日本人挑起这场仗，他早该娶妻生子。你和稔生也是，不打仗多好，才子佳人，花前月下。"

秋蝉的脸红了一下说："我们能赶走强盗的。"

斑博看了秋蝉一眼，点了点头。他又朝四周看了一眼，凑过来低声说："恭喜你，你通过了。"

秋蝉唰地一下站了起来，脸红扑扑的，跟刚才的那种红不一样。

"唐老板亲自批的。他说，知识分子加入短枪队，这是个新鲜事，我们要尊重知识分子和专业人才。”

斑博学着唐老板的口气，潮州音加白话再加唐老板蹩脚的国语，有点像他店里的招牌粥，虾蟹花甲鸡蛇粥，号称五福临门粥。要是刚才，秋蝉肯定又想笑了，但这会不笑，恍然觉得喝了一碗五福临门粥，心里热乎乎，那热乎乎又顺着血管向周身流淌。

这时，岸边传来一声口哨声。是小吴站在那里吹的。斑博抬了眼望去。小吴朝斑博做了一个握右拳的手势。斑博回了一个同样的手势。小吴转身下去了。斑博收回眼，看着秋蝉仍浮着微笑站在那里，愣愣的，对他们两个的遥相招呼竟茫然不知。斑博摇了摇头，微微笑了，他又给秋蝉倒了一杯白开水。这时，斑博的大儿子黄子豪过来对斑博说：“粥煲好了，哪里吃？”

秋蝉这才从愣怔中醒了过来，觉得失态，脸又红了，看了黄子豪一眼，怯怯地坐了下来。斑博拍了一下大腿说：“我真老糊涂了，该叫小吴吃口热粥的。”

“我去叫他。”黄子豪撒开腿要跑。

斑博叫住：“别叫了。到里面吃。”

黄子豪朝秋蝉笑了笑，要进去，却又被斑博叫住了：“再拿四只蒜蓉生蚝，秋蝉呆山里这么久，饿坏了。”

“我一只就够了。”

黄子豪看着斑博。斑博瞪着秋蝉，嗔道：“傻啊，清平墟的蚝，费多大的劲弄来的，知道不？你看我给小吴不？看都不让他看。”

秋蝉噗的一声笑出来，抬头对黄子豪说：“我真的一只就够了。”

斑博朝黄子豪摆了摆手。黄子豪进去了。秋蝉说：

“斑叔，自小到大，我就不欢喜吃蚝，烂泥里长出来的，壳黑乎乎的，看了就脏，肉又那么滑滑腻腻。”

“这话你对稔生说过吗？幸喜楚易蹬腿了，否则，你能进老楚家的门？”

“稔生也不欢喜吃蚝。”

斑博看了秋蝉一眼，眼睛往上翻：“我开了眼界，大名鼎鼎清平墟老楚家的三少爷三少奶奶居然都不欢喜吃蚝，这话说出去，不天大的笑话？”

忽然沉凝了，又黑又粗又长的长满了细密的黑毛的右手的手指敲打着脑门，敲了一会，猛地不敲了，哧的一声笑了出来：

“我明白了，不欢喜吃蚝的人才革命。唐老板就不欢喜。有一次，邵玉轩请唐老板杨老板吃饭，我也去了，点了两盘蚝，一份白灼的，一份焗的。邵玉轩夹了两个给唐老板。唐老板只接了一个，说一个就够了。邵玉轩问，哟，你土生土长香港人呢，为什么不吃蚝？唐老板开玩笑，说我想吃，怕肾受不了。唐老板欢喜讲笑话。后来又说，我妈也不欢喜吃，我遗传我妈的。还说，你们说怪不怪？倒是我爸欢喜吃，他湖南人，不欢喜吃辣椒，欢喜吃海鲜。那天就杨老板和我赚大了，两盘蚝全让我们消灭掉了。杨老板还开玩笑说，就当消灭鬼子，一坨一坨吃，以空间换时间。邵玉轩说，以空间换时间，这是白崇禧提出的抗战策略啊。唐老板说，老杨蚝吃多了，噎着了，什么空间换时间？大家一起吃，不停地吃，狠狠地吃，把两盘蚝吃光，这是毛主席的《论持久战》。说着，把邵玉轩夹给他的那个白灼蚝一口吃了，也不蘸酱料。这些大人物，吃蚝都吃到打仗的事情上面去了。”

秋蝉被斑博逗得哈哈大笑，这些时日，所见所闻所想，心中郁积了不少阴霾，几乎让斑博的一席话一扫而空。原来，这个队伍里，不全是像黎岸村那样勇毅而不苟言笑的人，像小吴那样勤快而木讷的人，像营地的其他队员那样热情而盲从的人，还有像斑博这样风趣而有见识的人。当然，还有像唐老板那样的人。唐老板是怎样的人呢？秋蝉还不能定论，但根据斑博片言只语的描绘，应该是个好玩的人。

但一片阴霾又袭过来了，摁都摁不住，她热巴巴地望着斑博，喊道："斑叔，稳生通过了没有？"

"没有。"斑博摊了摊手，"都是黎岸村闹的。他自己记了大过，稳生也卡住了。你放心啦，秋蝉，下一批肯定过。唐老板都说了，知识分子——"

秋蝉打断斑博："我向组织提个要求。"

斑博端起了茶，到半路了，放下了，愣愣地看着秋蝉。

秋蝉说："我想跟稳生对换一下。他更需要的。"

"乱弹琴。"

第二十一章

那只黑蜘蛛原来呆过的窗棂上，有了一只红蜘蛛。

它个头比黑蜘蛛小，但比黑蜘蛛凶。它浑身通红，像团火。两只眼睛凸出来。滴溜溜转，发着噬血的红光。它好像比黑蜘蛛更会织网。黑蜘蛛织的网是白色的，细而密，像个帐篷。而它织的网灰而粗，像个八卦的图案。不，不是像个，就是个八卦的图案，有乾、坤、震、巽、坎、离、艮、兑八个位。我看到它没踞在黑白两鱼的中间，而是在离位，就向它打了一声招呼说："嘿，我看出来了，怪不得你是红蜘蛛，你守在离位，正南方，离属火。象说：官人来占主高升，庄农人家产业增，生意买卖利息厚，匠艺占之大亨通。离者丽也，附着之意，看来清平墟是附势的命。"

我正说着，它动了，爬到离位的九四的爻位上。我急着说："完了。红蜘蛛啊，你哪里不爬偏偏要爬到这里？突如其来如，焚如，死如，弃如。你告诉我，你这是说清平墟呢还是说别的地方？清平墟都焚啦死啦弃啦，还将怎么样？"

我脑子里忽然打了一个惊雷，轰隆隆响。我摇了好一会头，才将那轰隆隆的声音摇去。我折了一根木槿树的树枝，想把红蜘蛛拨到六二的爻位上，就近，拨到六五的爻位上也行，但它像粘在蛛网上一样，纹丝不动。我又不能使劲，太使劲了蛛网就断了。没办法，我只好丢了木槿枝，用手去拈它的背壳。谁知道，我的右手刚挨上它的壳，它咬了我一下。一种细微但很尖锐的疼痛霎时从我的指尖向手臂传送过来。

这时，赵翼然慌慌张张撞了进来，张口叫道："原来你在这里。我到处找你。"

我看着他。我谁也懒得理，但赵翼然除外。我把他拖到蜘蛛网前面。他甩开我的手，急急忙忙用手语对我说："蜘蛛有什么好看的？快点去，吉田找你。"

说到吉田，我浑身一颤，脚软了，几乎要栽倒在地上。

"你怎么了？俊生。"赵翼然一把拖住我。

我想捡起地上的那根木槿枝捣碎红蜘蛛的网。我的手肿起来，像个馒头。手指根本不听我的使唤，左捏右捏竟捏不起木槿枝。我的头晕乎乎的。我看到两个赵翼然在我眼前晃。不是两个，是四个，四个赵翼然在我的眼前晃。

"吉田到处找你。叫你去落霞洲。"

我摔下了，人事不知。

倒下的那一刻，我听到红蜘蛛的笑声。

凤凰山脚下，当着四个日兵和四个协军的面，苦鲛给了赵翼然一个巴掌，像炸鱼炮。炸鱼炮哪里有这样响？放枪似的。好一会，赵翼然抚着脸颊，像抚着一盆热火。他心头的火更热，硬是要燎起来。他感觉自己的手往下移，摸到腰间，抽出枪，打开保险栓，举起枪，枪口对着苦鲛。他感到自己开枪了，子弹从苦鲛的右太阳穴进去，从左太阳穴出来，苦鲛的头像个西瓜一样嘭地炸裂开，一团红雾弥漫半空。他感到自己在红雾中手舞足蹈。但赵翼然什么也没做，他只是抚着他的脸，然后放下手，朝苦鲛鞠了一个躬：“对不起，苦师父，上山。”

苦鲛之所以打赵翼然，是因为一泡尿。当然，也许没有这泡尿，苦鲛也会打赵翼然。但估计没这么早。只是迟一点可能更麻烦，那就不是打耳光，说不定，会剜掉赵翼然的眼睛。有一段时间，苦鲛确实想剜掉赵翼然的眼睛。

“他的眼睛像狗眼睛。”苦鲛对冢二说。

冢二扭过头来问：“他是谁?”

“赵翼然。”

冢二摇了摇头，伸出舌头说：“他是我的舌头。”

后来，苦鲛再也没在冢二面前嚼过赵翼然的耳根。另一个人他也不敢嚼，大哥楚孚生。有时候，他牙齿恨得痒痒的，但也不敢。

若认为苦鲛只会爬冢二的尻子，那就小看苦鲛了。他是冢二的尺八老师。第一次进冢二的房间，听冢二用尺八吹《空山》，苦鲛什么也没说，也不敢说。第二次，冢二又吹了，还是吹的《空山》。苦鲛忽然说：“别吹了。你吹错了。”

冢二停住了，愕然地望着苦鲛，眉头跳了跳，眼睛里隐隐有杀气。

但苦鲛不怕这杀气，他接过冢二的尺八，吹了起来。他的指头也并不像冢二那样夸张，显得有点笨拙。身体也不像冢二那样昂首挺胸，就那么歪歪斜斜坐着，一扇肩膀高，一扇肩膀低，胸还是耷拉着的。不，他要挺也挺不起来，他天生的鸡胸，两扇肩膀像受伤的鸟的翅膀往里含伏。但他吹得比冢二好，有风从窗口窜进来，烛光和月光却凝然不动，像被什么东西定住了。冢二的尺八停时，窗外那棵菩提树的叶子簌簌响了几声，摇碎了庭院里的月影。而苦鲛的尺八一起，那簌簌声戛然而止，庭院里的月影变成镂空的喜鹊登梅枝的灰塑。连地上一只爬行的四眼斑龟也不动了，懒洋洋伸着脑袋，连头带壳成了那幅灰塑作品里的一处败笔。

赵翼然悔不该跟着苦鲛去撒尿。其实，那时候，赵翼然根本没尿意，他想套苦鲛的近乎。一路来，苦鲛心情不错，对赵翼然又说又笑，还讲了一个笑话："有个富人老在穷人面前摆架子，但穷人不理他。有一天，他对穷人说，我这么多钱，你为什么不奉承我？穷人说，你富你的，关我屁事？富人说，那我分你一半。穷人说，我们一样多了，我为什么还要巴结你？富人翻了翻眼睛说，那我把我的钱全给你。穷人说，你都变成穷光蛋了，我更不会理你了。"

这个笑话赵翼然早听过，但他还是装着第一次听，哈哈大笑，笑得捂着肚子。苦鲛也笑。笑着，赵翼然趁机把手搭在苦鲛的肩上："苦师父，我也讲个笑话。"

"哟，尿急了。"那边有棵芭蕉树，苦鲛急急跑了过去。

"一块去，我也急了。"

撒尿的时候，赵翼然瞄了苦鲛一眼。苦鲛粗大的尿柱像骤雨打在碧绿的芭蕉叶上，哗哗直响。像鬼摸了头似的，赵翼然抱拳作揖道："小和尚，怪不得少佐那么欢喜你。"

赵翼然的话还没说完，苦鲛还没尿完，腾出右手，用沾满尿液的右掌打了赵翼然一个耳光。

他们上山是杀孜然的。

但找遍了整个庙，也没找到孜然。庙里一个人也没有。一个日兵朝庙右边的小叶榕放了两枪。树丛里有个鸟窝。几只小鸟落下来。一只衔食的老鸟刚回来，唧唧哀叫，也不怕那些端枪的人，扑腾着往死了的小鸟边上凑。另一个日兵朝老鸟开枪了，打得羽毛像风吹的棉花一样乱窜。老鸟也死了。那个打鸟窝的日兵呱啦呱啦地说。赵翼然凑过去对苦鲛说："皇军说，烧点火烤了吃。"

"佛门圣地。"苦鲛白了那个日兵一眼，对赵翼然说。

赵翼然过去对那个日兵说了。另一个日兵愤愤的，一副要过来找苦鲛争辩的样子。苦鲛瞪着他，毫无惧意。赵翼然过去对日兵笑着说："少佐交代了的，今天听小和尚的。"又过来对苦鲛说："老和尚是不是早听到风声，跑了？"

"他不会跑的。"苦鲛喃喃地说。

"那去哪里了呢？"

"他跳崖了。他抱着他的宝贝炉子跳崖了，这个狡猾的老乌龟。"

"什么宝贝炉子？"赵翼然问。

"宣德炉。"

"一只宣德炉值什么钱？"

"你知道个屁。你以为这是只简单的宣德炉？它是明宣宗朱瞻基的大儿子明英宗朱祈镇赏赐给国恩寺的，原来是纯黄金的，怕被偷了，后来，国恩寺在外面镀了一层铜。妙就妙在，那铜是顶尖级的高手镀的，薄薄的一层，根本就看不出是包的一层皮，跟别的宣德炉一样，外面起了茄皮色。己酉年，黄花岗起事，革命经费不够，孜然奉孙中山之命，潜入国恩寺偷了这个炉，要熔了分成一块一块的黄金卖掉。没想到，丢在烈焰熔炉里，几千度的温度，竟然熔不开，别说里面的黄金，连外面的那层铜皮都熔不掉。这才知道是个宝物，就不熔了，找了个地方埋了起来。黄花岗起事失败了，孜然做了和尚，守着这个炉。"

“苦师父懂这么多，佩服佩服。”赵翼然拱了拱手。

三哥楚稔生说：“岸村哥，你说过的，我们不去西边，那不是我们的地盘。”

“这是个难得的机会。”黎岸村头也不回地说。他伏在桌子上看地图，眉头紧锁，手里拿支铅笔，不停地画来画去。约有十分钟之久，扔了铅笔，站起来，然后长长地伸了一个懒腰。一回头看见三哥楚稔生，激灵了一下说：“吓我一跳，你还在这里？快去通知，晚上十二点集合，吃个宵夜再出发，明早七点到龙卧牛窝。”说着，又拿起铅笔，在地图上画了一个圈。

“真要去？岸村哥。特派员——”

黎岸村挥了一下手，打断了三哥楚稔生：“这几个月，一闭上眼，尽是老江他们的影子。听特派员的，什么都别想干。我就不信，打了日本人，我还有罪了？你不是一直想打冢二吗？他躲在清平墟的堡子里，他主你客，怎么打？天时地利他占尽了，贺子其和你二哥失败那是铁板钉钉的。现在，队伍拉到外面，那么敞的地方，守了东守不了西。而且，哪怕他冢二诸葛亮再生，也绝对想不到我们会去的。”

三哥楚稔生刚开始一阵悦色，一会脸上又布了阴霾。

“原来天天喊着打清平墟，现在真打了，你嘴上倒挂个尿壶。”黎岸村横了三哥楚稔生一眼。

“我就担心组织——”

“你还不是组织的人，担心什么？组织也是人的组织，杀了鬼子打了胜仗，还怪你？就怕像蚬须涌那仗，吃了败仗，死那么多人。好啦，赶紧通知吧。”

“子群，我得到情报，今天晚上十二点，他们集合。这个黎岸村，还真是个人才，一会就拉到这么一大群人。我们就不行，死拉强掳，搞得怨声载道。唉，要不是道不同，我还真佩服他。”二哥楚协生对贺子群说。

二哥楚协生穿着簇新的佩戴着少校军衔的军服，笔挺地坐在办公台后面的藤椅上，双肘撑在台上，两手交织，手指缠着一支钢笔。情治科成立，香翰屏倚之甚重，挨着他的住房右边不远，给二哥楚协生收拾了一栋独门独院的平房做办公室。凡事，香翰屏亲自给二哥楚协生下命令。

“你汇报了吗？”贺子群朝左边努了努嘴。

二哥楚协生摇了摇头，把钢笔丢在桌子上，站了起来：“他们去凤凰山偷袭鬼子。”

“凤凰山什么时候驻扎了鬼子？”

“孜然老和尚把宣德炉扔进了龙澡潭，冢二征了几百个民夫，出动了一半的兵，要排掉潭里的水。黎岸村奇兵远袭，他要报蚬须涌的仇。唉，黎岸村是有大将之才的，有血性，有勇有谋，偏偏不能为我所用。”

“协生，我听到你两声叹气了，你不想今天晚上出兵？”

二哥楚协生点了点头。

“香司令知道了怎么办？”

“他们可是去打鬼子啊。”

二哥楚协生目中有泪，啪地拍了一下桌子：“大不了杀了我。只要能多杀几个鬼子，我死无憾。”

第二十二章

吉田押着个二十多岁的蚝民黑炭往落霞洲走去。

吉田的手抚在扳机上，黑洞洞的枪口对着黑炭。

黑炭是个老实巴交的人。几年前，他跟着他的两个哥哥从肇庆来到我家做事。他的大哥在码头做装卸，二哥在蚝厂烧火。刚开始，黑炭给两个哥哥做饭、洗衣服，闲时沿着茅洲河打点鱼，然后提了到墟上卖。卖了钱，买点零食吃，还买风筝。他最欢喜玩风筝。他是整个墟风筝放得最好的孩子，能把像木梯那么长那么大的蜈蚣风筝放到天空去，升高，再升高，小得只剩巴掌那么一点点大。他一边挽着线，一边在茅洲河绿草如茵的堤岸上奔跑，黑黑的脸上布满笑容。只有放风筝的时候，他的脸上才有笑容。平时，他没有一点表情，来去如风，也不给人打招呼。所以，一度，都以为他像我一样，是个哑巴。他不是哑巴，他会唱肇庆民歌，《仁面仔》：

仁面仔，
细佬哥，
上山坡，
来阿度，

面树下，
执果果。
执播屋企俾阿婆咯，
阿婆见到咧，
嘻嘻嘻，
哄哄哄哄笑，
笑呵呵。

不过，人家只听他唱过一次。那一次，他在路上走，捡了一个小巧玲珑的雪白的小瓶子，放在鼻子下闻，一股香味。他拿回家，他二哥告诉他，这是我父亲的鸦片烟膏盒。

“给楚老爷送去，他会赏你的。”他二哥说。

果然，我父亲赏了他两块银元。他们三兄弟用这两块银元在茅洲河岸边盖了一个木柱木门木窗的吊脚楼，屋顶盖了瓦。他们不用住茅寮了。

长大后的黑炭跟着他大哥做装卸。他手脚麻利，力气惊人，但就是不爱说话。闲了的时候，他还是欢喜放风筝。看着风筝，他咧着嘴笑。

黑炭的大哥是跟着贺子其跑到蜈蚣岭的蚝民之一，死在蜈蚣岭的山脚下。他是前面探路的人，沿着陡峭的山向上爬，看有没有危险。他踩在猎人设置的猎杀野猪的机关上，一脚踩上去，火药枪就射了。那火药枪能打死一只野猪，黑炭的大哥很强壮，但也没有野猪强壮，几百颗铁弹打进他的胸膛，打了一个大窟窿。贺子其叫人把他埋在一棵鸭脚木下面，说要用竹片子写字立个碑。写名字的时候，都不知道他姓什么名什么，贺子其说：“就写黑木之墓。”

就像黑炭一样，黑炭的大哥也只有一个诨名，叫黑木。黑炭的二哥叫黑鲚。黑鲚是我看到的被日兵射杀的那些人之一。浪潮卷走了他们的尸体。鱼吃掉了他们的尸体。黑木死了，留在清平墟的人没人知道。所以，黑炭也不知道。黑鲚死了，有人告诉黑炭："你二哥死在蚝田里。"

那时，黑炭在茅洲河岸上放风筝。他把一只有一丈见方的蚝风筝放在半空，一点点平稳上升。这只蚝风筝是他自己做的。日兵来了，蚝厂停了，别人没事做，黑炭有事做，他做风筝。蚝风筝是他做的第一个风筝。做的是一只被捌开的蚝，张着两块又黑又厚的壳，像鸟的翅膀，里面是层层叠叠的白肉。他只有白纸，也没有墨汁涂黑，他就到蚝厂里抠煮蚝的大铁锅上的锅灰。那锅灰沾了蚝油，比墨块还黏。他用锅灰把白纸抹黑做成蚝的壳。做成的时候，他左看右看，呵呵地笑。

"黑鲚死在蚝田里，让日本人打死了。"那人以为黑炭没听到，大声说。

黑炭跑远了。他的风筝浮起来，小得只有真的蚝那么大。

吉田是在永兴桥上抓走的黑炭。

那会，黑炭刚放完风筝，怀里抱着鼓鼓囊囊的一轴线，头顶上顶着那只大蚝。远远看去，像一只蚝在岸上走。他的家在茅洲河的这边——蚝民盖的房子都在这边，密密麻麻，水都泼不进去，要走过永兴桥才能回家。他一个人住。那排房子十空其九。他回家做饭吃。说做饭，其实就煮点濑尿虾吃。他早没粮食了。但他不急，他在河里放了一个罾，早上起次罾，至少三四斤，够吃一天，白灼一下，盐都不用放。

其实，吉田根本没想抓黑炭的。她突然起的意——对，是她，不是他了。她叫赵翼然去喊我去落霞洲，赵翼然回来告诉她说：“哑巴又晕过去了。”见吉田半信半疑的神情，赵翼然又补充说：“毒蜘蛛咬了手指，手肿这么大。”

赵翼然比划我手肿的大小给吉田看，觉得比划小了，两手又往外移了移，看上去，像条五六斤重的鳗鱼那么大。

“我有药。”

吉田跑回去拿了药，又跟着赵翼然跑到我的房间。他们进去的时候，两个长工陪着大哥楚孚生在看我。大哥楚孚生掩着鼻子。我昏沉沉睡了，浑身肿得像个馒头，发出腥臭味。

“这回可能真的会死了。”大哥楚孚生说，一副哀伤的样子。

我知道，大哥的哀伤是装出来的，装给那两个长工看。他的哀伤是另外两个：一个是凌小蝶仍然昏迷不醒，一个是好不容易接上火的禾田大佐死了。上次，黑龙刚走，我回家，看见一些人忙着清扫戏台，我当时想，是不是又要唱戏了，不是要唱戏了，是要看电影，要请禾田大佐来看电影，看卓别林的《摩登时代》。

大哥楚孚生探听到了，禾田大佐有两个嗜好：一是收集蝴蝶标本，二是看电影。他是个卓别林迷。大哥楚孚生找人去香港买了放电影的机器、幕布、喇叭。还带着赵翼然去拜访禾田，送了一幅汪士慎的《月珮风襟图》和十斤上好的蚝豉。禾田答应了，选了日期。可就在来的前一天，羊台山的游击队突袭县城，守军不敌，弃城而逃，禾田被颗流弹击中胸部，刚被士兵架着上了蛇口的船，就落气了。还一度传言，游击队会打到清平墟来，冢二两三天不眠不休，守在望海楼的楼顶。几天后，打探到日军重兵反扑，游击队撤了。县城另换了一个大佐，叫龟田秋柱。

“你知道龟田秋柱什么来历吗？”大哥楚孚生问赵翼然。

“就知道他是千叶县的，他的父亲是个巫师，大鼓节做祭祀的。对了，他欢喜打鼓。当兵前，他是个鼓手。像我们的端午、中秋等节日一样，千叶也有很多节，时代节、祇园节、七夕节。我们的节离不开唱戏，他们的节离不开打鼓，逢节必打鼓。四月份，还有个大鼓节，几千面鼓，打得地动山摇。”

“他欢喜打鼓，要不要搞场醒狮赛？请他来看看。”大哥楚孚生的眼睛一亮。

“这个主意好。”

“唉，白白浪费了那幅《月珮风襟图》，一千块大洋。”

“是呀，白白浪费了。”赵翼然跟着叹了声气。

这个赵翼然，装得还真像，《月珮风襟图》是他去广州西关买的赝品。

走出我房间的大哥楚孚生差点跟领着吉田进来的赵翼然撞个满怀。

“会长。”赵翼然恭恭敬敬站住。在别人面前，赵翼然对大哥楚孚生呼必称会长。避着人，可以乱叫。

大哥楚孚生扫了赵翼然一眼，看见后面的吉田，目光中就稍微柔和了一点。

赵翼然用日语说：“吉田皇军给俊生送药来了。”

“你懂治病？”大哥楚孚生也用日语问吉田。

“懂一点点。”说着，吉田进了房门。她看了躺在床上的我，抬起我的右手，仔细看了看创口，皱起眉。伤口溃烂了，像暴晒在阳光下的牛肉，泛着红，流着油。中间有个泉眼似的小洞，往外冒着清水。腥臭味就是这水散发出来的。她没有掩鼻子。

大哥楚孚生等人退出去。吉田解开医药包，她先用棉签蘸了碘酒涂在创口上，然后，取出一把柳叶刀。她又皱了皱眉，将伸出去的刀收回来了，刀口对着嘴巴。她朝刀口吹了一口气，腕一抖，刀尖刺着我的创口，吱吱吱，柳叶刀在我的皮肉间游走，像蛇在草丛游走，像鱼在水面游走。蛇在草丛里游走，草向两边分，鱼在水面上游走，水向两边分，柳叶刀在我的皮肉间游走，皮肉向两边分。她割了一道两寸来长的口子。她等着淤血流出来。但没有淤血流出来。她第三次皱了皱眉。

赵翼然领着大哥楚孚生看窗棂上的红蜘蛛："俊生就是让这只蜘蛛咬的。他一个人看了很久，还拖着我看。我找到他的时候，他嘴巴一张一合，好像在跟蜘蛛说话。"

红蜘蛛这回踞在离卦的九三爻位。九三爻是个凶卦：日昃之离，不鼓缶而歌，则大耋之嗟。就不知道，红蜘蛛摆的这一卦，是预示它自己呢？还是预示别人？我不知道。我知道了也不能说，因为我昏迷了，变成了一只蚝。我问龟爷爷：

"日昃之离，不鼓缶而歌，则大耋之嗟，这个话我不懂，你告诉我。"

"我还以为你什么都懂呢。"龟爷爷鼻子里哼了一声。

这一回我变成蚝，龟爷爷没有上次对我好。我知道，他生我的气，我没听他的话，那天在落霞洲，他叫我别搭理吉田，但我还是过去了。

"哟，完了，俊生，你这回呆不了多久，就要回去了。吉田在给你治病，你快醒过来了。我对你说过的，你随时可以变的，念偈语就行了。你忘了偈语吗？"

"我记得。"

"记得那你为什么不变蚝呢？那些蚝兄蚝弟想你了，想听你说说上面的事。我没空给他们说，蚝多嘴杂，说不清。"龟爷爷的气好像消了，声音柔和了。

"我不想变。"

"你怎么吞吞吐吐啦？快点说，你快醒了。"

“我爱上吉田了，可是，我又怕她，我该怎么办?”我说出来了，压在胸口的石头搁下了，一身轻。

“我也不知道怎么办，我又没爱过。”龟爷爷说。沉凝了一会，又说：“这个九三爻是红蜘蛛对它自己的。”

龟爷爷说得没错，听赵翼然说了我就是被眼前的红蜘蛛咬的后，大哥楚孚生脱下鞋拿在手里，啪的一声把红蜘蛛打死了。一股红色的血浆喷涌而出，溅得窗棂上一片暗红，就像吉田一口一口地从我割开的创口里吮吸出来的淤血。是的，割开我的创口后，见淤血还是不流出来，吉田用嘴巴对着我的创口吮，直到满嘴都是淤血后才吐掉。

“孚生，一个事一直想说又不敢说。”等大哥楚孚生穿好鞋子，赵翼然说。

大哥楚孚生白了赵翼然一眼：“你什么时候变成病猫拉尿有一截没一截?”

“你说俊生是真聋哑还是假聋哑?”

“你什么意思?”大哥楚孚生盯着赵翼然。

“有时候，我觉得他听得到似的，他只是不想听。”

“你别傻。上次，枪打到他，他都不知道躲。”

“是。我想多了。”

大哥楚孚生长叹了一口气说：“翼然啊，我们四兄弟，上面三个要文的有文的，要武的有武的，说不定最后都不如俊生。别的不说，我快拿脸贴着冢二的屁股了，又是同学，他就那么不冷不热。你看俊生，平白无故一个日本兵对他这么好，听说他让毒蜘蛛咬了，脚都拐断了跑过来，还一口一口给他吸血。我敢打包票，俊生是唯一受到日本人如此待遇的中国人。在日本人眼里，我们都是猪。什么会长？狗屁。”说到最后，呜呜地哭了起来。

吉田给我上了药，做了包扎，最后注射阿司匹林。她出去了，一个人背着枪站在永兴桥。她倚在没有倾圮的那边的栏杆，望着暮烟四合里的合澜海，眼睛里浮起了雾。她又想起北海道的故乡。想起她的两个哥哥，和住在涂抹着白漆的小屋里的父母。

这时，黑炭顶着他的蚝风筝走过来了。黑炭过来的那半边桥是之前塌了的、搭了两根木头钉在一起的木桥。他蹦跳着过了木桥。因为蚝风筝遮住了眼，过完木桥后，没看见吉田，他顶着风筝呼啦啦过来，风筝边顶了吉田的后背。

黑炭死了。

黑炭的蚝风筝在永兴桥上搁了一夜。

第二天早上，起风了。

风把蚝风筝吹进了茅洲河。

第二十三章

在见斑博和唐总之前，秋蝉还是为穿戴费了一点心思。

秋蝉对穿着有讲究。在逃亡的那辆马车上，秋蝉一个人的衣裙就有一箱子。但没任何准备，她和三哥楚稔生跑了。她几乎衣衫褴褛来到岜岩。

岜岩营地有三个女人。一个五十多岁的阿姨，做饭的。另两个三十来岁，女队员。一个是老江的老婆，叫珍姐。另一个叫阿霞。阿霞的老公原来做小吴的事，负责沙鱼涌、岜岩和香港三地的交通联络。去年的一天，从香港接粤华公司的干部去沙鱼涌，半路上遇了台风，翻船遇难了。阿姨是客家人，穿上及胸口下至膝盖的蓝色围裙，打赤脚，戴凉帽。珍姐干脆穿的是男人的衣裤。就阿霞还稍微有几件有颜色的衣服。秋蝉到岜岩第二天穿的那件红色衣服就是阿霞的。阿霞还给了秋蝉别的衣裤，只是全大了。阿霞是个牛高马大的女人。

“为难你了，秋蝉妹妹。”看她穿着自己的那件红衣服，就像牛栏里关着的一只猫，阿霞说。

“霞姐，说什么呢？感谢你。打仗呢。”

“对，打仗，哪里顾得上打扮？男人能做的，我们女人也能做。”霞姐捋了捋腰带上的驳壳枪说。

昨天晚上，秋蝉是跟霞姐睡的。睡到半夜的时候，秋蝉做了那个跌下悬崖的梦，哇呀呀大叫。霞姐抱住她，安慰了好久，才又把秋蝉哄睡了。想到这，秋蝉帮霞姐扯平腰带里的衣襟，退了一步，看着霞姐："你真精神。"忽然又问："霞姐，你开枪打过人吗？"

"没有。但我不怕。"霞姐举起右手，做了一个举枪的动作，左眼睛闭了，圆睁着右眼。她嘴巴叭了一声，声音大了些说：

"鬼子毁了我们的家，杀了我的父母，杀了我的儿子，我要报仇。"

霞姐的丈夫是淡水人。日本人从大亚湾登陆，烧杀掳夺，除了他们夫妻寻了一条生路，其他人，全被杀了。

秋蝉从小跟母亲学过女工，学校里又上过缝纫课，加上她心灵手巧，几天后，她就将霞姐送给她的几件旧衣裤改得合体又好看，连黎岸村看了都赞道："哟，大小姐，你还有这一手。以为你十指不沾阳春水呢。"

说完了大声喊小吴。小吴在擦枪，手上脸上全是黑污，像个大猩猩，惹得黎岸村和秋蝉全笑了。黎岸村说："交代你一个事。下次去香港，给秋蝉买点衣服。人家大小姐，可不能像我们冇搭霎（方言，没有分寸）。"

"我没买过女人的衣服。"小吴瓮声瓮气。

黎岸村想了一会说："秋蝉，你写个单子，叫小吴按单买。"

小吴走了，秋蝉对黎岸村说："岸村哥，我不是大小姐，我是战士。"

"说得好，秋蝉，我们这里，没有女人，只有战士。当然——"停了一会，忽然笑了，接着说，"你要做个漂亮的女战士。"

秋蝉也笑了。从昨天见面至今，她这是第一次看到黎岸村笑。不得不说，黎岸村笑起来有点难看，两道浓眉压下来，压得眼睛只剩了细细的一条缝，显得鼻子像拳头那么大，而且，露了牙齿。他的牙齿又黄又宽。他敛了笑，忽皱了眉头，右手握了松松的拳，伸了大拇指，抬起来高过肩膀，向后指了指："就不知道那位大少爷怎么样。"

"你放心，岸村哥，稔生跟他家里一刀两断了。他就火药脾气，火上来了，天王老子也不怕。"

"还要你说？昨天都快送老江见阎王了。我是说他受不受得了这个苦？"黎岸村撇了撇嘴说。

秋蝉急着说："他受得了的。"

秋蝉给小吴写了一个单子，一些寻常的东西，反反复复了很久，最后还是写了一套月白旗袍。很遗憾的是，小吴买回来的旗袍竟大了一个圈，而且，胸口还缀了一对鸳鸯。

"只有一套了。要不，我去退了？"小吴结结巴巴。说着，颊上又冒出汗。为给秋蝉买这些东西，小吴像打了一场仗，不，比打一场仗更厉害。打仗是不要命，买这些东西是不要脸。男人，有时候脸比命还重要。这些东西里有女人的内裤、乳罩等，小吴都是第一次知道。小吴的梦里是有过脱了外面衣服的女人，但他做梦也没想到，脱了外面的衣服，里面居然还有这么多稀奇古怪的东西。裹着这些东西在手，小吴像捧着一团火，又像拎着一条蛇。火和蛇算什么？像第一次抓到一把枪，一把驳壳枪。

两年前的一天，黎岸村把一把驳壳枪交到小吴手里："枪在人在。你不想敌人要你的命，就用它要敌人的命。"

那天晚上，小吴一夜未眠，擦拭着，抚摸着，一会托在胸口上，一会压在枕头下。这两年，那把枪长进小吴的身体里，成了他身体的一部分，一根新的手指，或者一只新的眼睛。他也像爱护手指，或者眼睛一样，爱护他的枪。只是，他从未用它打过敌人。他多次向黎岸村申请，想参加一次战斗。但黎岸村总是说："你开好了船，就等于打了敌人。"

"才不呢。"小吴心里说。

他盼望着有一天能像黎岸村他们一样，如一条猎狗潜入黑夜，找到目标，准星对准敌人的脑袋，那脑袋渐渐长大，填满他的眼睛。然后，他扣动扳机，子弹射进那变形的脑袋之中，嘭地爆开，像炸裂的一只苹果。想着这样的情景，小吴就激动得栗栗发抖。

到船上，解开包裹，捧着给秋蝉买的乳罩，小吴又激动得栗栗发抖，跟想象着子弹进入敌人的脑袋一样栗栗发抖。

凭着女人的敏感，秋蝉隐隐觉察到小吴的异样，她对小吴说："不用换了。来，这是我刚摘的荔枝，你吃点。"

接过秋蝉的荔枝，小吴如临大赦，逃也似的离开秋蝉的房间，一不小心，头差点撞着门扇。秋蝉抿了抿嘴，想叫小吴一声，到底还是没叫。小吴一溜烟从营地跑出来，爬上峃门岩，坐在最顶端。

碧蓝的海水像风中的绸缎一样飘浮抖动，倒是天上的白云如凝固的牛奶纹丝不动。小吴剥开一粒荔枝，剥开那丑陋而粗糙的长满颗粒的壳，露出白嫩滑腻的肉，他想到在船上看过的秋蝉的乳罩，和他想象的那乳罩里要包裹的秋蝉的两只乳，应该跟剥开的荔枝肉一模一样。小吴叫了一声，把荔枝全扔到海里。他抽出枪，用衣角细细擦拭着。一把好枪。

小吴举起枪，对着飞翔的白鹭，嘴巴里叫着："叭、叭、叭……"

斟酌再三，那天，秋蝉还是穿上小吴给他买的那套月白旗袍。她改小了。而且，还把原来胸口用红绿丝线绣的鸳鸯拆了，又用拆下来的红丝线绣了一朵紫荆花。但她之前没穿过。阿霞劝过她几次，也不为所动。

“我知道了，你等稔生回来穿给他看。”阿霞笑嘻嘻地说。

秋蝉笑了一下，没说是，也没说不是。

秋蝉还描了一下眉，梳了个髻挽在后面，髻中间插了根钗。竹钗。这根竹钗也是她自己做的。竹钗的尾端还凿了个柄，紫荆花的柄。意思是要跟旗袍上的那朵紫荆花般配。小吴给秋蝉提了那口有点泛旧了的竹皮箱。竹皮箱是珍姐送给秋蝉的，江哥的旧物。秋蝉推了几次，推不掉，珍姐后来都火了，说再不收就烧了。话说到这个地步，再不收就不近人情。珍姐红了眼睛说：“你要给唐老板说，老江不能白白牺牲。”

要出发了，全营地的人都拥来送。阿姨想起什么，跑回来，又喘吁吁跑回来，手里多了一个竹篮子，码满橹罟方粽，一边跑一边说：“真老糊涂了。备得好好的就忘了。路上吃。”

秋蝉要去接。阿姨却塞到小吴手里，还打了小吴的肩膀一巴掌：“就知道空着手走，怪不得找不到老婆。”

哄地笑起来，有点小忧伤的送别场面霎时变得欢乐起来。

“你别做官了就忘了我们，我给你做好吃的。”阿姨拉着秋蝉的手。

又笑起来。珍姐白了阿姨一眼说：什么官不官？在砦岩，是革命；到香港，也是革命。”

“我一定会回来的，砦岩是我的家。”说的时候还笑笑的，不知道为什么，说完了，秋蝉的眼睛竟红了，掉了泪。

上了船，秋蝉回望了一眼绿树掩映的营地的方向，又落了泪。

“秋蝉姐。”小吴喊了一声。

秋蝉摸了摸眼睛，笑了笑说：

“没事。就有点舍不得。”

“你真的还想回来？”

“我真的还想回来。”

一见面，唐总就笑呵呵地对斑博说：“老斑，怪不得你拖这么久不送秋蝉过来，原来你是舍不得大靓女。”

一会，又拿秋蝉的名字开玩笑：“我讲个笑话。有个老板，很刻薄，不给手下吃饱。这一天，老板找了一帮朋友，在花园里喝酒写诗。这时，树上一只知了叫。一个手下故意问，老板，这树上是什么东西叫？老板骂，你个傻仔，这是秋蝉，这个也不知道？手下又问，秋蝉平时吃什么？老板先吟了一首诗：高蝉旦夕唳，景物浮凉气。木叶渐惊年，锦字因络纬。稍断当窗梦，更凄临水意。清香笋蒂风，晓露莲花泪。知道秋蝉吃什么吗？它什么也不吃，餐风饮露。手下马上说，老板，那你找秋蝉来为你做事吧，它什么也不吃，比请我们划算多了。”

斑博哈哈大笑，一口茶喷出来。秋蝉也笑了，欠了欠身子，趁机把皱着的旗袍裙摆扯平了。斑博指着唐总对秋蝉说：“唐老板这是给你下马威，事要你做，饭没你吃，现在后悔还来得及，我叫小吴接你回去。”

秋蝉又笑了，正不知道说什么，唐总说话了：“开玩笑的，别把小丫头吓坏了。砦岩呆了那么久，习惯吗？”

“还好。”

秋蝉轻声地回答说。路上，斑博给秋蝉交代了，按统一的叫法，人前人后，都叫唐总。

唐总看着秋蝉说："早听老斑汇报了你和楚稔生的情况，很好。党敞开怀抱，欢迎你们这样的有志青年加入，打日本，保家国。你就不用说了，呆岩岩这么久，能放下架子，学习、训练、生活，方方面面表现不错。斑叔已经通知你，今天起，你是组织的人了。秋蝉同志，欢迎你。"

听到"秋蝉同志"四个字，秋蝉站了起来。唐总也站了起来，握住秋蝉的手。

"至于稔生——"

唐总坐了下来，喝了一口茶，又开口说话。但说了半句，就被依然站着的秋蝉打断了："唐总。"

斑博正端了公道杯给唐总倒茶，一看秋蝉这架势，脸都白了，手一抖，杯里的水漉漉洒在桌子上，厉声喝道："秋蝉。"

唐总的脸色也变了一下，但随即柔和了，笑了笑说："老斑怎么啦？年纪大了，手不稳当了？打烂了我的杯子，我可要叫你赔的。这是老杨从上海给我带来的，正宗的宜兴壶。"又扭过头对秋蝉说："坐下来说，秋蝉。"

斑博急着说："唐总，上午她对我说了，我严词拒绝了的，怎么又……"

"斑叔，我只是想把心里的话说出来。我是组织的人了，有事向组织汇报，组织说行，就行，组织说不行，就不行。"秋蝉豁出去了。

"乱——"

唐总挥手打断了斑博，转过脸对秋蝉说："有什么事？你说。"

"稔生比我更需要，我想，可以的话，让给他，我再等等。"秋蝉脸涨得通红，看着唐总。

唐总一下子没听清楚："慢点，什么让给他？"

"她说入党的事，她要跟楚稔生对换。"斑博插话说。

唐总哦了一声，牙齿咬了下唇，手指在茶几上敲着，敲着，好一会，才不敲了，看着斑博，苦笑了一声说："我就说嘛，知识分子加入短枪队，是新鲜事。大姑娘上花轿，我也是头一次遇到这种事。这对我们的工作提出新的挑战啊，老斑。"

斑博摊了摊手，做了个鬼脸。唐总又看着秋蝉说："话说，你出了一个难题，我也回答不了你，得请示。你放心，我会给你一个满意的答复的。这样吧，你先工作，就在总部，做我的机要秘书。刚才，我讲了富翁的笑话，笑话是笑话，饭是能吃饱的，但工作上我还真是个刻薄的老板，你要有思想准备。面对的敌人很多，明的，暗的，一点也不会比在一线打仗的同志们轻松。"

"老斑，"唐总转向斑博，继续说，"你说说黎岸村的情况。"

"蚬须涌事件发生后，遵照唐总的指示，我派了个特派员过去，严肃批评了他。他表示接受批评。这一段，队伍发展得很快，都是附近的渔民、农民，隔几天就学习、训练，热情很高。我反正说了硬话，不能擅自行动。黎岸村这个人啊，是个猛人，对敌人猛，对自己也猛。"

"猛要猛，但也要铁的纪律。昨天我跟老杨聊，像黎岸村这些人，打仗、做事，一等一，没得说，但就是江湖气太重，头疼。"

唐总微微叹了一口气，回头看了秋蝉一眼，继续对斑博说："那个楚稔生呢？有人对他牵肠挂肚啊。"

"不错，很上进。香翰屏成立了情治科，任命楚稔生的二哥楚协生做科长。做科长的第一件事，楚协生就到乌鸣嶂游说楚稔生。楚稔生铁板一块，说，你别缠了，各为其主。他及时向黎岸村做了汇报，黎岸村也及时汇报了我。”

“这个香翰屏，我以为上海一战，会把他打醒的，原来还是这个德行。延安还指示我，去拜访他一次，我看去了也是白去。李宗仁和白崇禧这帮人跟老蒋是面和心不和，就他香翰屏跟老蒋是心和面不和。楚家老二这个情况很重要，你盯紧点。老楚家三兄弟，三条路啊。”

“他们四兄弟。还有个弟弟，叫楚俊生。”秋蝉说。

唐总饶有兴趣地问：“楚俊生走哪条路的？”

“他是个聋哑人。”

“聋哑人，他就可以哪条路也不走。”沉吟了一会，唐总说。

第二十四章

天刚粉粉亮，苦鲛和赵翼然带着队伍从清平墟出发，去凤凰山下的龙澡潭，排水寻炉。动用了二三十名日兵和协军，一半一半。还有100多名民夫。民夫是我家的蚝工。“今天该出水了，苦师父。”

赵翼然追到苦鲛的轿边问。冢二是要给苦鲛派车的，因路窄，中间又隔着两条河，不好走，苦鲛就说：“我坐个轿。”

冢二就叫赵翼然给苦鲛备轿。

轿倒是现成的，搁在书塾的阁楼上，积了厚厚的灰尘。贺孟友的。两人抬的轿，两根标直的竹子中间搁条斜躺着的楠木椅子，一前一后两个肩。很多年，贺孟友是清平墟唯一坐轿，也是唯一能坐轿的人。我父亲家财万贯，也不行。清平墟的风俗，只有两种人能坐轿：一是教书的先生，二是看病的郎中。贺孟友二者兼。东至固戍，西至黄松岗，是贺孟友看病的地盘，凉感伤风、跌打损伤、疖火疱毒，一应俱诊。一抬轿抬着他，在绿草如茵的茅洲河堤岸，或者鸡肠似的河汊路上疾走，椅手上挂着根虬龙状的拐杖，他双目微闭，一脸高古。新学堂起来，没人读书塾了，贺孟友后来索性连病也不看了，搬进非树斋，一心信佛，立志做个故国遗民。谁知道，国是故了，遗民却没做成，被冢二割了头。

赵翼然一脸笑答应家二备轿，找了两个协军，走到书塾院子里，却一脚蹬在那棵无花果树上。下了一场无花果雨，也下了一条盘在树枝上的菜花蛇。赵翼然不知从哪里来的勇敢，一脚踩扁蛇头，嘴里骂道："臭不要脸的死乌龟……"

"骂错了吧，赵翻译，这是条蛇。"一个协军笑着说。

"一样，都是头上不长毛的王八蛋。"

坐在颤颤巍巍的轿上，好像还没睡醒，苦鲛斜躺着，微闭着眼，手里捏着两个翡翠球，慢慢转着，表示他还没睡着。真是个标致的和尚。他今天穿了一套酱紫色的崭新和服，交领，右大襟，上下无扣无襻，系腰带，腰带绾个结。胸前绣着朵白色的菊花。听到赵翼然说话，苦鲛睁了眼，手前后指了指：

"今天不出水，我叫他们不吃饭。"

苦鲛和赵翼然在队伍的最中间，打头的是协军，殿尾的是日兵，夹着民夫。看苦鲛手指所指，他嘴里说的他们，应该是所有的人，赵翼然不由得倒吸了一口凉气。

这是第四天了。原以为一天就排净了的。谁知小看了龙澡潭。这是个亿万斯年的老潭，像个漏斗，深插在凤凰山的花岗石山脚，形成那天起，水就没干涸过。山泉万眼，汇入潭中，水满则溢，流出一条渠，水由渠注入茅洲河。苦鲛的意思，把渠凿宽凿深，把水引出来就行了。花岗石竟跟钢铁似的，一尖镐下去，就冒点火星，只能凿米粒大小。苦鲛急赤白脸，一发狠，叫几个协军把一个年纪较大的民夫推下潭。民夫在幽深碧绿的潭水里折腾喊叫，一靠岸协军就开枪打，故意不打中，子弹击在水中，发出唧呕唧呕的声音。民夫精疲力竭，渐渐下沉，最后没了头顶。苦鲛站在一块像舌头翘起的石头上，合掌在胸对民夫说："阿弥陀佛，各位施主受惊了。这个师傅他没死，他下去摸炉子去了。我们就等他摸上来。他摸上来，我们就不要费力了。万一他被水底的龙王招了女婿，我们就派另一个师傅下去。我要不是和尚，我也想下去做龙王的女婿。做龙王的女婿好呢，床上铺满珍珠。”

儆猴的鸡杀了，个个铆了劲干，但还是不起效，苦鲛的眉头又皱起来了。赵翼然过去，苦笑了一声说：“苦师父，还是用土办法，舀吧。”

“哟，还是你有办法，怪不得能做翻译。夜深更饮秋潭水，带月连星舀一瓢。阿弥陀佛。”

走过卧牛窝，翻过眺鳌坡，下去，就是龙澡潭。站在眺鳌坡的半腰上，是看龙澡潭的最佳位置，汪汪一碧，如块翡翠。要是雨季，还有瀑布，一股水撒银抛玉从探鳌峰的半山腰摔下来，一片白雾腾展开去，像一匹撒蹄而奔的白马。没错，这瀑布名叫白马瀑。宝安本来只有八景的：杯渡仙踪、赤湾胜概、梧岭天池、参山乔木、卢山桃李、龙穴楼台、鳌洋甘瀑和玉勒温泉。附近的半吊子文人偏偏不服气，硬将白马蹄鳌加进去，凑成九景。还在歇脚亭上刻了不着边际的对联：

马从何处奔来？碎玉散珠翻雪浪；
布自几时织起？素丝飞练上银河。

以为靠名字和这副对联，能把白马瀑的名气打出去，引得遐迩的人前来吊膀子。但别人也不是傻子。一、你下雨时才有，不下雨就没了，像凉感伤风的鼻涕，没意思；二、自古以来都八景十景的，没听说过九景，八仙闹海里加个孙悟空进去，一张桌子坐不下，你还是一边凉快去吧；三、八景里头的鳌洋甘瀑里就有瀑布，你再加个瀑布，你不嫌多啊？所以，除了凤凰山脚下的几个酸文人自吹自擂一番，应者寥寥。

在坡脊上下了轿，苦鲛站在歇脚亭边上，指着对面的探鳌峰问赵翼然："那天看不见老和尚，你说我为什么一下子想到他连人带炉跳进龙澡潭了？"

"你别卖关子了。你要打仗，能做个大佐。"赵翼然弯了腰。

"孜然像瘫了一样，轻易不走动，整天呆在精舍里，连佛殿都很少见他的影。什么事都是我跑过来跑过去，累得我像个丫环。在他们眼里，我就是个丫头。去年的一天，他对我说，苦鲛，陪我看看。我嘴上说，师父，你来了什么雅兴？心里说，哪根神经错乱了？他哪里是到处看看？径直到了我们站的这个地方。他盯着探鳌峰的悬崖看。我问，师父，你看什么？他说，你知道不？原来悬崖上有悬棺的。你知道古人为什么葬悬棺吗？我笑着说，师父，你说了我就知道了。当着别人的面，一是一，二是二，只有我们两个人的时候，我嘴无遮拦。他打了我的后脑勺一个栗暴。他的栗暴好重，他练过武的。当时要是站在悬崖边，我真想推他下去。他说，葬悬棺有两个原因：一是尸身千年不朽；二是藏宝物。你想，那么高的悬崖，谁能爬得上去？葬悬棺要专门的人葬的，叫葬师，一代代传，传男不传女。我脑子里转开了，老和尚想葬悬棺呢。但我当时没想到他要藏他的宣德炉，只想到他想千年不朽。我心里还骂他，每天关门念地藏经，地狱不空，誓不成佛，却是个俗不可耐的俗物。后来他领我走到潭边，叫我扔一块很大的石头到潭心，好久，才看到水泡冒起来。他问，苦鲛，你说有多深？我懂什么？随口说，二三十丈吧。老和尚说，十个二三十丈。回来的路上，他一直说潭的事，说什么古书上记载，三十丈水深的地方，冷如寒冰，万物如生，不腐不朽——”

这时，坡顶上传来突突突的声音。

“枪声。”赵翼然脸煞白煞白。

刚才还眉飞色舞，听到枪声，苦鲛像个受惊吓的老鼠，刺溜一声窜到一棵鹅掌楸下面，蜷缩成一团，闭着眼睛，颤乎乎念着：“阿弥陀佛……”

“我们是游击队，只打日本鬼子和汉奸，老乡快跑。”是黎岸村的声音。

前面说过，这支队伍分三截，最后一截是日兵。前面两截已经翻过眺鳌坡，后面日兵的那截仍在卧牛窝。刚逾未逾时，黎岸村举起枪打中最后一名日兵的后脑勺，血浆喷溅，在晨曦里泛起朝霞一样的血雾。

三哥楚稔生跟在黎岸村背后。黎岸村开的第一枪，三哥楚稔生开的第二枪。遗憾的是，三哥楚稔生开的那枪，什么也没打中。明明也打中后脑勺的，为什么就偏了呢？三哥楚稔生摸了摸眼睛，摸掉了笼罩在眼皮上的汗滴，他瞄准第二个后脑勺，扣动扳机。他白瞄了。那个后脑勺不见了。所有的被短枪队瞄准的日兵的后脑勺全不见了，除了那具刚被黎岸村打死的像晒得枯萎了的芭蕉树的日兵的尸体，什么都不见了。这是一支训练有素的队伍，在听到枪响的五秒钟内，他们即已散掉队形，找到各自的战斗位置，或蹲或卧，开始还击。

短枪队的一个队员倒下了。

又一个队员倒下了。

六个队员倒下了，都命中要害处，要么是太阳穴，要么是胸口。血滴在空中飞溅，像乱飞的牛虻，红色的牛虻。

黎岸村也中枪了。从右肩下的锁骨入。三哥楚稔生听到子弹击穿黎岸村身体的声音，像打在湿被子上，沉沉喑喑。好像那颗子弹击中自己的身体，三哥楚稔生一阵锥心的疼痛。三哥楚稔生还看到黎岸村打了一个趔趄，但马上稳住身形，举起枪，对准刚才击中他的那个日兵。

那是个年轻的日兵，二十来岁，两块瓦片似的帽檐盖住他的两颊，露出窄窄的脸，眼睛、鼻子和嘴巴像被人强捺住顶在玻璃上，挤成一堆。所以，他留了撮小胡子，这样看起来比较成熟。但因为胡子稀疏，又不黑，看上去像粘了一片虫咬了的树叶。战友笑话他，他为此跟那个笑他的战友打了一架，他把对方的牙打松了一颗。冢二处罚了他，要他吃自己的小便。其实那战友跟他一个地方的，秋田县的男鹿半岛。传说古时候有五个妖精常来村里闹事，还抢漂亮女孩。每年的正月十五，村里的年轻人全扮成鬼，吓那五个妖鬼。他们两人的鬼扮得最好，村里的长老奖他们什锦糖。他们盘腿坐在鸡爪槭下愉快地吃着，又说又笑，把鬼面具扔在一旁。黎岸村第一枪打中的就是他的那战友。

看到黎岸村的枪口，那日兵脑子里划过一道长长的银色的弧线。弧线的另一头是秋田的男鹿半岛。那里有很多鸡爪槭。一到秋天，那些心脏一样的叶子由绿变红，漫山红遍。他觉得他跟刚才死了的战友沿着弧线飞着回故乡。但飞到半路，弧线突然断了。

黎岸村的肩胛一阵剧痛，举枪的手往下坠。日兵先开了枪，击中黎岸村的眉心。黎岸村斜斜向后倒，向后倒，临倒地的那一刻，他伸出左手，扶正鸭舌帽。

“岸村哥。”

三哥楚稔生大喊一声，举枪射击，击中日兵的脖颈。血吱一声喷出来，喷得老高。刚才断了的银色弧线又连上了。两个日兵的魂灵沿着弧线飞向故乡。

“岸村哥牺牲了。不打了，撤。”

三哥楚稔生叫着。他背着黎岸村的尸体在荆棘遍布的山上健步如飞。

黎岸村的右手里一直抓着枪。半夜时分，在鸟鸣嶂半山腰的营地上，三哥楚稔生流着眼泪对队员说：“连这把枪一起埋了好吗？这把枪是岸村哥的手。”

埋好了，筑了一个坟，一个队员在坟头栽了一根树苗，跪在地上说：“岸村哥，这是你欢喜的含笑，我给你种上了。”

三哥楚稔生也跪下了。

其他队员也跪下了。

站起来，队员们鱼贯走下山。三哥楚稔生忽然想起什么，他快步跑了回去，摘下头上的鸭舌帽，放在黎岸村的坟尖上。他一直忍着泪的，这会，忍不住了，长线短线掉了下来，倏地又跪下来：“岸村哥，我给你报仇，亲手宰了冢二。”

话声未落，一声枪响。天地亮了起来，前后燃起了两个蘸了汽油的大火把。20 多个全副武装的国军拦住短枪队的路。都是精兵干将，手持德国制造的伯格曼 MP18 冲锋枪，地上还趴伏着两个机枪手，架着 ZB-26 轻机枪。二哥楚协生站在最前面，他举着一支毛瑟 20 响全自动手枪。那一枪就是他打的。朝天打的。

“短枪队的弟兄们，你们被包围了。你们没有选择，放下武器投降。”二哥楚协生喊道。

加上三哥楚稔生，短枪队只剩十三名队员了，还有四名队员受了伤，其中两个还是重伤。队员面面相觑，时间凝固不动。有个队员大声喊：“稔生，你快过来，这是你二哥。”

“我在这里。”

三哥楚稔生大步流星走下来，手里拎着枪。所有的目光全部盯着他。

二哥楚协生咬了咬嘴，厉声说："楚稔生，站住，放下武器。否则，开枪了。"

"楚协生，有种的你开枪。"三哥楚稔生继续向前走。

突突突，机枪吐出火焰，子弹打在三哥楚稔生的脚边。

"听了没有？楚稔生，站住。"二哥楚协生再次喊道。

贺子群声音颤颤地说："稔生，别逞强了，放下武器，你们没得选择。只要你们答应脱离共党，跟我们回去，一起打鬼子。"

三哥楚稔生站住："放他们走，我跟你们回去。"

贺子群凑近二哥楚协生，耳语一阵。二哥楚协生摇了摇头。贺子群又说："稔生，你不要为难协生了，带你一个人回去，怎么向香司令交差？"

"那就拿我们的尸体去交差吧。弟兄们，为岸村哥报仇。"

说着，朝左边举火把的士兵开了一枪。那士兵应声倒地。他打了一个滚，又朝右边举火把的士兵开了一枪。那士兵又应声倒地。夜色暗了很多。他跳进路边的树丛里。别的队员也跟着跳进路边的树丛里。3 个跳得慢些的队员被几百发子弹打成筛子眼。子弹射击的火光在半空中密织交错。

短枪队这边只剩三哥楚稔生一个人了。他被追至悬崖边。他子弹打光了。他受了伤，左臂右脚各中了枪。他伏在地上。他扔掉枪，扔到悬崖下面。炒豆一样的枪声停歇了，风卷起山涛，呼啦呼啦。国军士兵端着枪指着三哥楚稔生。三哥楚稔生双手撑地，站了起来。

几个士兵簇拥着二哥楚协生走了过来。他也受伤了。一颗子弹划破他的右脸颊，往左一寸，不，只要半寸，他的右脸就毁了。

“我最后问你一句，你到底降不降？”二哥楚协生用枪指了指横七竖八的尸体。然后，枪口对准三哥楚稔生。

“降你老母个嗨。”

二哥楚协生扣动扳机。

贺子群猛地托了二哥楚协生的手腕一下。枪打偏了，打向半空，划出一道长长的红色弧线。

“他是你亲弟弟啊，协生。”贺子群说，又朝三哥楚稔生喊，“跳，稔生。”

第二十五章

我又变成了蚝。

这回是我自己变的。龟爷爷说的真没错，只要我念他告诉我的偈语，我就能变成蚝。有时候是真变成蚝，有时候是假的。就那么躺在床上，直挺挺的。别人就以为我昏睡了。除了吉田，没人关心我，他们都见怪不怪。我是个多余的人，昏睡也好，没昏睡也好，甚至死了也好，没人管。

我假装变成蚝，是装给吉田看。她时不时来看我。我真变成蚝的时候，她来看也看不出什么，我反正像死了一样，她摸我的脸，捏住我的鼻子，她在试探我是不是真昏睡了。有一次，她还喊来日本军医，抢救我。谢天谢地，那次我是真的昏睡了。军医想尽了办法，给我吃药，打针，最后，还给我的心脏进行电击，累出一身汗，但我还是直挺挺躺着，没一点反应。军医摊了摊手对吉田说："像那个女人一样，他得了一种怪病，我救不了他啦。"

军医说的那个女人，是凌小蝶。

凌小蝶刚昏睡的时候，大哥楚孚生请军医看过凌小蝶。大哥楚孚生给凌小蝶找过很多医生，去过很多医院。有一次，还差点把凌小蝶带去东京圣路加医院，后来，有人出主意，说做个法会就行了。这就有了请凤岩庙的和尚做法会那页书，还有了苦鲛献千年四精汤那页书中书。那是极血腥的一页书。翻过了那页书，大哥楚孚生想清楚了，靠医生怕是治不好凌小蝶的病了。就让她睡吧。也许有一天，她就突然醒了。越到后来，大哥楚孚生甚至越觉得昏睡了的凌小蝶也是好的，除了昏睡，其他一样。隔三岔五，他给凌小蝶穿上各式花旦的戏服，再给她细细贴花黄，梳鬓妆，然后唱一段戏。唱腔悠扬圆润，响彻蝶园，为弥漫着死亡气息的清平墟带来活的声音，生的希望。

军医走后，吉田哭了，哭得抽抽搭搭，哭着哭着，但我装着昏迷不醒。我的装躲过了吉田。后来，她来看过我很多次，都没有发现我到底是真昏睡还是假昏睡。每一次离开我的房间，吉田神情落落。房间里留着她身上发出的我欢喜的香味。以前，我欢喜闻蚝的味道，现在，我欢喜闻吉田身上的香味。

龟爷爷举着大拇指夸奖我："你这个哑巴，人哑心不哑。"

"可是，她杀了黑炭。"我哭丧着脸说。

龟爷爷游过来，拍了拍我的肩——不，我的壳说："别自责了，孩子，这不能怪你的。好啦，说点别的，这次下海，跟你的蚝兄蚝弟混了这么久，有什么新鲜事？说来听听。我真怕跟他们说话，乱糟糟的。"

"他们还在找蚝母。你知道蚝母到底去了哪里吗？这么多蚝，没了主心骨。"

赵翼然终于立了一功，通过留学时的秋田同学，把龟田秋柱请到清平墟看了醒狮大赛。那同学在税务局上班，业余时间欢喜下围棋，在一次观看柔术表演时，因为前面一个人放了一个屁，他笑了，对方恼不过，两人就打起来，都下手特别重。秋田右手无名指第二关节和阴囊受了伤，对方的鼻梁和肛门出了血。两人住进同一家医院，聊着，竟成了朋友。这个朋友是龟田秋柱同父异母的弟弟。当赵翼然的同学捧着赵翼然写给他的信说出请求，这个朋友像蛇吐着信子一样哧哧地笑：“他敢不去，我就把他父亲送到山上喂老虎。”

很早之前，秋山山区有种习俗，人太多了，吃不饱，老人上了七十岁，就被儿子背到山下饿死。很多年后，一个叫木下惠介的导演，拍了《楢山节考》的电影，专门说这个事。

先不说龟田秋柱观看醒狮大赛的事。话说一下车，众人簇拥着龟田秋柱往楚家大宅走，路过那个庞大但废弃不用——不叫废弃不用，而是根本就没用过——的油榨坊，龟田秋柱两眼发光地说：“哟，这是我看到的最大的油榨坊，可以把广东的油全榨了。”

赵翼然摸了摸头，看了大哥楚孚生一眼，不知道怎么回答。大哥楚孚生沉凝了一下说：“这是我父亲设计的。”

“你父亲是个设计师？他不是蚝王吗？”龟田秋柱站住了，饶有兴趣地回过头。

大哥楚孚生笑着说：“设计只是他的第二职业。”

“第二职业，”龟田秋柱哈哈大笑，“这个说法好。我的第一职业是打鼓，第二职业才是当兵。”

全笑起来。大哥楚孚生笑得更响。笑间，还赞赏地看了赵翼然一眼。赵翼然感觉到大哥楚孚生赞赏的目光，但他装着不知道，除非龟田秋柱实在听不懂大哥楚孚生生疏了的日语了，他才离开冢二的身边，上前解围。

“说说你的设计师父亲的故事。”笑完了，龟田秋柱说。

“他有一间专门的大房间，里面应有尽有，说得好听点，是设计室，说得不好听，是垃圾场。他常常几天几夜躲在里面，不吃不喝不睡觉。他晕过几次，几个长工把他抬了出来，饿得只剩了一点气。我八岁那年，有一次，我偷偷溜了进去，哇，好大的一个桥的模型，很长很长，桥墩桥眼都是永兴桥的样子。一块一块的小木块垒起来的。我好奇，抽了一块小木块出来。坏了，全垮了，小木块堆了半房间。父亲把我打得半死。从此，我再也不敢进他的房间。后来我才知道，他在设计一个跨海大桥，把宝安和香山连接起来。他还设计过很多东西，最厉害的是一栋两百层的楼，能住人，还能卖东西，有个大集市，还能唱大戏。但最后真的动起来的只有油榨坊。"

原来清平墟有个榨油坊的，很小，公明一个姓麦的客家人开的，主要榨菜油。不知道是民国哪一年，政府鼓励大沙田的人种油菜，还说菜油比猪油茶油更好。油菜种起来了，就有了这个榨油坊。父亲娶我母亲的那年，他心底里的怜悯之情像山泉一样往外淌，看到劏鱼都闭眼睛绕道走。有一次，他路过榨油坊，看到老麦胯间缠了块烂布累得满头大汗，进去说："走，跟我去喝杯二十四味。"

"楚老爷，我没你这个命，人家等着要油呢，你以为是水碾，水一冲米就碾好了。"

父亲敲了敲脑门，扑哧一声笑了："我送你一个水冲榨油坊。"

父亲的水冲榨油坊做了一年，把老麦左右共四间铺清走了，一间布匹铺、一间寿衣铺、一间理发铺、一间跌打损伤铺，也不是清走了，是叫他们挪了地方。只用了一个晚上，哪用一个晚上，就一会，就像很快搞大了我母亲的肚子一样，他很快地设计好了水冲榨油坊。很简单，就是把水碾的原理用到榨油机上。还从江西请来师傅做。江西的木匠最有名。按他的设计，一天可以榨五十担油。做好了，才知道，水不知道从哪里引过来。水碾水碾，是要水的。也想过从茅洲河开一个口子，修条渠引水过来。渠是可以修，要穿过半个墟，多花点钱就行了，父亲有钱。最大的事是，水位太低了，引来了也没用。有人出主意，说茅洲河筑个坝，抬高水位。修坝是可以，那船怎么过？每天那么多船穿梭往来。又有人出主意，说修个闸口。什么主意父亲也不想听了，我出生了，是个哑巴，再后来，母亲东窗事发，被枪毙了。父亲花了数不清的钱，才好歹撇清关系。应该说，是母亲的这个事让父亲老了，也让他承认自己老了。

后来那些年，父亲确实没再做一件像模像样的事。他的那间偌大的设计室尘封了很多年。父亲死了，大哥楚孚生把设计室辟成两间：一间做仓库，放戏服、道具；另一间做《清平墟维持会志》编辑部。这是冢二的主意，说要出份报纸，刊登维持会的新闻和歌颂皇军的诗词歌赋。贺孟友的学生，国文老师杜子寒是答应过来做主笔的。大哥楚孚生亲自拎了四盒蚝去延请。谁知道，第二天，杜子寒就得伤寒死了。有个说法，杜子寒没死，去香港了，后来又辗转去了延安。也不知道是不是真的。这一闹，《清平墟维持会志》一直没弄起来。冢二也没再问过这事。父亲设计室里的遗物全当柴烧了，烧了整整两个月。有人说，煮出来的饭烧出来的菜有股臭味。那会，我正昏睡，没法论证。不过，在我变成蚝的时候，跟龟爷爷聊天，他倒是向我说过那么一句："你大哥把设计室清了，你父亲的魂在门外晃悠了几个晚上。还哭了。"

听完我父亲的水冲油榨坊的故事，龟田秋柱沉默了一会说："令尊是个有意思的人。"眼睛忽然像一道光射向冢二："你有没有向楚老先生请教过?”

冢二连忙向前跨两步，叭的一声站好，说：“我请教过的，大佐。他告诉我，清平墟的蚝是世界上最好的蚝——”

“你就没走进他的内心深处。他是一个有意思的人，懂吗?一个有意思的人。”龟田秋柱打断了冢二，挥舞着手说。他的手粗短有力，像他的身材。这是一双鼓手的手，也是一个鼓手的身材。他狠狠瞥了冢二一眼，继续说：“我们把一个古老而美丽的墟镇交到你手上，你要像爱护自己的眼睛一样爱护它，而不是破坏它，懂吗?”

“嘿，大佐。”

大哥楚孚生和赵翼然对视了一眼，都心里笑了。到了楚家大宅门口，龟田秋柱要跨过去，尝到甜头的大哥楚孚生喊住龟田秋柱，指着石柱石龟说：

“大佐，这个也很有来历的——”

“马鹿野郎（音同‘八嘎呀路’，意为笨蛋）。”像打泼了一瓶酱油，龟田秋柱的脸色一下子变得紫紫的。

院子里，六支醒狮队的人簇得满满的，但警备森严。龟田秋柱一行进去坐定，像突然开了闸，鼓声大作。但自始至终，龟田秋柱的兴趣不高，只是象征性地打了三五下鼓，然后扔了鼓槌，径直走了，留下大哥楚孚生呆若木鸡。

“我这个猪，”大哥楚孚生打了自己一个耳光。然后，吼着对赵翼然说：“叫人把石柱子石龟拆了，一点点打成齑粉。”

那条雌鲢鱼流着眼泪对我说：“俊生，龟爷爷就这样死了。他是世界上最好的乌龟。他死了，我们就不知道岸上的事了。现在，全靠你了。”

那条雄鲢鱼死后，雌鲢鱼有了第十五任丈夫。第十五任丈夫是它的第三百六十八个玄孙。但它又守寡了。我这次变成蚝的前一天，它的第十五任丈夫被网走了，让一个蚝民做了鲢鱼汤。

“鲢鱼其实炖豆腐最好吃，他们不懂。”我说。

刚才还哭的，说到这，雌鲢鱼张着嘴啪啪地笑起来。所有的鱼都是这样笑的，啪啪啪啪，啪啪啪啪。不得不说，鱼的笑声很难听。蚝的笑声就好听得多。

我不想跟雌鲢鱼说话。它跟了上来，又啪啪地笑：“你们蚝族出大事了，很多雄蚝不行了。那还活得有什么意思？你看我们的小伙子，那才活得精神，就两个事，要么在做爱，要么在去做爱的路上——”

我打断雌鲢鱼：“我要上去了，你不希望我像龟爷爷一样死掉吧？”

“你就只欢喜日本女人。告诉你吧，她怀孕了。”

第二十六章

三哥楚稔生在悬崖上死了三天三夜，也有人说，七天七夜。不知道到底是三天三夜，还是七天七夜，反正，他醒过来的时候，风呼呼吹，伸手不见五指的黑，浑身动弹不得，他以为自己死了。想到自己死了，不觉悲从中来，五脏六腑像被斧劈一样，一阵剧痛。

这阵痛唤醒了三哥楚稔生浑噩的神思，他记起一些事，像放电影一样掠过一些事。在如漆的夜里，他拉着秋蝉的手狂奔。他跟在黎岸村的身后潜伏在草丛里。一会，草丛里的黎岸村变成秋蝉。草丛又变成鸳鸯洞，他们疯狂地撕咬着对方。鸳鸯洞的洞口划过一道闪电，照得亮白如昼，他看到秋蝉的脸。

“秋蝉。”三哥楚稔生喊了一声。

秋蝉的脸变成黎岸村的脸。黎岸村死了，眼睑里鼻孔里流出很多血。三哥楚稔生又喊了一声：“岸村哥。”

又回到如漆的夜。三哥楚稔生和秋蝉开始奔跑。子弹划过夜空，像骤密的流星，一群人在后面追赶。他们到了悬崖边，深不可测的悬崖。他们跳了下去。跳下悬崖的时间很长，长得像一朵蒲公英飘在空中。一会是和秋蝉一起跳，一会是一个人跳。三哥楚稔生不欢喜一个人跳，他欢喜和秋蝉一起跳，他觉得这样才好。当变成一个人跳的时候，他拼命赶走，但偏偏赶不走。三哥楚稔生很烦躁，五脏六腑的痛就更厉害。那痛从内向外游移，移到右腿上。这一游移，还终于把跳悬崖的情形赶走了，像突然起了一阵风，把蒲公英赶走了。

赶走了蒲公英的三哥楚稔生回到鸟鸣嶂悬崖的半空。他挂在峭壁的一棵树上。一棵像虬龙盘旋一样的小叶榕。确切地说，他的右腿卡在小叶榕的枝丫里，整个身子倒挂着，像一头开膛剖肚待售的猪。他想起最后的情景，他被二哥楚协生的兵追到悬崖边，二哥楚协生举起枪，贺子群叫他跳，他就跳了。

三哥楚稔生坐起来了。坐在小叶榕的枝柯上。他看到星星，好大的星星，几乎可以摘在手里。他歇了一会，然后，他扯下衣服，裹住右膝盖。裹完，他才感到右小腿又回到身体上。感到右小腿又回到身体上，那痛就更具体而尖锐，像针扎一样，不，像刀剮一样，全身的汗像水流。汗流进他的嘴里，他伸出舌头舔了一下。这时，他才感到渴了，百爪挠胸的渴。这渴来得好，抢走了痛。但渴似乎比痛更难忍受，打个比方，痛若是皮肉之苦，那渴就是血髓被抽干，感到全身在快速干涸枯竭。他原想挪一下身子，哪里有劲挪？痛和渴像两条毒蛇啃噬他，要不是那横着的树干和斜逸的树枝形成一个巴掌正好卡住他的身体，他随时会掉下去。

这时，三哥楚稔生听到狗叫声，又听到歌声：

送人艇仔到新洲，
新洲对落是长洲。
长洲果处（方言，这里）有港口，
菱茬大姐去梳头。

狗叫声和歌声越来越近，到了悬崖的上边。是早起的采药人。三哥楚稔生拼了最后一点力气大喊："救命。"

一大早，秋蝉刚打开茶叶公司的门，一个人撞了进来，吓得秋蝉哇哇叫。茶叶公司是个幌子，秋蝉名义上是卖茶姑娘，其实，她是唐总的机要秘书。

"哎呀，我的妈，斑叔，是你。"好半天，秋蝉还捂着胸口，微微娇喘。

"唐老板呢？"

"开了一个晚上的会，天明时才睡着。出——"本来要问出什么事了，只说了一个字，打住了。不该问的不问，不该说的不说，这是做机要秘书的第一要著。她笑了笑，接着说："我给你泡壶茶。还有一个小时——"

斑博站起来，搔了一下后脑勺，坐下了，忽地又站起来："我到外面站会。"

"斑叔，你教我'泰山崩于前而色不变，麋鹿兴于左而目不瞬'的，你老人家怎么倒毛毛躁躁？"

斑博嘿地笑了："唐老板的好茶，好好喝一壶，天塌不下来。"

斑博端了秋蝉泡好的茶，先眯着眼睛放到鼻子下闻了闻，微微颔了一下首后，才一点点润进嘴，却并不吞，抿唇含了一会，颊鼓着两个包。好一会，才开了喉让茶汤流下去，喉结像船的螺旋桨动了几下，汩汩响。这才开了嘴，唇咂巴着，举了大拇指："勐海布朗山阳坡上的老树茶，好茶，就年份还差点，太霸气了，若能再放两三年，就醇和多了。"

眯着眼睛喝了一口，但放下杯，就抬起脸看墙上的自鸣钟，眉毛皱了皱，像两条扭着的蚯蚓。秋蝉装着没看见，给斑博续茶："珍姐霞姐她们还好吧？昨天晚上，做了一个梦，梦见吃了阿姨煮的橹罟方粽，满满的一篮子，我们一块吃，小吴也——哦，不，斑叔，真想抽个空回岜岩看看。我给霞姐买了套裙子，你走的时候帮我带回去，我刚到的那天，她给了我一件衣服……"

上次，小吴驾了傻子船把秋蝉送到斑博的店里，茶都没喝一口转身取了秘密点的枪支弹药回岜岩。谁知到半路，还真碰上英国的水警，两艘巡逻艇，一左一右，包抄过来，好像一直在那等着。饶是早有防备，小吴还是傻眼了，眼看那两艘巡逻艇越逼越近，他加大油门，傻子船像打漂的瓦片飘起来，从两艇的夹缝中猛冲过去。两艘艇上的英国水警鼓起手掌。同时，也开炮了。两炮齐发，连珠射向傻子船。傻子船被击中了，烈焰燃起。不一会，就沉了。

果然，说到小吴，斑博的眼睛红了，吁了一口气。抬眼看了秋蝉一眼，欲言又止。

这会，秋蝉却想到三哥楚稔生，脔心肉扯了几扯，眼睛也红了，手抖了几抖，公道杯里的茶汤晃晃荡荡，溢了出来。她看了斑博一眼，唇像被丝线扯了几下，却终于闭住，话吞进肚子里，回头望了一眼自鸣钟，回过脸来，颊上添了笑："斑叔，少安勿躁。该起来了。"

香翰屏打了一只麂子。

香翰屏有打猎的瘾。当年驻扎广州，闲不闲的，带着警卫班的士兵上白云山打，总不会空手归，有草鹗、蛇雕、白鹇、水獭。运气好，还能打个青鼬、苏门羚。回来叫厨房煲汤喝，那汤白嫩糯腻，香在风里飘。他会邀一些老朋友来喝一杯。酒是他从合浦老家带来的东园酒。合浦有三宝：珍珠、海牛、东园酒。东园酒是种药酒。酒是双蒸米酒，药就多了，珍珠螺、海龙、海马、蛤蚧、杜仲、淫羊藿等，泡得像陈皮煎的水，黄里透红，红里透紫，用筷子一挑，扯出长长的丝线。

前年，还打了一只花面狸。枪响了，花面狸应声倒地。一个士兵跑过去捉住拎回来。是只幼狸，猫那么大，四只脚缩着，悚悚发抖，屁股上滴着血。那灰溜溜的眼睛看着香翰屏，分明有泪。这一眼，竟把香翰屏看悲悯了，吩咐说："养了它。快，叫医生看一下。"

那时，隐居两年的香翰屏刚被蒋介石重新请出山，任广东绥靖副主任和第四路军副总司令，看上去酒酣耳热，那只是表面上的入世，午夜梦回，内心却冷得像一块冰。那么一时，那只受伤的花面狸成了他冰凉内心的一只小火炉。他把医好的花面狸带进官邸，先用铁笼子装了，案牍之余，或喂点红薯，或拿个小木棒逗弄一下，逸兴遄飞。后来，铁笼子也撤了。花面狸通人性，平时或伏或蹲在墙角，只要听到香翰屏的脚步声，就像点燃了的鞭炮欢起来，作揖打躬，抱腿缠鞋。再后来，香翰屏到哪里就把花面狸带到哪里。它能听懂香翰屏的话，香翰屏叫它坐就坐，叫它走就走。难得的是，它好像懂得香翰屏的心。人多，它安静地蜷伏在那，耷拉着眼睛，似睡未睡；人一少，或者，尤其只有香翰屏一个人的时候，它才欢蹦乱跳。香翰屏心情不好，它也心情不好，忧郁着水汪汪的眼睛；香翰屏心情不错，它也心情不错，在地板上翻跟斗，爬上香翰屏的肩头，用毛茸茸的尾巴轻扫着香翰屏的脸。对香翰屏心里有隙的人给他取了个外号，叫花面狸将军，有讽刺他脚踩两只船——既倚着两广的势力，又投靠蒋介石——的意思。香翰屏听了，不以为意，只是偶尔对花面狸说："他们懂个屁。不管他们，阿狸。"

香翰屏奉命北上赴沪抗日，临行前思之再三，还是没把花面狸带上，叫副官提了放到白云山。决定放生时，香翰屏抚了抚花面狸的脸说："阿狸，没打仗，我就得了个花面狸将军的诨名。这是场恶仗，打赢了还好，要是打输了，还不说我玩物丧志？我就不连累你了。"

车过韶关，部队安营扎寨歇一晚。晚上，香翰屏走出帐篷，看群山如兽，星光如斗，看了一眼脚下，空空的，就回头问副官："放了它就跑了？"

"司令，你问起，我才说。今天早上，花面狸到了营房，天色黑，没人注意，让卡车轧死了。"

香翰屏哦了一声，没再说话。

罗浮山漫山的飞禽走兽，但千根针，万条线，哪里有心情打猎？偶尔写个字，泡壶茶，也是忙里偷闲。诸事总算平顺，香翰屏才舒了一口气。半个月前，还收到重庆的电报，将第四路军撤销，任命他为第九集团军副总司令兼第四战区挺进纵队东江指挥所主任，还收到蒋介石的亲笔信：

墨林吾兄：

日寇侵凌，兵燹又起，万方多难，临书涕零。与吾兄识遇于羊城，事侍于总理，宵衣旰食，畅叙黄浦江边，尔来二十余载，每每思之，未尝不感奋吾兄戎马书生之气概，如在昨日。中正不才，早思归钓慈溪，作江村野老，奈何值此豆剖瓜分、内忧外患之际，诚如曹孟德之言，设使国家无有孤，不知当几个称帝，几个称王，故中正庶竭驽钝，欲挽狂澜。吾兄岭南翘楚，投笔从戎，功染红缨，而今举省仓惶，唯吾兄一呼，应者云集，巍巍乎柱石南天。唯日寇觊觎香港久矣，以期纵贯东南亚，置吾国于股掌，虽与英签不战合约，然重兵布境，陈仓暗度，或在旦夕，敬请吾兄垂注。另共党之事，吾兄切勿轻觑，是党鼠性也，以统一战线之名，行掠地掠人之实，花巧之言，乖张之举，吾兄察之。

中正

蒋介石的这封信加快了香翰屏要端掉乌鸣嶂短枪队的决心。所以，知道黎岸村在昨天晚上聚集全体队员的时候，香翰屏马上把二哥楚协生叫过来。一听到香翰屏叫自己，二哥楚协生心里明白了个七八分。进去，看到香翰屏俯腰在看地图，那二三分也有了。二哥楚协生叭地敬了一个礼："司令，你撤了我吧，我知情不报。"

"哟，火气这么大。"香翰屏扫了二哥楚协生一眼，严峻的眼神，但一瞬就柔和了，指了指椅子，叫二哥楚协生坐。

二哥楚协生不坐："黎岸村他们是去打日兵的，我们这样做，是不道义的。"

"那你的意思？"香翰屏又扫了二哥楚协生一眼。

"再找时机。"

香翰屏飞快地说："这是最好的时机。等他们打完了回来再打。也许——"

他转过脸看了看墙壁上刚挂好的新裱的一幅字，那是蒋介石连同亲笔信一起给香翰屏的。上面写着：敬赠墨林兄南国干城中正书。回过脸，他的眼睛里飘过一朵云，微叹了一口气，接着说：“也许，根本就不用我们打。”

二哥楚协生敬了礼要出去，香翰屏又叫住他，走近，第三次扫了二哥楚协生一眼：“楚稔生没有一点争取的机会？”

二哥楚协生摇了摇头。香翰屏又微叹了一口气说：“要不，另外的人去？”

“敌人在前，兄弟在后，你放心。”

今天早上，居然有一只麂子跑到香翰屏所住小楼的后山上的菜园里。香翰屏今天起得早，他在等二哥楚协生的消息。他等到了他要等的消息：鸟鸣嶂短枪队被端掉了。

“楚稔生跳崖了。崖很高，他不可能生还的。”二哥楚协生说。

“辛苦了，你上午休息一下，我中午找你。”

从窗口望着二哥楚协生有点疲惫的身影，香翰屏点了点头，他重新走到书案上，他刚才在写字，写的是《登罗浮山》：

要闲终是不曾闲，猛歇当头名利关。
揩洗一双清净眼，稻花雨里看浮山。

只写了字，未题款。这会，抓起一支狼毫小笔，沙沙沙题了：

录宋吴泳诗己卯年冬墨林书之

笔还抓在手中，副官进来：“司令，菜园里有只麂子。”

“麂子？”香翰屏的眼睛里放了光。

香翰屏端起副官递过来的冲锋枪，扣动扳机，子弹全射进麂子的身体里，鲜血四溅。香翰屏吩咐副官：“红焖麂子肉，放八角、茴香、桂皮，半熟的时候，再放点甘蔗。还有，把惠州陈县长送我的那坛客家娘酒开了。”

第二十七章

秋蝉刚掩了门出去，听见里面哗啦啦一阵脆响，是茶杯砸在地上的声音。她不由得打了一个颤。她下意识靠近门扉想听一会，又像电击了一样弹开，快步走到外面，靠着墙壁，双手抚脸，泪水从指间漏了出来。

那茶杯是唐总砸的。

空气凝固了，只有自鸣钟嘀嘀嗒嗒响。斑博不敢看唐总的脸。这是他第一次看唐总发这么大的火。他弯腰捡起地上的碎片，左右睃巡一番，不知道搁哪里。

“这里。”唐总指了指茶台。

斑博看了唐总一眼，小心将碎片放在茶台上，然后俯身另取一个杯，倒满茶，放在唐总前面，轻声地说：

“要不要在媒体上发一个严重声明，谴责香翰屏破坏统一战线？”

唐总坐下来，脸色柔静了，端起茶喝了，沉思一会说：“不行。这不等于公开说国共两党面和心不和？这不正好中了香翰屏的下怀？他现在是第四战区挺进纵队东江指挥所主任，全省抗日游击部队一律由他指挥派遣，他若反问，他怎么不知道有乌鸣嶂短枪队这个队伍？这种笔墨官司打来打去，谁也讨不了好。”

“那黎岸村他们不白白牺牲了？”

“怎么会白白牺牲？党会记着他们的，人民会记着他们的。有朝一日，我们坐了江山，要好好纪念他们，给他们立碑树传。重要的是，我们也要借这个事深思，为什么组织上一而再再而三叮嘱交代，他黎岸村就不听？就要报他那个私仇？老斑啊，你有责任，我也有责任啊。”

斑博站起来说：“责任主要在我，我接受组织处罚。”

“我跟老杨议一下。放心吧，你作为直接领导，不会便宜你的。你心思先别放在处罚不处罚上，迫在眉睫的是恢复短枪队，保证香港、誉岩和沙鱼涌这条交通线畅通。这个黎岸村，只知道打打杀杀，他不知道，有时候，侧面的战争比正面的战争更重要。英国人至今还躺在被窝里睡觉，以为那一纸条约能做护身符。日本人磨刀霍霍了。哪一天香港打起来，这条线就是生命线，老斑。”

忽然想起了什么，咦了一声又说：“刚来的那个龟田秋柱你摸清底细了吗？”

斑博摇了摇头说：“只知道从陆军总部调下来的，原来是个参谋。还有，好像欢喜打鼓。”

“欢喜打鼓？”

“楚孚生——”

唐总打断了斑博：“楚孚生？不是楚稔生吗？”

“你忘了，上次跟秋蝉在一起说了的，楚家三兄弟，不，四兄弟，大哥楚孚生是清平墟的维持会会长——”

唐总腾地站起来，又打断斑博：“短枪队的事你跟秋蝉说了吗？”

斑博摇了摇头，却又说：“估计猜到了，倒茶泼了一桌子。

是你跟她说，还是我跟她说?”

“我跟她说吧。唉，多好的一对。”唐总叹了一口气说，“你刚才说楚孚生什么来着?”

“为讨好龟田秋柱，楚孚生在清平墟搞了个醒狮大赛，就是要龟田秋柱擂几鼓。说是龟田秋柱看了楚家大门前的柱子生气了，一条石柱子下压着一只大乌龟，甩着袖子走了。楚孚生碰了一鼻子灰，叫人拆了石柱子石龟。楚孚生是想黏上龟田秋柱，把冢二压下去。拍马屁拍在马腿上。冢二不甘示弱，本来，从龙澡潭取了宣德炉，他是自己要的。龟田秋柱不待见他，他在清平墟搞鉴宝大会，还搭上楚孚生的全蚝宴，鉴宝大会后就把炉子送给龟田秋柱。也不知道这炉子是个什么炉子，说是有个老和尚从国恩寺偷出来的，要给黄兴做军费的——”

“哟，只能下回分解了。我约了人。”唐总回头看了钟，站起来，一边走，一边说，“那些狗咬狗一嘴毛的事，别管它。我倒觉得可以利用龟田秋柱参加鉴宝大会做篇好文章。”

采药的老人叫金柱，鸟鸣嶂北坡村子里的人，祖传的跌打损伤医生。妻子早死，有个女儿叫金叶。金叶今年十余岁。金柱还有条狗，叫泥鳅。叫泥鳅，是因为它长得像泥鳅，腿短，瘦，身子细长，除肚皮一绺毛白中带黄，其他地方的毛黑不溜秋，尤其是脊背上的毛，更黑得像漆染。

金叶听到泥鳅的叫声，从茅寮里跳了出来。她穿一套蓝衣蓝裙，露出四截长长的手臂和小腿。赤着脚，很大的一双脚。她正在做艾叶粄（广东地方食品，类似于湖南的粽子），叉着手，手上粘着墨绿的颜色。

金叶叫了声：“泥——”

"鳅"字卡在喉咙里。她看到父亲背着一个血人，头发，衣裤上的血结了痂。老远，闻到血腥味。

"快，金叶。"金柱说。

看到金叶，泥鳅变成一团，尾巴像扫帚扫地，又是跳又是舔的。但今天金叶不理泥鳅，也顾不得洗手，接住金柱肩上的血人，轻轻松松抱在怀里。她的力气很大。她把血人抱进屋里，搁在睡椅上。那是条竹制的睡椅，底下一个小闩子，可坐可躺。她按了一下小闩子，让血人躺了。泥鳅跟进来，跳起来舔金叶手上粘着的艾叶粄。金叶给了泥鳅一掌。泥鳅呜咽了一声，夹着尾巴出去了。泥鳅拿嘴叼开鸡埘。这是它每天的任务。鸡埘是围着一棵黄皮树的一圈竹栅栏。鸡埘里有二十多只鸡，大大小小，最大的是一只红冠竹花公鸡。一出埘，竹花公鸡扇动翅膀引颈长鸣说："起床了。"然后，它扑向一只母鸡。母鸡肚子饿，不愿意，咯咯嗒嗒拼命跑。公鸡发火了，竖了脖子上的那绺紫中带黑的羽毛紧追。受了冷落的泥鳅正一肚子气，箭似的冲上去为母鸡打抱不平，追咬着公鸡满坪跑。屋前屋后的鸟也醒了，或拍翅，或唱歌。连盘旋在屋梁上的那条菜花蛇也醒了，它睁了一下眼，尾巴来回摆动几下，见无大碍，又睡着了。梁的另一端，抬着一根骨头的两只老鼠看到菜花蛇摇动的尾巴才知道前面躺着一条蛇，魂都吓丢了，扔了骨头，掉头跑，进了洞。那骨头正打在金柱的竹烟筒上。金柱理也没理，继续往烟嘴里塞烟丝，进灶房去取火点了烟。艾叶粄才做了一半，排成几行躺在翻过来的锅盖上，每一只粄下垫着一块青绿的粽叶。锅里放了木制的蒸笼，下面的水滚开，跳得老高。金柱拿走蒸笼，舀了几瓢水，快满锅了。赶走了锅盖上睡了的黄猫，盖了盖子，去灶口添了柴。要歇了的火又扑腾了，焰光把金柱有点伛偻的身影映在黑黑的墙壁上，像一幅狰狞的钟馗画。

金柱走到堂屋，金叶正给血人解衣服，刚解了两个扣子。金柱连忙说："我烧了水，你舀盆来，倒点金创药。大葫芦里的那个。小葫芦里也倒点，泡碗水。"

金叶脸上的红刚褪去，这会噘了嘴说："大葫芦，小葫芦，你这个老葫芦，把我说'葫芦'了。"

"大葫芦是洗的，小葫芦是吃的。"金柱嗔怒道。

"知道啦。"

金叶一甩辫子要去，金柱又喊住："先拿套衣服来。"

金叶左右瞄了一眼："没见他的衣服啊。"

"傻女，我的衣服。"

金叶笑了："他穿你的衣服？"

"那穿你的？"金柱唬了脸。

金叶的脸又红了，白了金柱一眼，进卧房了，又甩了辫子。这回，甩得更高，像甩马鞭。

吃了金柱的金创药，又喝了金叶熬的姜桂汤和小米粥，血人醒了。睁开眼，一看竟是秋蝉，眼泪像子弹射出来，想伸出手，却伸不出来。

"别动。"金叶按住血人抖抖欲动的手。

血人看清楚了，不是秋蝉。

"我叫金叶，我老豆救了你。"金叶一边给血人擦眼泪，一边说，"我老豆说，你是队伍里的。队伍里的人不哭的，你哭什么？你是徒弟，刚进去的，还没学会不哭，是不？"

血人让金叶的话说得笑了，但这一笑扯痛了伤口，倒吸了一口凉气。

"我叫楚稔生，清平墟的。"

“哇，清平墟的？那里的蚝可有名了。我老豆说了，你身子虚，吃点蚝就好得快。可哪里去找蚝？鬼子占了清平墟，一只蚝也出不来。你是让鬼子打的吗？”

“不是，中国人打的。”

“哇，中国人打的？为什么自己人打自己人？你是汉奸？”

“不是。”

“哇，我知道了，汉奸打的你？”

“也不是。”

“那谁打的你？你们队伍里的人吵架，就打起来了？我跟我老豆也经常吵架，但不打。”

“也不是。”

“哇，那到底怎么啦？这个也不是，那个也不是。你们外面的人事真多，我才懒得管。你见过鬼子吗？我老豆说，鬼子长树那么高，走路风一样快，长着像老虎一样的牙齿，专门吃人，骨头都吃。”

“他们矮塌塌的，比你还矮。”

“哇，比我还矮？那为什么打不过他们？你们光顾着自己打架，不去打他们？”

外面传来泥鳅的叫声。金柱采药回来了。金叶站起来：“我老豆回来了。不跟你说了，老豆又要骂我了，说我女孩子没有女孩子的样子。我就不要女孩子的样子。我还说，等你病好了，带我出去，也去打鬼子。哇，强盗都跑到家里来抢东西了，拼了命也要赶走。我不怕的，我带了泥鳅去，泥鳅保护我。”

“金叶，金叶。”金柱大声叫着。

金叶应声出去，接过金柱的背篓，堆得像小山一样高的草药。回头看见泥鳅嘴里衔着一只斑鸠，就拿脚踢它：“死东西，怪不得声音哑哑的，我以为让野猪咬伤了呢。”

泥鳅贴到金叶身边，叼着斑鸠要给金叶取。金叶故意不取，对金柱说：“你当归放哪了？”

金柱进了堂屋，见三哥楚稔生睁了眼，就过去问：“醒了？”

三哥楚稔生点了点头。

“二七十四天我包你下地。”金柱说着去取烟管，出来坐在阶沿的竹椅上，边往烟嘴里塞烟，边对还站在那里的金叶说，“老地方啊，还长了腿跑了？”

金叶白了金柱一眼：“等你半天了，你就只知道抽你的烟。”

泥鳅也等金叶半天了，见金叶不理，生气了，呼啦叼了斑鸠往外走。金叶厉声喝住：“泥鳅，想死了是不？”

泥鳅乖乖过来。金叶取了斑鸠，顺手给了泥鳅的脑袋一巴掌。泥鳅像布带子缠着金叶的脚。金叶进了灶房，用铁钳夹了根红红的火指出来，给金柱点了烟：“我还不知道老地方？那些长虫了。今年晒的那些大个的呢？”

金柱嘴嘬着烟筒嘴吸着，烟管里咕噜咕噜响，两颊像猪尿泡鼓起来，嘴里全是烟。他吞进肚子里，然后，吐出来，氤氲一片，白霭霭的。他拍了拍脑门：“忘了，我取出来包好挂壁上了，那个布袋子。我说给陈掌柜送去的，他定的货，正好给你买双鞋。你大姑娘家的，就欢喜赤着脚。”

“我不要你操心。我说杀个鸡煲当归，就找不到你的宝贝。斑鸠更好。”说着，踢踢踏踏进去。

金柱急着喊：“回来。回来。”

金叶早抓了一掌当归，白皙肥硕，咬在金柱的耳边，竖着眉毛骂：“小气鬼。”

金柱反手做了个栗暴：“看我不打你？我一包全给了你。饿久了，肠子结了，现在补不得的，要多吃几天粥。”

翠姑又回清平墟了。

翠姑是个傻子，跟三哥楚稔生同年。她是为我家打捌刀的陈铁匠的女儿。她欢喜到处走，有一回，走到龙岗去了。两个月才找回来。回来后，肚子越来越大，原来怀孕了。贺孟友给她吃了三副打胎药，才打下来，是对双胞胎。陈铁匠将胎儿胞衣蘸了草末灰，埋到落霞洲的菰蒲丛里。后来，那里长出两棵幌伞枫。上次黑龙来，把两棵幌伞枫折断了。没折断之前，我到落霞洲玩，曾经到幌伞枫下睡过觉，幌伞枫像伞一样遮着太阳，很阴凉。而且，说起来很怪，在树下，我能清楚地听到唱戏的声音，唱的是《薛马争雄》中的《倦寻芳》：

懒步厌厌，悲怀历乱，
吴关路远，回首凄然。
我报国未能挥利剑，
乞谋帷薄亦堪怜。
养花天，勤访艳，
多情燕，绕人前。

只知道是个女人的声音，不知道是谁。我刚开始以为是幻听，捂着耳朵，还是能听见。后来，我跑开，就听不到了。只有到树下，才能听到。这样一来，树下再好睡觉，我也不去了。

其实，冢二来清平墟的前几天，像很多人一样，陈铁匠就带着妻室儿女逃到清远老家了。别人走，像苍蝇一样，嗡的一声飞走。陈铁匠走，却给我父亲打了招呼。他跟我家有点亲戚关系。

陈铁匠的堂姐是我大爷——那位嗜食成癖的美食家——的二房。大爷的二房过门没两年得血崩死了。陈铁匠找过来，我大爷也死了。但我父亲还是收留了他。

半个月后，翠姑回来了。

回来了，变成了另一个人，不是变得不傻了，而是变得会唱戏了。也不知她从哪里捡来了一套女旦的戏服穿在身上，脏得像从粪凼里捞出来的。但最脏的戏服还是戏服。

翠姑就在戏楼上唱，甩着水袖唱。有时候唱个段落，有时候整本唱。

刚开始唱的那天，一个协军要赶翠姑走，还毛手毛脚的。正好吉田路过，她上去踢了协军一脚。那个协军是她的兵。她升做了伍长，负责维持清平墟的治安，管十个日兵和十个协军。她还叫人喊来赵翼然，叫他翻译，召集她的手下训话，谁也不能对翠姑怎么样，就让她唱。

赵翼然小心地问："要是少佐不同意呢？"

"清平墟的治安我说了算。"吉田吼道，然后她站在队伍前大声说，"她是个艺术家，我们要尊重她。"

"你，"她指着刚才被她扇了一个耳光的协军说，"每天送饭给她吃。她出了事，我找你。"

吉田给士兵训话的时候，苦鲛刚从大哥楚孚生那里出来。他代表家二跟大哥楚孚生商量接待龟田秋柱来参加鉴宝大会的事情。

"你放心啦，我准备全蚝宴。"

大哥楚孚生一边说，一边拭着家二送给他的那把平面碎段复体暗光花纹刀，眼睛都没往苦鲛身上瞟。苦鲛觉得，大哥楚孚生不是在拭刀，而是将刀插在他的心里。

苦鲛今天穿的是冢二送给他的和服，脖子上挂着一串鹌鹑蛋那么大的檀香珠。眺鳌坡之战的第二天，苦鲛带人把龙澡潭的水舀干了，宣德炉和孜然果然在潭底。苦鲛取了孜然脖子上的佛珠，然后叫人搭起一个干柴的塔，将孜然的尸体搁在上面，泼了汽油，焚化了。

“那厨师是？”苦鲛眼帘低垂，摸起了珠子。

“我家的厨师啊，老林，上次禾田大佐来，也是他做的。他以前是——”

苦鲛打断大哥楚孚生：“少佐说了，就请醉然轩的师傅。龟田秋柱大佐就欢喜那一家。”

大哥楚孚生拭刀的手抖了一下，看了苦鲛一眼说：“那好。”

从大哥楚孚生那里出来，踩着那条铺满蚝壳的甬道，对着雕有《海市缥缈图》的石屏，苦鲛吐了一口痰。那痰又浓又黑又大，覆盖了陈琏那首诗中的第一句“弥漫合澜海”的后面三个字。

第二十八章

苦鲛有了新家，在废弃的油榨坊隔壁。原来的主人爱种个花花草草。尤其一株簕杜鹃，蓬蓬勃勃，花开的时候，像火焰似的。可惜，种花人没见着簕杜鹃花开。冢二把小楼给了苦鲛。苦鲛带颜色的东西全不欢喜，他叫人上上下下扫了个遍，像给树削枝丫一样，凡多余的，一律删削。一楼全空了，二楼的房间只剩了一床一柜。柜子里空空如也，就放了两套僧衣，和冢二送的两套和服。乍一进去，根本不像有人住，散着股冷飕飕的气。倒是把二楼的阳台辟成了个喝茶的地方。说喝茶，却没茶。苦鲛不喝茶，只喝白开水。

第一次进苦鲛的家，上下看了一遍，赵翼然拱了拱手赞道："果然是学佛的人，这么素净。"

"我给冢二说了，我不要，他非得给我。给我个金銮殿也没用，只要有个能睡觉的地方就行了，习惯了，阿弥陀佛。"

苦鲛宣了一声佛，示意赵翼然坐下，又说："你看住这里那对夫妻，上上下下弄得像抹了油，还不是没住热就死了？一切皆空。"

这楼原来是个金铺，住着一对干净体面的夫妇。女人爱种个花花草草。她把楼上楼下能种花草的地方全种了。唯有那株簕杜鹃是男人种的，未等簕杜鹃花开，日本人就来了。女人的肚子大得像面鼓，八个月了。很多人都逃了，他们也商量过逃，商量来商量去，最后决定不逃。

“换朝换代也不碍小商小贩的事，”男人说，“你行走又不方便。”

刚开始还真没事。大哥楚孚生做了维持会的会长，亲自送来两张良民证，还有两包米，一小桶鲜蚝：“这不好好的吗？少佐说了，你们留下来，保持了清平墟的商贸繁盛，大大的良民。中午焖了蚝给嫂子，两张嘴巴吃呢。”

这天，男人用一块蓝布包裹了几件打好的金器送去县城。一个维持会副会长的儿子订婚。这单生意还是大哥楚孚生牵的线。主家客气，留下来喝杯酒。一高兴，喝多了几杯，傍晚才回墟，走路有点不稳。走到铺门口，门是敞着的，不见妻子的影，就喊妻子的名字，没人应。他沿着楼梯上二楼，脚底下黏黏的，低头一看，是血。他提了菜刀到望海楼下面，到一个哨兵前，猛砍过去，哨兵的半边脸被砍下来。另三个哨兵开了枪，密集的子弹狂射，将他打成一堆肉酱。

苦鲛继续说：“皇军从大亚湾打上岸，几打几进，势不可挡。我当时想，这下好了，我要咸鱼翻身了。却没我的事，佛门清净，打不到山上来。变天前，我是庙里谁都可以使唤的小和尚，变天后，我还是庙里谁都可以使唤的小和尚。要不是楚协生鬼摸了脑壳要救凌小蝶，把我扯进来，我山都下不了，就给孜然父子做一辈子下饭的菜。”

“孜然父子？”赵翼然插话。

苦鲛冷笑说：“我还以为你是百晓生，原来什么都不懂。铁根是孜然的儿子。”

“啊？”赵翼然站起来，一会，又坐下，颓然的，“怎么可能？”

“你不知道的事就不可能了？铁根是孜然和一个日本女人生的孩子。女人怀孕了，孜然跑了，回广州。革命党都这德行，女人算什么？为了革命，连父母兄弟都不要。我还要说个更厉害的。”

苦鲛的手上多了一块四四方方的玉，上面系了根红绳子，晃晃荡荡举到赵翼然的鼻子尖：“你知道这是什么吗？”

“玉啊，一块玉。”

“我呸！我还不知道是一块玉！这是阿桂和凌小蝶的定情之物。”

“阿桂？谁是阿桂？”

苦鲛又一字一顿地说：“铁根。”

“苦师父，你别开玩笑啦。”

“啐！我有闲心跟你开玩笑？铁根临死前，给了我这块玉，还说了一句话，你要没死，交给小蝶，告诉她，我是阿桂。一般人，铁根说的那句话，反正没听懂，理它干什么？多一事不如少一事。至于那块玉，有机会就给凌小蝶，没机会就算了。但我不同，因为，我是个肯动脑筋的人。我动了脑筋，推断铁根跟凌小蝶青梅竹马。我连起来想，应该是这样的：孜然走了，那个日本女人跟个日本男人结婚了，或许，结婚前，铁根就出生了，或许没有。反正，知道铁根是中国人的种后，那日本男人很恼火，给了两个选择：一个弄死，一个送人。铁根的母亲找了孜然的朋友，把铁根带回肇庆新兴，放到国恩寺养。孜然去国恩寺偷宣德炉，就是和那朋友搭的伙。我甚至想，他们偷宣德炉是顺带着的事，正事就是送铁根去国恩寺。也就是说，朋友抱了铁根回国，就到广州找孜然。这时候，革命党正一头雾水，要打仗了，还缺钱。孜然就对黄兴说，我去偷了国恩寺的金炉子卖了。这就合卯了。”

“高，苦师父。只是，铁根怎么又跟凌小蝶青梅竹马了呢？她是西关的。”赵翼然一副肯动脑筋的样子。

“问得好。一个在肇庆新兴，一个在广州西关，隔这么远，骑马都要大几天，别说竹马。有一天，楚孚生到冢二院子里赏兰，我也在那里。你知道的，他恨死我了，我拿百年四精汤骗了他，他恨不得剔了我的骨头熬汤。但碍着冢二的面子，不敢对我怎么样。空闲的时候，我插了一句话，问楚孚生，哟，原来尊夫人在国恩寺呆过，怪不得。楚孚生正捏着一片兰花叶子，手一抖，差点把一片兰花叶子掐断了。你怎么知道的？他问我。我说，我昨天做了一个梦，梦到慧能老禅师，他对我说，苦鲛，你带句话给楚孚生会长，凌小蝶是我的寄名女儿，她只是睡着了，就让她好好睡，睡好了她就醒了。楚孚生的眼泪一下子出来了。这楚孚生是个情种，他心肠硬得像一块铁，谁也化不了，就凌小蝶一个人能。他过来搂着我，这就好了，小蝶只是睡着了，她会醒过来。冢二看着我们，不知道我们说什么。楚孚生对冢二说了我梦见慧能老禅师的事。冢二问我，真有这事？我说，我能骗他吗？否则，我怎么知道凌小蝶是慧能老禅师的寄名女儿？楚孚生说，骗不了的，这事谁也不知道。他告诉我，凌小蝶十二岁那年，得了天花，最好的医生也治不好，快死了。一个全身长满癞疮斑的行脚僧上门化缘，听到哭声，问清楚怎么回事后说：死马当作活马医，我正要去国恩寺挂单，我抱过去，给慧能那老秃驴做几年寄名女儿，兴许能救。你听，他居然叫慧能老禅师老秃驴，肯定有来历的。凌小蝶在国恩寺呆了两年，果然好了。”

“哦，铁根也在那里，年纪跟凌小蝶相仿，就——”赵翼然豁然开朗。

“后面的事情就是我猜的了。你想想看，十二三岁的一对小儿女，天天在一起，那还不产生点什么？而且，凌小蝶又是那么个尤物。两年过去了，凌小蝶的病好了，要走了。临走的时候，她送了块玉给铁根。肯定还说了不少话，说的什么话，我猜不出，但无非郎呀妾的。这是老礼数，送玉就是以身相许的意思。老赵，有女孩子送你玉吗？”

赵翼然摇了摇头笑着说：“玉是没有。我十三岁那年，我表妹送过一个贝壳项链给我，她在里面用小小的字写了四句诗，是《诗经》里面的句子：挑兮达兮，在城阙兮。一日不见，如三月兮。我那时候傻，不懂，扔了。第二年，表妹得肺痨死了。听说我扔了，表妹眼睛哭红了，她欢喜我。但我不欢喜她，她尖尖的下巴，弯弯的眉，眼睛里汪汪的水，爱哭鼻子，都说她是林黛玉转的世，因为她也是个病壳子，经常咯血，把血咯在绣了梅花的手绢上。这会说起来，我倒想起了表妹的样子，真有点对不起她。”说着，连连叹息。

苦鲛看了赵翼然一眼说：“哟，这么不要脸的人，流起猫尿来了。这就对了，一个死了的表妹，还是你不欢喜的，隔了这么多年，一说起，你还能流猫尿，更何况是凌小蝶那么个画上面揭下来的美人。刮来了一阵大风把美人刮走了，谁受得了？不知道铁根是怎么熬过来的。那么些年，铁根是找过凌小蝶的。但梨园一入深如海，凌小蝶唱红了，成了名角，哪里还会记得国恩寺那个像驴一样黑的铁根？后来，他之所以做了和尚，应该跟凌小蝶有关。我想不明白，他为什么要到风岩庙跟孜然搭伙？父子是前世的冤家，今世的仇家。”

这会，赵翼然咦了一声，脸上满是惊悸之色。合澜海起雾了，越来越深浓，竟如墨似的，几乎像罩着的锅底。有人敲起锣打起鼓，嘶嘶地骂。这是大哥楚孚生交代的。有人告诉他，黑龙又来清平墟了，灾星降临，要敲锣打鼓吓走黑龙。

赵翼然看着苦鲛："难不成还要变天？"

"要变啦，老楚家的日子完了，小和尚我要做会长了。鉴宝大会那天，冢二少佐会正式宣布。"

第二十九章

不知道为什么，吉田做了伍长后，不来找我了。我继续假装昏睡。

上次真昏睡的时候，托了凌小蝶的福，大哥楚孚生专门派了一个人来照看我，每天洗把脸，或者，偶尔换下床单被子。后来才知道，像凌小蝶一样，昏睡了的人就像死了的人，不吃不屙，用不着照看，大不了看看有没有死掉。死了的话，就埋掉。所以，这次昏睡后，没人来照看我了。这是我巴不得的。但有个大麻烦。昏睡了的人就像死了的人，不吃不屙，而我是假装昏睡，得吃得屙。这让我受了一些苦。屙的事好解决，关键是吃。只能半夜起来找。幸喜我家是大户人家，厨房剩饭剩菜不少，我又熟门熟路，哪怕厨房锁门了，我也有办法打开，晚上能朵颐一顿。

有一段时间，我迷上了吃水果。大哥楚孚生在蝶园里种了不少果树，荔枝、龙眼、黄皮、杨桃，随便摘一点，就能填饱肚子。后来我发现一个问题：吃剩饭剩菜也好，吃水果也好，肚子胀，屎尿多，白天憋得难受。再后来，我解决了，只吃蚝干。我家最多的东西就是蚝。冢二卡了脖子，不让运出去卖，只好做蚝干，堆积如山。蚝干或蒸或煮或煲了才能吃的，我原来也没有生吃过。谁知道，这一生吃，我吃出味道来了。比炒的、焗的、煎的、烧的、蒸的、煮的、煲的还好吃，比放了姜、葱、蒜、酱油、醋、桂皮、五角、茴香、陈皮还好吃。

刚开始，我拿几个躲在树下或者墙角吃。第二天，又去拿。后来，我干脆拿一包，搁柜子里，饿了拿出来吃。连白天也可以吃。边吃，我边跟红蜘蛛说话。

红蜘蛛到了我的房间，在我的蚊帐里结了一个硕大的网。上次，它明明让大哥楚孚生用鞋底打死了，怎么又活过了？或许，它和原来窗棂上的那只是孪生兄弟吧。我才懒得管。它来了，就是我的朋友，我跟它说话。

我说："红蜘蛛，你告诉我，人到底是能说话好？还是不能说话好？"

我说："日本人在他们国家活得好好的，为什么要跑那么远来清平墟？"

我说："人为什么要杀人？鲢鱼不杀鲢鱼，鲳鱼不杀鲳鱼，鲚鱼也不杀鲚鱼，连鲨鱼也不杀鲨鱼。哦，不，鲨鱼开始杀鲨鱼了，那是因为他们吃了人肉，得了人病。我知道了，原来人都得了病。得了病，他们控制不了自己，就得杀人。没发病的时候，他们也会后悔杀人是吗？我看吉田就是这样，她强奸别人，用柳叶刀割掉人家的鸟，其实，她很后悔。有几次，她还哭了，哭得很伤心。我觉得她真的是个好人，但好人为什么又做这样的事呢？"

我说："蚝母到底去了哪里？她一走，蚝会没了的。蚝一没了，清平墟也没了。没有了蚝的清平墟还叫清平墟吗？"

但红蜘蛛不跟我说话，就那么一动不动地踞在离卦的九三爻位上。我扑哧笑了一声又说："我知道了，像我一样，你也是个哑巴。你心里在说话，只不过我听不到。你老在离卦的九三爻位上是什么意思？这可是个大灾大难的卦象。是你自己有大灾大难？还是我有大灾大难？莫非是清平墟有大灾大难？不对，清平墟都灾难到顶了，死了那么多人，我母亲死了，我父亲死了，贺孟友死了，贺子其死了，那对潮州夫妻死了，那么多蚝民死了。”

说着，我的脑子里一阵雷鸣，我痴痴地看着红蜘蛛，不，痴痴地看着卦象图：

“我知道了，你是说香港有大灾大难。可我告诉谁呢？谁也不信我。”

金柱没说诳语，二七十四天，不多不少，三哥楚稔生真的可以下地了。

其实，三哥楚稔生对金柱的话是半信半疑的。那么多天，像条虫蛹躺在睡椅上，固然庆幸捡了一条命回来，但更多的是怕右腿就此废了。废了的话，就不能给黎岸村，给短枪队的弟兄们报仇了，也见不着秋蝉了。想到这些，三哥楚稔生心如刀剐。一早，天还黑黑的，金叶把三哥楚稔生弄醒了：“哇，这个懒猫，还在睡？昨天晚上说好了的，忘了？走路啦。”

三哥楚稔生睁开眼，看见了金叶的笑脸，也看见了金叶手里的拐杖。看到金叶的笑脸，三哥楚稔生的心里敲起一阵鼓，脸竟红了。他昨天晚上很晚才睡，想了很多。除想了原来想的那些事外，还想了一个新的事。他想，腿真治不好了，就不走了，跟金柱学跌打损伤，娶了金叶，在这个地方终老一辈子，生儿育女。想完后，他嘲笑自己：“你以为你谁啊？金叶要嫁给你，呸！”

三哥楚稔生坐起来，试着抬起右腿，但没抬起来，眉头拧了一个结，嘴都咧开了。金叶大声喊：“老豆，老豆。”

金柱坐在阶沿的竹椅上，膝盖上卧着一只猫。猫睁了一下眼，见金柱没吱声，它也不吱声，又闭了眼睛。金柱没空，咕噜咕噜抽烟，他头顶上的白烟跟山间里的白烟一样白。抽完了，这才站起来。将起未起之时，猫跳下来，径直从卧在阶沿青石板上的泥鳅身上走过去。泥鳅懒懒地摇了一下尾巴给猫打了招呼，猫叫了一声：“妙。”

金柱走到跟前，白了一眼，那一眼从金叶身上始，到三哥楚稔生身上终，然后嘟哝道：“还打仗的呢。”

说着搀了三哥楚稔生的左胳窝，硬生生提拎起来。三哥楚稔生的右脚刚沾地，像触着烫水蜷起来，身子像醉鬼晃荡着要倒下去。金叶赶紧扶了，大声喊：“哇。”

金柱又白了一眼。这回，从三哥楚稔生身上始，到金叶身上终。金叶吐了一下舌头。三哥楚稔生受了气，呼地推开金柱和金叶的手，右胳窝里夹了拐杖，探开脚，一步、两步、三步。额头上一下子布满汗，一瓣、两瓣、三瓣。三哥楚稔生跨过门槛，从堂屋走到阶沿。这门槛足足跨了半小时，先将右腿一寸一寸往上抬，抬到五寸高的时候，衣服全汗湿了。还有五寸就要跨过了，他全身打摆子一样颤。他搁下腿，拉风箱一样喘着气。金柱又坐在阶沿抽烟，猫又跳上他的膝盖。泥鳅过来，看着三哥楚稔生，一脸不屑。金叶拿来一块布绢，要给三哥楚稔生擦汗。三哥楚稔生摇了摇头，没接。泥鳅没看清，以为金叶手里拿着吃的，跳起来舔。金叶正气恼，踢了泥鳅一脚。

歇了一会，三哥楚稔生终于跨过门槛。他咦了一声，笑得汗掉进嘴里：“我过来了。”

金柱不吱声，抽他的烟。猫睡了。泥鳅讨了没趣，躺金柱脚边，撑着尾巴，像开着的一束大红蓼。它在逗猫，猫给了泥鳅的尾巴一个大巴掌，又睡了。金叶在灶房煎蛋，听了三哥楚稔生的喊声过来，笑着跳起来："哇，真过来了。哦，对了，第一次，别太累了，休息会再走。"

金柱咳嗽了一声。金叶朝金柱扮一个鬼脸，噘着嘴巴说："你是皇帝，什么都依你的。"说着进去了。三哥楚稔生嘿嘿地笑。这一笑，添了力量。他先把拐杖点了出去，右脚大大地悬空迈了一步，沾地，踩实，身子一阵晃，硬是撑住了。然后，他的左脚跟上去。他又想喊，忍住了。他倚着拐杖站定，望着野外，到处是绿得出油的树，树顶上笼着棉花絮一样的岚。风吹过来，风里有鸟的声音、虫的声音、花的香气、草的香气。

天还粉粉亮，大哥楚孚生仔仔细细给凌小蝶穿戴整齐，前前后后花了两三个小时。大哥楚孚生戴了汾阳帽，唱的是《摘缨会》：

我不是观音大士下凡间，
不会学菩萨低眉消灾难。
我只是干城一勇将，挽狂澜，
我愿作砥柱中流，除国患。
不愿作金铃十万，
去怜惜花落花残，护花自有东皇，
莫求助于沙场铁雁。

唱完了，大哥楚孚生去书房，煮水泡茶。他又用回家二送的仿曜变天目碗，两只，另两只敞开搁博古架上，包括让赵翼然打烂又粘好了的那只。用那个小巧的檀木箱子装了那套潮州瓷的茶具。刚泡好茶，赵翼然进来，一眼看出了茶具的变化。

“哟，又用这套了。”赵翼然端起碗，喝了一口说。

大哥楚孚生淡淡地说：“用呗，几只破碗。”

赵翼然的眼里掠过一阵惊悸，借喝茶掩过：“这是什么茶？哦，绿茶。”

“罗浮山的柏塘山茶，凌会长送的，他岳家是罗浮山柏塘镇的。他昨天派人过来，要五百斤生蚝，送了我一包茶叶。五十斤，五斤也给不了啦，冢二不让采。”

大哥楚孚生一边说，一边冲茶，水冲壶外了，也不管，接着说：“昨天你到苦鲛那里说什么呢？说那么久。”

“说个鬼，你又不是不知道，神神道道的，拿着冢二的鸡毛当令箭，说龟田秋柱来，冢二紧张得不得了，千万不能像上次做法会，楚协生溜了进来，贺子其在外面打，里应外合，出多大的事。苦鲛说找过你，说你爱理不理，冷着脸擦你的刀，所以，就找我商量。嘿，找我商量还不是找你商量？叫我做个传声筒呗。谁不知道我是你的传声筒？”赵翼然说完了，嘿嘿地笑了两声，看了大哥楚孚生一眼，端了茶喝。喝多了点，呛着了，掩着嘴咳。

“这话我爱听。翼然啊，我就怕人脑子一糊涂，胳膊肘往外拐。”

赵翼然像电击了似的站起来，脸煞白煞白：“孚生，给我一千个胆一万个胆，我也不敢胳膊肘往外拐。这些年吃你的穿你的用你的，去日本，也全是你捞的腰包，我做牛做马都还不清你。”说到最后，稀里哗啦哭起来，越哭越厉害，眼泪淅淅沥沥以至滂滂沱沱。

“我知道你不能。天底下任何一个人都能背叛我，就一个人不能，那就是你赵翼然。”

赵翼然叭一声跪在地上，拿起茶刀，吱一声插进大腿：“你还是不相信我。”

血从赵翼然的大腿上冒出来，汪汪汩汩一摊。大哥楚孚生笑道：“我说个笑，你就当真了?”

“你要不信我，我就不起来。”

“不信你我信谁? 起来，你帮我把这封信送给老二。”

赵翼然惊叫了一声，赶紧掩了嘴巴：“啊，协生?”

大哥楚孚生点了点头。

赵翼然骨碌一声爬起来，凑在大哥楚孚生的耳边，右手伸出三根指头：“还不如——”

大哥楚孚生摇了摇头说：“老三太犟了，拐不了弯，老二才是正路子。”

“你要想清楚啊。”赵翼然几乎哭了起来。

大哥楚孚生冷笑了一声说：“我早想清楚了。死在冢二和那个秃驴手里，还不如死在兄弟手里。跟协生是女人醋，跟他们是家国仇，没得比。凌小蝶都这样了，就算协生杀了我，也救不醒她。人这辈子就是下盘棋，下之前，都想赢，但一着下错了，全输。我想再搏一搏，清平墟的蚝不能砸在我手里。”

冢二又吹起尺八，声音像月光一样弥腾漫漶。月光却又像水一样，把清平墟洗抹得干净清爽。

苦鲛在菩提树下抬头望了一眼冢二的窗口，兀自笑吟吟的。他今天晚上教了冢二一支新曲，《香君守楼》的一段梆黄。原来，冢二老是翻来覆去吹日本的那几个曲，有一天晚上，苦鲛突发奇想，用尺八吹粤剧的曲子，一吹，居然别有一番味道。冢二高兴得不可收拾。从此，几乎每天晚上，苦鲛都要来教冢二。

苦鲛扯了朵兰花放在鼻子前嗅了嗅。两个站岗的哨兵——一个日兵，一个协军——给苦鲛开了门。苦鲛分别拍了拍他们的肩头。然后，捏着翡翠珠踩着巷道里的青石板回家，悠悠的。他的家离冢二的院子只隔一个巷。巷子里也积满冢二的有点生疏的尺八声，很幽怨，但苦鲛听来却是欢快。他踏着尺八的旋律走着，像是跳舞。

苦鲛的父亲原是宫廷里的乐师，专门给宣统皇帝演奏音乐。冯玉祥攻破皇宫，宫中差役作鸟兽散，苦鲛的父亲到了广州，年过半百，跟一个妓女结婚了。除了音乐，苦鲛没从父母那里继续半点遗产。6岁那年，母亲得梅毒死了。8岁那年，父亲喝醉了酒，在卖唱回来的路上，掉到一条河涌里淹死了。父亲样样乐器精通，卖唱时拉二胡。喝得越多，拉得更好。拉得最多的是《旱天雷》，拉起来，连天上的云，地上的尘，街边的树，都听得激昂慷慨。

跳着舞的苦鲛开了门，就不跳了。不是他不想跳了，是不敢跳了。他的脖子后面被顶了一把刀，一把柳叶刀。

第三十章

二哥楚协生和贺子群正说当年的一桩趣事。一群小孩去天后庙玩。为谁在天后娘娘的塑像后屙了一泡屎争开了。二哥楚协生记得是贺子其："那家伙天不怕地不怕，不是他是谁？"

"是你好不？别把赃栽到他头上。我哥是茅草火，噼里啪啦一阵烧，烧完了灰烬都不剩一点。你是蔸根火，看不到焰，但火劲足。我哥的坏，是面子上——"

"什么意思？我就坏在骨子里？"二哥楚协生鼓着眼睛。

贺子群笑嘻嘻的："我可没说，你自己说的。"

二哥楚协生也笑了。贺子群撇了撇嘴说："还不是你那泡屎屙得好？一回来，我肚子就开始痛，像肠子穿了洞，痛得在地上爬来爬去。我老豆想尽办法，又是烧烫了鞋底在我肚子上烫，又是煎艾叶水喝，又是扎银针，又是扎破指尖放血，还是痛，越痛越厉害。"

"我都忘了，后来怎么好的？"

"后来，老豆问我哥，你们下午去哪里疯了？我哥说，到天后庙。到天后庙干了什么坏事？老豆问。拿了供桌上的香蕉吃了，我哥说。老豆问，还有呢？把麒麟嘴里的球拿出来了，但又放进去了，我哥说。还有呢？老豆继续问。贺子群在墙壁上用炭火子画了一个大乌龟，我哥说。还有呢？我哥进了房，拿出了一块绿色的琉璃瓦，说，我掰了一块瓦。老豆给了我哥一个栗暴，骂，就你手贱，明天送回去，还有呢？我哥拍了一下脑袋说，楚协生屙了一泡屎。哎呀，冲撞了天后娘娘，老豆吓得脸如土色，立马背着我去天后庙，先铲了屎，然后跪着赔罪，许了愿。你说怪不？我是走着回家的，还能蹦还能跳。第二天，老豆去庙里还了愿，18 斤茶油、18 把香、18 把蜡烛，还有 1 块一丈八的红绫。老豆摸着我的头说，石老二这泡屎可金贵了，他屙的屎，你遭了罪。”

二哥楚协生正要接腔，有士兵喊着报告进来：“科长，你的信。”

二哥楚协生看了一眼信封，脸色突变：“送信人呢？”

“一个村民送来的。说昨天一个卖货郎交给他，要今天才送来。”士兵答道。

二哥楚协生一挥手叫士兵出去了。贺子群凑过来：“怎么啦？”

二哥楚协生说：“楚孚生的笔迹。”说着撕开信封，揭了信看，扔在地上，竖了眉骂：“不要脸的东西，知道日本人的屁股沟不好舔了，这会倒家国仇了，我才不着你的道。”

一边骂一边敲着桌子，震天响。贺子群从地上捡起信，冷笑说：“我刚说我哥是茅草火，噼里啪啦烧，没得灰烬，落得让日本人抓了，当蚝捩了。你什么时候也变茅草火了？冷静点，科长大人。兄弟阋于墙，外御其侮。”

“你唧歪什么？你先看信吧。”

看完了信，贺子群说：“说得不错，‘女人醋，家国仇，孰轻孰重，协生鉴之’。”

“他就是想除我而后快，我一天活在这个世界上，他一天不安心。”楚协生气呼呼地说。

“襟袍气节，兄不如弟。唯独这件事，弟不如兄。”

二哥楚协生鼓着眼睛看着贺子群。贺子群敛了敛容说：“协生，我打开窗子说几句话。你还守在凌小蝶那一亩三分地的小格局里没跳出来。到蜈蚣岭，你第一件事干的什么？美其名曰奇袭清平墟，我哥说你打的小算盘，又说了凌小蝶跟你哥拜过了堂的，是你嫂子了，话是刺耳，但话糙理不糙。但你没听他的。结果呢，落了冢二的圈套。我哥，死得那个冤。说实话，你说你是中队长，他是那个党的，人也是他拉上来的，他硬不去，你真毙了他？还有，他带人打外围，看到中了埋伏，半路里跑掉，凭他的身手，命是不会丢的。都是看你分上啊，协生，错了也跟着你错。我以为你吃了那么大的堑，格局大了，谁知道你筋斗云打来打去，还在如来佛的手掌心。”

“一朝被蛇咬，十年怕井绳。”二哥楚协生瓮声瓮气地说。

“不该怕的你倒怕了。你立大功的机会来了。端掉短枪队，说立功也是立了功，只是这个功立得不明不白，多少人戳着脊梁骨骂：日本人不打，打自己人，亲弟弟也不放过。这回可是打鬼子。清平墟是宝太线上的一个重要驻点，成功拔掉，活捉龟田秋柱和冢二，你就是大英雄了。于国，你立了功；于家，救了楚乎生，兄弟和好。至于凌小蝶，女人如衣服。你功成名就，天下的名媛美女，趋之若鲫。”

这天，我做了一个梦。梦见了我的母亲。梦见母亲牵着我的手走在一座大桥上，一座金碧辉煌的大桥。母亲还那么年轻漂亮，穿着鲜红色的旗袍，留着齐耳短发。我却变大了，十七八岁，也许二十多岁，我比母亲还高一个头。大桥很宽，好像比落霞洲还宽。也不知道桥是怎么建起来的，没桥墩，就那么平平直直铺在海面上。哦，对，每隔一段，就有一个高高矗立的塔台，两边像章鱼伸出爪子一样伸出许多粗大的钢绳抓着桥面。

“这是跨海大桥，是你父亲设计的。可以一直走到香山去。”母亲说。

我连忙说：“这不是他设计的。他设计的跨海大桥是永兴桥的样子。”

“傻孩子，他改了。这就是他设计的。”

桥上来来往往跑着很多车。有点像日本人的卡车，但又不是。日本人的卡车很高很大，后面的箱子开着，上面坐着荷枪实弹的士兵。桥上跑的车却像乌龟壳，红色的、白色的、紫色的、蓝色的，什么色的都有。而且，都开得飞快，一阵风似的，倏地过去了，倏地过来了。

我问母亲：“这是什么车？”

“汽车，这是汽车。我也有一辆。来，我载你去。”

我坐上了母亲的车。一辆红色的车，母亲欢喜红色。她的车汇入滚滚的车流之中，她摇开窗，风吹过来，母亲的头发散了，像黑瀑布一样飞散，头发撩着我的脸，痒痒的。这时，响起歌声：

我在仰望，月亮之上，
有多少梦想在自由地飞翔。
昨天遗忘，风干了忧伤，
我要和你重逢在那苍茫的路上。
生命已被牵引，潮落潮涨。

有你的远方，就是天堂。

我刚开始以为是母亲唱的，原来不是，一对男女的声音。我不知道歌声是从哪里传来的，正吃惊，母亲指了指汽车前面的一个黑箱子。歌声是黑箱子里发出来的。我惊得目瞪口呆。

“我要告诉你一件事，俊生。”

母亲关掉黑箱子，回过头来对我说，眼中有泪光闪动。我愣愣地看着母亲，看到她流泪了，我也流泪了，虽然我不知道为什么流。

“广州那个警察局的副局长的事，我没有参与，从头到尾都没有参与。我的男友参与了，他供出了我，我就承认了。我是不是有点傻？俊生。”

我不知道怎么回答她。我不知道她到底是傻还是不傻？我分不清。她不要我回答，她自己回答了：“恋爱中的女人是傻的。”她叹了一口气，却又笑了：“当然，男人也一样，你应该懂。”

说完了，她哈哈大笑。我觉得声音不对，一回头，发现，开车的不是母亲，是翠姑。

鸡叫一尾，三哥楚稳生就和金叶出发了，还有泥鳅。金柱送到山脚的獭溪边。獭溪像条扔在山间里的鸡肠子，曲曲弯弯。沿獭溪走十四里，然后翻山，翻过三座山，山脚下，又是一条溪，叫王维溪。不知道为什么会取这么个雅的名字，不可考。走八里路，就是沙鱼涌了。从沙鱼涌再去岩。

“不知道还有没有船去岩。只能碰运气了。”早一两天，三哥楚稳生就为这个事愁开了。

“没船就顺着岸走路去，怕什么？”

金叶心不在焉。她忙着。她猫着腰，左手捏着一条鱼，一条炸好的鱼——哑巴鱼，那天，她和三哥楚稔生在獭溪里捉的，右手缩后腰里，握着拳头，手掌心里抓着什么。她说：“妙。”

金叶在喊猫。猫好像意识到了什么，它不拢金叶的边。也许它后悔了不该做那么一件事。肠子都悔青了。早上，它听到屋顶上有老鼠叫，起身追，一追，追到横梁上。老鼠不动了，趴在那里，身子发抖。原来，老鼠看见了那条菜花蛇。猫也看见了蛇。它心里都说算了，让给蛇了。但蛇居然撩起头嗞嗞地对它说：“滚远点。这是我的地盘。”

猫让激怒了：“我在这里抓老鼠的时候，你还在你妈的蛋壳里睡觉。你这个侵略者。”

于是，猫冲过去，先是一脚把老鼠踢下去，后是一巴掌把蛇搡下去。金叶正在扫地，头都没抬：“哇，蛇捉老鼠。走吧走吧，别拦着我扫地。”

这条蛇也是发疯了。它居然对金叶也嗞嗞嗞嗞的。这一嗞，嗞出金叶的想法，只见她用扫把按住蛇，右手轻轻一捏就捏住蛇的脖子，像捏一根粗布带子拎了起来。蛇蜷曲着身子要来缠金叶的手腕，哪里有它缠的劲？金叶顺腕抖了几下，又转一个圈，蛇就晕了。她把蛇挂在阶沿墙壁的钉子上，回灶房取了菜刀。手试了一下锋，到水缸边的磨刀石上磨了几下，再试，锋利了，走近蛇，一划，蛇就开了，肠肠肚肚扬给了鸡。金柱和三哥楚稔生从山上回来的时候，金叶已经将蛇剁成条放在砂锅里。

这几天，为练腿劲，三哥楚稔生跟着金柱上山采药。金柱闻到味道：“你杀了那条蛇？”

“我还想杀了猫。”金叶说。金柱看了金叶一眼：“杀呗。”说完了又说：“猫呢？”坐下来抽烟，抽完了大声叫：“妙。”

但猫不理金柱。它躲在黄皮树上。泥鳅看见了猫，跑到黄皮树下对着猫吼。猫从黄皮树上跳了下来，窜到金叶的身边。金叶右手掌心的绳子张开，打了个活结，套在猫的脖子上，用力勒一下，猫只叫了半声，就喑哑了。

三哥楚稔生自始至终地看着，眼睛珠子几乎要掉出来："金叶，你干什么？"

"煲龙虎斗给你吃，你这个傻子。吃饱了去岧岩。"金叶提了死了的猫进灶房，"哦，对了，记得带上老豆的鸟铳。"

"翠姑唱得跟凌小蝶一样的。"

"凌小蝶的魂灵附了翠姑的体。"

清平墟传得沸沸扬扬。也传到大哥楚孚生的耳里。他去听了一回，一听，脚挪不开了。不是翠姑唱得跟凌小蝶一样。那些人不懂，所谓内行看门道，外行看热闹，觉得翠姑会唱，唱得好听，就说她唱得跟凌小蝶一样好。他们是分不出细微的差别。大哥楚孚生懂。他闭着眼睛就能听出好坏，哪个音高了，哪个音低了，哪个眼吹错了，哪个板敲快了。他都能听出来。翠姑的声音一点也不像凌小蝶的。凌小蝶的声音水水的，脆脆的，能穿云裂帛。而翠姑的声音呢？像雾蒙着，略有点沙哑，尾巴上拖点鼻音，但妙就妙在那点沙哑和鼻音，听得人心里颤乎乎。打个比方吧，若凌小蝶的声音是一轮皎月，那翠姑的声音就像一钩朦胧月。

更让大哥楚孚生惊奇的是，凌小蝶有独门功夫——凌眼，水袖掩了半边脸，半睃不睃，能摄人魂魄。翠姑也有独门功夫，攞（音罗，意为向上捋）水袖。甩水袖是唱女旦的入门活，一条水袖就像英雄的宝剑、骑士的马鞭，拿捏得活才能上戏台。攞水袖是将水袖往上抛，抛到最高处，水袖呼地落下来。功夫就在这如何落中。不会落的，水袖乱糟糟堆在腕上，像堆乱草。一般的，也就顺里顺当落下来，不乱。顶尖级的撂水袖的功夫，水袖从半空落下来，像有双无形的手边落边叠，每一折都一样宽窄，待至落到腕上时，三叠叠得工工整整，看上去就像只有一叠。这在梨园行有句专门的话，叫雪袖三叠合为一。广州城大大小小三百七十九家戏班子，这几十年来，据说能把雪袖三叠合为一的女旦，拢共只有三位。而翠姑显然是第四位。

大哥楚孚生对随从说："把她接到我屋里去，我要和她唱一出。"

"会长，吉田伍长说，没有他的命令，谁也不能带走翠姑。"随从说。

"哪个吉田伍长？"

"那个皮肤白白的——"

"我知道了，长得不男不女的那个家伙。小伍长算什么？这就去。说我说的。"

"兄弟，别为难我，都赚口饭吃。"一个协军拦住大哥楚孚生的随从。

大哥楚孚生甩了那个协军一巴掌："冚家铲，翅膀硬啦。"

第三十一章

因鸟鸣嶂短枪队全军覆灭，岜岩和沙鱼涌之间的交通暂时中断。唐总给斑博下死命令，必须一个月恢复。斑博为此装扮成卖货郎潜回，走家串户，但收效甚微。只有回来汇报。

早几天，唐总去重庆，专程汇报香港的情况。杨总坐镇，大家背后分别给唐总和杨总取了外号，唐总叫唐菩萨，杨总叫杨金刚。从取的外号可知唐杨两人的风格。不是天大的事，唐总不会发火，欢喜讲点笑话，活跃气氛。杨总不同，戴副深色墨镜，板着脸，不苟言笑，好像别人借了他的谷还了他的秕糠，而且，又心细如发，跟他讲话要特别小心，稍微有点前言不搭后语，让他揪住了，就有好瞧的。

果然，斑博还没说完，杨总就瞪胡子了："那你跑回来做什么？馋你的五福临门粥了？"

斑博的黑脸上流下条条的黑汗。杨总取下墨镜，吹了一口气，边拿衣角擦，边扫了斑博一眼，继续训话："你无心杀伯仁，伯仁却由你而死。短枪队被端了窝，沙鱼涌交通线中断，你别推黎岸村身上，你责任比他大。"

"杨总。"斑博哀哀地叫了一声。

"你别装可怜。老斑，你今天屙截硬屎：半个月，你到底能不能搞定？能，这就走办；不能，我另安排人。”

“能，能。”

杨总大声喊：“秋蝉。”

秋蝉应声进门。她在门边擦掉泪痕，朝杨总和斑博笑了笑。

“你不是说想到甾岩去看一看吗？你搭老斑的船去。”

又想起了什么，转向斑博：“小吴牺牲了，谁接小吴的手？”

“子豪，我大儿子。”

杨总站起来，手搭在斑博的肩膀上，长叹了一口气说：“时间真快啊，一眨眼，到香港两年了。记得刚见到子豪时，我和唐总到你的店喝粥，他才十六岁，只有你的肩膀高。唐总开玩笑，问，子豪，有了女朋友没有？他脸红得像块红布。他也参加革命啦。假如不是日本鬼子要侵我领土，这时候，子豪正在读书，正在谈恋爱，哪里要受这个罪？普天下多少像子豪一样的孩子不要跟着受这个罪。”

“为了更多的孩子不受这个罪，子豪就得受这个罪。”斑博泪光闪烁。

杨总点了点头说：“叫子豪小心点。”又回过头来对秋蝉说：“老斑说得好，我再改一下：为了普天下的人不受这个罪，我们就得受这个罪。”

秋蝉的眼泪在眼圈里打滚，强忍着没有掉下来。

一下船，站在甾门岩下，秋蝉的眼泪再也忍不住。她心里喊了一声：“稔生，我来看你了。”

站哨的小胡认识秋蝉，从岩下跳了下来，给秋蝉敬了一个礼：“秋蝉姐好。”

小胡单衣单裤，裤腿挽得老高，赤着一双蒲扇大的脚，唇边一圈茸毛。恍惚间，秋蝉错认为他是小吴。秋蝉的脑子里记取那天晚上初见小吴的情景，也记取他买了乳罩递过来然后捧了荔枝飞跑的情景，最后定格在斑博的店前他吹一声口哨转身走的情景。秋蝉的泪又掉下来。

“秋蝉姐，我来提。”

小胡把秋蝉喊醒了。他接过秋蝉手里鼓鼓囊囊的包。包里是秋蝉给队员们买的东西，人手一份，有吃的，有穿的。给阿霞更多一份，除了一包牛奶外，还有一条碎花裙子。因为，秋蝉初来岂岩的那天晚上，阿霞给了她一件红衫子。她要还这个人情。秋蝉笑了笑说：“谢谢你，小吴——”

“我是小胡，秋蝉姐。”

小胡将襟摆往外撩了撩，露了漆黑锃亮的驳壳枪。这是队员的招牌动作，都是学黎岸村的，觉得这个动作很潇洒。接下来的动作就不潇洒了，他擤了擤鼻子。小胡一激动就擤鼻子。珍姐骂过他，说这样难看死了。刚擤完，小胡就想起不该擤，脸霎地红了，低了头，瓮声瓮气地说：“我先走。”

然后大踏步走，身子刮起风，刮得两边的树叶都动了。秋蝉心里咯噔了一下，以为叫错了名字惹小胡生气了。她看着小胡的背影，那犟犟的样子，竟像极了三哥楚稔生。一念至此，秋蝉的泪又像掉线的珠子。

“不流泪了。人家会笑话的。”秋蝉对自己说。

还隔十几丈远，小胡大叫：“来了，来了。”

不用小胡叫，排寮里的人早迎出来，一窝蜂拥了出来，簇住秋蝉。都说不哭，这一见，却都哭起来。是阿霞先哭的。她拉着秋蝉的手，本来强装着要笑，但笑纹还未形成，泪就落了。泪落了就落了，哭声要捺住的，也没捺住，像决了闸的水，一股脑全泻下来。珍姐拉着秋蝉的另一只手，正要说秋蝉瘦了，看到阿霞欲哭未哭之时，还瞪了阿霞一眼，及至阿霞哭起来，也跟着哭。秋蝉刚才欲哭还掩，抽抽搭搭，此时，全顾不得了，揽怀抱住珍姐和阿霞，哭得撕心裂肺。这么多天，秋蝉一直忍着，在心里哭，躲在被子里咬着手指哭，没有痛痛快快哭过一回。她早就想痛痛快快哭一回，把肠肠肚肚哭出来。把肠肠肚肚里的苦、痛、悲、伤，哭出来。

到了王维溪。溪水潺潺湲湲的，既清且澈。泥鳅冲到溪边，嗞呼嗞呼伸着长舌头喝水。它累坏了。三哥楚稔生也冲了过去，掬着水洗了脸，又猛喝了几口，然后，伸了一个懒腰，靠在一棵红花羊蹄甲的树蔸下坐下。树底下落满洇红淬紫的花朵，厚厚一层，一股腐沤的味道。花朵上爬着很多虫，有天牛、螳螂、蚂蚁、金龟子、瓢虫、蚊子、苍蝇、蚂蚱、鼠妇、蝼蛄。三哥楚稔生一屁股坐在那里，虫子爬上他的脚，也不理。蚊子咬痛了，才挥手赶一赶。他捡起一根枯枝，逗泥鳅。泥鳅摇着长尾巴，回应着。

见金叶站在那里不动，三哥楚稔生问："快喝点水，赶路。只有八里路了。"

"我，我……"金叶支支吾吾，脸红到脖子根。

"不舒服？"

"我……我要解手。"

"解啊。那边。"三哥楚稔生指了指一棵长得像球似的龙船花说。

金叶看了龙船花一眼，回过脸，看着三哥楚稔生，仍站着不动，脸上更红了。三哥楚稔生明白了，挪了挪屁股，到了树蔸的另一边，举了举手笑着说："好啦。看不到的。"

金叶窸窸窣窣去了，边走还边回头看。

金叶解了手回来，一身轻松，靠着三哥楚稔生坐下："稔生哥，我问你一个事。队伍里男的女的一起，解手、洗澡怎么办？"

"看什么时候。"

"哇，还分时候？"金叶挑了挑眉毛。

"一个不打仗的时候，一个打仗的时候。不打仗的时候，分得清得很，男的一边，女的一边，各有各的厕所和洗澡的地方。打仗了——"

金叶打断三哥楚稔生："我就问不打仗的时候。我以为到了队伍，男人女人一堆什么也不分了。我老豆说，你们那个党，什么都共的。"

"你老豆哪里听来的这些乱七八糟的？"

"哦，对了，你什么时候加入的那个党？"

金叶的这一问像针扎着三哥楚稔生的心肉，一阵尖细的痛，蹦蹦跳跳。泥鳅过来，还希望三哥楚稔生逗它，求乞地盯着他手中的枯枝。三哥楚稔生猛地将枯枝扔出去。枯枝打着筋斗，一头扎进溪里。泥鳅跟过去，望着溪，汪汪叫着。金叶看着三哥楚稔生："哇，你怎么了？"

"我还没有加入。"

"你还没有加入？"金叶瞪大眼睛，铜铃那么大。

"快了。走吧。"

说着站起来，拿起鸟铳，呼呼往前走。

"稔生哥，我决定了，我不回去了，跟你去岩岩。"金叶跟了上来。

三哥楚稔生停了脚步，望着金叶。金叶迎着三哥楚稔生的目光："我加入队伍，打鬼子。"

“别傻了。你答应了你老豆的，送我到沙鱼涌就回家。”

“这回我不听他的。”

自从醒狮大赛后，我家宅子沉寂多时了。门口的石柱子拆了，包括隔扇门的格心、裙板以及中间的涤环板全拆了。门洞大开，都跑得进车。但还是没什么人客来。别人倒是乐得清静，可大哥楚孚生受不了。门庭空了，他的心也空了。

但今天不空了。除我和凌小蝶之外，大哥楚孚生把合宅男丁女客全叫齐了，管家、账房、杂役、厨师、花王、长工、短工，还包括十二个人的防卫队，有四五十人之多。防卫队是大哥楚孚生的私人武装，没划入协军管制，但穿衣戴帽跟协军相似，都是土黄色的粗布。有两点不同：协军穿布鞋，防卫队穿胶底鞋；协军挎的是三八式步枪，防卫队挎的是九九式步枪。九九式步枪刚投入使用。防卫队平时只听大哥楚孚生的。

人叫过来了，来看戏的。看大哥楚孚生和翠姑唱戏。大哥楚孚生和翠姑都装扮好了，站在戏台上。翠姑穿戴上凌小蝶的霞冠戏服，陡然月貌花容，惹得人窃窃私语。都以为翠姑会吓坏了的，却没有，端站在那里，半低着头。有点遗憾的是，伴奏的乐器凑不拢，两个长工会点，临时抱佛脚，一个拉二胡，一个打卜鱼。大哥楚孚生望了门口一眼，朝拉二胡的点了点头。二胡响起，但只响了一声，赵翼然跑进来，一身的酒气，向大哥楚孚生抱拳说：“会长，包涵。”

“跟小和尚喝酒？”大哥楚孚生扫了赵翼然一眼。

赵翼然找了一条空凳子坐了：“啐，谁跟他喝？少佐那里。龟田秋柱大佐派了个参谋来检查军务。”

“小和尚也在？”

“在。”

大哥楚孚生回过头说：“开始。”

踩踏着卜鱼的旋律，大哥楚孚生噔噔噔走到戏台中间，开唱。他演的是李后主李煜：

花逐雨中飘，
曲随广陵散。
感时知有恨，
惜别悄无言。
一身能负几重冤，
人间没处可安排。
念往事合应肠断。
冷雨送斜阳，
问几许兴亡恨，
怕从野叟话桑田。
如此好江山，
别时容易见时难
回首依依，无限怨。

正唱着，翠姑到了中间，轻移莲步，一路走一路捋着水袖。赵翼然说了一声好，鼓起掌来。其他人也鼓起掌来。翠姑一概不理，半掩着头，幽幽怨怨的样子，演活了小周后。翠姑唱：

烟波江上使人愁，
眼前尽是遗民泪。
…………

这时，一阵齐崭崭的脚步声由远而近，直撞了进来。吉田带着一队人进来了。两溜，一溜是日兵，一溜协军。像老鹰突临鸡群，坐着的人哗一声缩了头，有些人还要跑，到底跑不动，脚软了，瘫在地上。拉二胡的弦卡在中间，敲卜鱼的鱼掉到地上。只有翠姑没事，硬是一唱三叹把那句唱完了：

怕牵衣泣血问归旋。

大哥楚孚生厉声对防卫队说："愣着干什么？"

防卫队分两排，举起枪，拦着吉田。吉田绞着眉，也举起枪，对着大哥楚孚生。赵翼然喝了酒，脸本是红的，一会变白了，这会，又变紫了，先大声喊道："孚生，孚生。"然后走到吉田面前，笑嘻嘻的，用日语说："自己人。"

"叫翠姑回去。"吉田说。

赵翼然笑着说："正唱着呢。"

"不，叫翠姑回去。"吉田坚持说。

赵翼然过去对大哥楚孚生说："吉田说，叫翠姑跟他走。"

"跟他娘。拉起来，敲起来，唱起来。"大哥楚孚生哈哈大笑。

二胡拉起来，卜鱼敲起来，翠姑又唱起来了：

广陵台殿已荒凉，
吴苑宫闱今冷落。
剩一程风雨送愁人，
叹千里江山寒色远。

第三十二章

泥鳅闻到了香气，闻到了烧蚝的香气。它像箭一样窜过去，金叶叫也叫不住。

前面是沙鱼涌。王维溪的尽头就是沙鱼涌。溪水流入海。海在这里形成一个豁口，像撮箕一样的豁口。这地名有点怪，在本地人的话里，涌，溪的意思，按理，王维溪该叫王维涌。或者，整个溪就叫沙鱼涌。但偏偏不，在山中，这条溪叫王维溪。出了山，临海的那一小截，才叫沙鱼涌。不知道什么意思。沙鱼也叫鲨鱼，叫沙鱼涌，估计原来这里是鲨鱼的一个窝吧。这样说也不无道理。一般，海靠近陆地，是一路斜坡过来的，海水由深至浅。这里不，陡地掉下去，深不可测。若没有海，这里该是一个瀑布的。至于为什么又叫王维溪？大诗人王维曾经到过这里？或者，古时候另一个叫王维的人在这里猎杀过鲨鱼，从此保一方海域平安？典籍上片言只语的记载都没有。黑浪滔天，历史没得估计。

不用估计的是，这会，五个，不，六个，来自遥远的日本的年轻士兵正在岸边的鹰嘴岩。五个士兵一边吃烤蚝，一边喝酒。蚝是清平墟的蚝，酒是客家娘酒。一个士兵持枪站岗。几个月前，一队士兵进村扫荡，村子里空无一人，日高人倦，说休息会，全睡着了。一队人全让游击队端了，总部发了命令，不管多安全的地方，得抽个人站岗。

鹰嘴岩，交通线中断之前是船码头。人可以从鹰舌跳上甲板。鹰舌既遮阳，又挡雨。等船的时候，队员们坐在上面抽烟、讲笑话，快乐得很。黎岸村很细致，走的时候，吩咐把烟头、脚印打扫干净。有时候，小吴来早了，他坐在上面等，把船系在崖上，任由海浪把船推过来，又推过去，像片树叶子。小吴不抽烟，他吹哨子，含片叶子在嘴里，他能模仿出好些种鸟的声音，白鹡鸰、红耳鹎、长尾缝叶莺、鹊鸲、棕背伯劳、白胸翡翠、小鹂鹛、黄苇鳽。小吴有这方面的天赋。老江说小吴上辈子是只鸟。这话小吴不爱听。其实，小吴最拿手的是珠颈斑鸠的叫声，学雄鸟叫的时候，能把雌鸟逗得翘屁股，学雌鸟叫的时候，能把雄鸟逗得抖翅膀。但黎岸村把珠颈斑鸠的叫声定为危险信号，小吴就不吹了。小吴曾向黎岸村建议用别的鸟叫声，黎岸村没答应，因为珠颈斑鸠的叫声最好学，就咕咕咕的。小吴却不这样认为："岸村哥，你错啦，你们听了就咕咕咕，不是的，里面细得很。像驳壳枪的声音，一般人听了就突突突，突突突，其实，不同的。打中了东西不同，没打中东西又不同，打在石头上面不同，打在树上面又不同——"

"心思花在这上面，不练好枪。"黎岸村打断小吴。

小吴在鹰舌接了黎岸村很多次，一次珠颈斑鸠的声音也没叫过。

今天，要是小吴在，肯定要学珠颈斑鸠的叫声了。听到珠颈斑鸠的叫声，三哥楚稔生就不会再向前走。晚了，等到他看到那五个吃蚝喝酒的日兵时，他和金叶已进入哨兵的射程。三哥楚稔生还没举起鸟铳，哨兵开枪了。哨兵的枪法很准，打在三哥楚稔生的右臂上。子弹带着很大的一块肉横飞，溅得金叶一脸的血。鸟铳掉到地上。鸟铳的扳机是开着的，这一落地，扯发了，嘣一声开火，火药带着上百颗铁砂子横射过去，打得一溜草全匍匐。泥鳅听到铳响，以为打到猎物，折转身，低吼一声，向哨兵猛冲过去。哨兵训练有素，未等泥鳅近身，又开枪了，一梭子。泥鳅像球似的弹蹦几下，叫了两声，不动了。金叶呆住了，好一会才叫出来，脸白得像锡纸，身子晃了晃，要倒下。三哥楚稔生揽住金叶："金叶，不怕。"

"稔生哥……"金叶哭了起来。

"不怕，金叶。"三哥楚稔生又说。

那五个日兵围上来，端着枪。嘴巴上涂满蚝汁。他们是一艘小巡逻艇的兵。他们并不知道这里曾是短枪队的船码头。他们艇分了一些蚝。一个士兵提议，烤了吃。于是，就驾着艇四处找地方。找来找去，觉得这个地方不错，就系了艇，上了鹰舌。昨天晚上，大哥楚孚生送了一卡车过来。他们的长官想吃蚝了，打电话给龟田秋柱，龟田秋柱再命令冢二执行。大哥楚孚生和翠姑唱戏的时候，赵翼然说龟田秋柱派了一个参谋来检查军务，其实，那参谋是来送龟田秋柱的命令，叫冢二弄蚝。还真幸喜，因为翠姑、大哥楚孚生和吉田僵在那里，不知道会出什么事，冢二及时赶过来，才解了围。

听到第一声枪响，五个日兵呈半圆形爬伏在地上，架着枪，进入战斗状态。鸟铳响时，他们已经猫着腰鱼贯而进。第二次枪响，他们已接近三哥楚稔生和金叶。这是一群像狼一样的士兵。

"打猎的。皇军，打猎的。"

三哥楚稔生费力地比划着，但没人看懂他的意思。看懂了也装着没看懂。六个士兵狞笑着围拢三哥楚稔生和金叶。金叶面如死灰，她哭着喊：“稔生哥。”

三哥楚稔生心如刀剐，说着自己也不相信的话：“不怕，金叶。”

一个年纪稍大一点的日兵咕噜了一声。他是个伍长，似乎读懂了三哥楚稔生脸上慌乱之中的沉着。他要把三哥楚稔生这点沉着破掉。伍长咕噜声刚落，最靠近的那个士兵挥起刺刀，刺向三哥楚稔生的左臂。血顺着刃口飙出来，像道流泉。三哥楚稔生要挣扎，还没展开，右腿上又挨了一刺刀。金叶喊着扑向三哥楚稔生。靠近她的士兵要刺她，让伍长喝住了。伍长笑了笑。士兵明白了伍长的意思，上去架住金叶的手臂。不知道金叶的劲那么大，竟然挣了出来，仍是喊着扑向三哥楚稔生。三哥楚稔生开始挣扎。这一回，那个刺他大腿的日兵一枪托击打在他的头上。三哥楚稔生晃了一晃，跌倒在地。另两个士兵嗖地上去，绞住，那个刺左臂的士兵猛刺他的肩上、背上、屁股上。

三哥楚稔生成了一个漏水的水桶，他晕死过去。

三哥楚稔生醒过来，天地一片寂静。他爬着去鹰舌。金叶躺在那里，赤身裸体躺在那里，乳房被割走了，腿呈大字形叉开，中间塞进许多蚝壳。

我身上的火龙醒了，我走出西厢房，来到天井，看到奇怪的一幕。

天井里有很多雕塑，一动不动的雕塑。不，说一动不动的雕塑是不对的，翠姑在拶水袖。她穿着漂亮的戏服，戴着金光灿灿的凤冠，环佩叮当，不断地把水袖抛向半空，然后一股脑摔下来，像有双看不见的手在帮她的忙，水袖一落到她的手腕上，就叠成整整齐齐的三叠。她重复着这个动作，脸上带着魅魅的笑。

比她刚才扮演的小周后的笑还魅魅的。当然，那是在没被赵宋的兵马俘虏之前，她和李煜沉醉在温柔乡里。

除翠姑之外，其他一大群人，大哥楚孚生、吉田、赵翼然，吉田带来的十个日兵和十个协军，大哥楚孚生的十二个防卫队队员，当然，还有大哥楚孚生叫过来看戏的那些人，全变成了雕塑。大哥楚孚生的怀里捧着他的汾阳帽，似笑非笑。仔细看，原来哭丧着脸。吉田举着枪，枪口对着大哥楚孚生。大哥楚孚生的两个防卫队队员举着枪，枪口对着吉田的后脑勺。吉田瞪大着眼睛。赵翼然张开双手，像鸟张开翅膀，一只翅膀指着大哥楚孚生，一只翅膀指着吉田，张大嘴，舌头吐出来。十个日兵，有的站着，有的蹲着，有两个还趴着，都举着枪，瞄准的样子，表情僵硬。十个协军则稀拉拉的，有的抬着两条胳膊，有的抬着一条胳膊，有的蹬着一条腿，手里枪或高或低，像一队乐器班子。除了那两个举枪对着吉田的后脑勺的队员外，其他十个防卫队的队员也像乐器班子。最可笑的是那些看戏的人，像台风吹倒的庄稼，东倒西歪。

我笑了起来，放肆笑了起来。当然，是心里笑了起来。哪怕要死了，也要笑，无法忍住。这一笑，我身体里的那条火龙跑了，跑得无影无踪。从此，火龙再也没有光顾我的身体。乱嗡嗡的世界停了摆，什么都没了。我觉得很好，好得像天堂。在这个天堂里，只有一个捋水袖的傻乎乎的翠姑，我觉得很好。忽然，我记起来了，很多年前，我曾经置身过这样的天堂。对，我记起来，那是在母亲的子宫里。我躺在温暖而安全的母亲的子宫里，到处是红色的光线。我听到母亲的声音："俊生，你怎么啦？"

我抬眼一望，看到母亲。她扇动着一对翅膀，停驻在半空，像蜜蜂或者像蝴蝶停驻在半空。

我看着母亲，她的眼睛里盈满泪水。母亲飞近我，要拉我。我笑着摇了摇，谢绝了她。

母亲哭着说："傻孩子，我带你离开，没什么好留恋的。"

"别管我，你走吧，我要救翠姑。"我说。

母亲飞走了。她长啸一声，像鹤一样的啸声，把屋顶的瓦都啸得一阵乱飞。

冢二一帮人进来了。冢二戴着好看的军帽，穿着好看的军服，进来了。他后面跟着一帮人，不知道为什么，没有苦鲛。

"哟西。"冢二皱了皱眉头。

吉田对冢二说："少佐，翠姑是个艺术家。他毁了一个艺术家了，我不想他再毁一个。"

冢二回头看着大哥楚孚生。大哥楚孚生说："少佐，吉田误会了。我这是保护翠姑，我要收她做弟媳妇。一个聋子，一个傻子，是不是很配套啊？"

说着放声大笑。一转身，过来拉我过去。我躲在那棵三堇树下，以为没人看见我。大哥楚孚生早就看到我了。赵翼然把翠姑拉过去，一起到了冢二的身边。大哥楚孚生把我和翠姑的手放在一起。翠姑看着我嘻嘻笑。翠姑的手很软，像团棉花，她的手掌心湿湿的。我听到她的手掌心对我的手掌心说："俊生，你好。"

我的手掌心没理她。

冢二捣我一拳，又看着翠姑，举着大拇指，哇呀哇呀。赵翼然说："冢二少佐说，天作之合。他祝贺俊生和翠姑。"

送秋蝉到岀岩下了船，黄子豪继续驾着船往沙鱼涌方向走。船是原来那条小机帆船，破破烂烂的。小吴的傻子船被英国水警击沉后，唐总说再配一条，斑博婉拒了，说还是旧船好，好用，不打眼。黄子豪驾得不是很熟，但实在没人了，坐在舷头上，看着黄子豪有点手忙脚乱，斑博站起来，走了过来：“子豪，怎么样?”

“没事，老豆。”

黄子豪回头笑了笑，露着一对酒窝。这是一个帅气的小伙子。斑博的眼前忽然现出另一张脸。那张脸也有一对这样的酒窝。不过，他死了，死在斑博的怀里。他是斑博的好朋友，也是同志。那是十八年前的事。那一年，两人奉命从广州来到香港，参加海员罢工。将近两个月的罢工，让香港变成臭港。那一天，队伍从香港步行回广州，经过沙田时，枪响了，前面的人群像被砍的甘蔗一样倒。

“弟兄们，卧倒。”

作为小头目，他大声喊着，眼睛里充满血。斑博跟在他的身后。第一次遇到这样的事，斑博有点心怯。他也是第一次遇到这样的事，却指挥若定。一个香港军警的枪对着前面一个工人，扣动了扳机。他大吼一声，推开工人。子弹打中他的胸口，斜插里穿过他的身子，划过斑博的胳膊。斑博觉得胳膊有点凉。斑博卧倒。斑博看到，又一枪打中了他。他晃了几晃，倒下了。斑博爬到他身边。他抓住斑博的手：“带大我儿子。”回广州后，斑博找到他的快要临盆的女人。斑博娶了那女人。孩子生下后，取名黄子豪。

一个浪头打过来，船颠簸一下，把斑博从记忆中颠簸醒了。

“小心点，子豪。”

“没事的，老豆。”

黄子豪又回头笑了笑，忽然指着岸上说：“老豆，你看。”

斑博看到一个人，正举着深褐色的上衣摇着。

“是稔生！快!”斑博大声说。

第三十三章

大哥楚孚生还真没食言。当天晚上，他将翠姑和我圆了房。晚上，还摆了一桌。令大哥楚孚生没有想到的是，冢二爽快地答应一起吃饭。冢二爽快地答应一起吃饭，是因为大哥楚孚生爽快地答应送一卡车蚝去淡水，且当即吩咐管家找蚝民去采，由吉田带兵跟着采蚝的船。大哥楚孚生很高兴，上次冢二到我家吃饭，还是凌小蝶没出事的时候。

一共八个人，冢二，大哥楚孚生，赵翼然，我，翠姑，苦鲛，还有天后庙的桂斋公，宝安维持会的副会长陈九开。

桂斋公是撞过来的，他其实年纪并不大，六十岁刚过，但留着一部过胸的黑髯。他做过游方僧，后来又做了道士，再后来就守天后庙，穿着不僧不道的袍子。早几年，他有过一个女人。女人个子有点高，跟着丈夫从恩平过来的。丈夫在我家做蚝工。一天晚上，丈夫喝了点酒，听了一会讲古还不过瘾，就去挂着红灯笼的小船里嫖了一回船娘。别人嫖船娘当饭吃没事，他嫖了一次就得了杨梅疮，下身烂得开荷花。女人去天后庙向娘娘磕头求赐茶喝治病，一来二去跟桂斋公搞上了。丈夫气不过，一次下海采蚝，抱了一块石头不上来了。女人跟桂斋公好了几年，就在娘娘殿的地上干那个事，脚举得高高的，声音叫得像猫一样。干完了，就提了满满的一篮子东西回茅寮给儿子吃，有供果、猪头肉，还有香油、香米。女人有个儿子，也在我家做蚝工。日本人进墟的前一年，有个渔民打了条河豚，每家分了几斤肉。别人吃得如仙味，她却中了毒，浑身青绿，肿得像馒头。桂斋公出钱买了副薄棺，把她葬在落霞洲的荒滩上。她的儿子稀里糊涂跟着贺子其上了蜈蚣岭。贺子其许诺他，天天有烧鹅吃，睡宁波床。到了山上，天天吃野菜，睡山洞，他骂贺子其骗人，举了红缨枪向贺子其刺去。贺子其开枪打死了他，踩着尸体，对别的人说："革命不是请客吃饭。想吃烧鹅的，想睡宁波床的，现在走。"

天后庙的香油一直是我家供奉的。大哥楚孚生当了家后，刚开始还每月叫个长工挑了送过去。后来，不让卖蚝了，坐吃山空，吩咐什么都要节省。管家算来算去，其他省不了，就省了天后庙的香油。桂斋公一而再再而三上门要，管家嘱咐门房，连门也不让桂斋公进。今天冤不冤，白天那场戏，门房吓得得了疟疾，屙得打枪似的。桂斋公径直走到里边，看见一圈人坐在那里准备吃饭，就拱了拱手进来。

冢二和大哥楚孚生脸上不好看。陈九开却站了起来，过去拉了桂斋公的手，边说边把桂斋公拉到冢二身边："哟，我正要找你呢。这是冢二少佐。"

冢二木然点了点头。大哥楚孚生嘴巴凑到赵翼然的耳边说话，要叫管家把桂斋公赶出去。陈九开躬身打揖对桂斋公说："三姑给我来信了，说喝了娘娘赐的茶，睡觉好多了。汪主席也想要一包。"

"我这就回庙里。"

陈九开扯住桂斋公："喝了酒走。俊生和翠姑的喜酒。"

"哟，我早上起床看见娘娘睁开眼睛笑了，原来有合卺之喜，讨杯喜酒喝。”桂斋公说着大大咧咧坐下。

大哥楚孚生与赵翼然耳语。大哥楚孚生问赵翼然，陈九开说的三姑是谁。赵翼然说不知道。说到汪主席时，才知道说谁了，脸色立即变了。冢二咳嗽了一声，赵翼然赶紧扭过身，站起来，凑到冢二身后。赵翼然笑着问陈九开：“陈会长，少佐问你，你说的汪主席可是汪兆铭主席？”

陈九开大声说：“不是他老人家是谁？我三姑父。你们说怪不怪？我三姑睡觉不好，整夜整夜睡不着，南京、东京的医院看了个够，就是看不好。上次，我去南京，三姑跟我说起这事，我说，三姑，清平墟有个天后娘娘庙，求包赐茶给你喝。三姑不信，骂我，开罗仔，你哄我。开罗仔，是我小时候三姑给我取的外号。我后来才知道，开罗是埃及的首都，那里有金字塔。三姑夫和我三姑结婚度蜜月，去的就是开罗。回来，女孩子一条围巾，男孩子一包干椰枣。那个干椰枣太难吃了，牙齿都巴在上面。”

说得一桌子笑。除了我和冢二，都笑了，连翠姑都笑了。听赵翼然翻译后，冢二也笑了。我还是没笑。我不知道他说什么。我看到陈九开嘴巴一张一合，像玻璃缸里喝水的金鱼。陈九开的嘴还真像金鱼的嘴，整个嘴脸也像金鱼的嘴脸，脸削削的，嘴凸着，眼睛也凸着。他今天也是撞过来的。他来找大哥楚孚生，他要罢黜现任的县维持会会长，他来做，想取得大哥楚孚生的支持。刚见面，他还没说。碍于冢二在现场，又是吃饭的时间，大哥楚孚生就留他一起吃饭。

陈九开老家是新会的，做棉花生意，徒有个副会长的名，别人不大搭理他。大哥楚孚生都不太认识他。这一回，突然出去十天半月，回来时说是去了南京，多了个陈璧君的三姑。也不知道是真是假。说真吧，为什么原来一点迹象也没有？说假吧，他还真有一张和汪精卫的合照。这会，他从袋子里拿出来那张合照，汪精卫一身戎装，手搭在他肩上。陈九开把照片递给冢二。冢二举着看，大哥楚孚生、赵翼然、苦鲛、桂斋公都围了去看，啧啧连声。翠姑也要去，我示意她不要去。她站起来，又坐下来，朝我笑了笑。我用脚碰了碰她的脚。她的脚欢快地回碰了我的脚。她又笑了。我觉得翠姑是个好女人。

冢二把照片递给苦鲛："哟西。"

苦鲛接了照片，也说道："哟西。"然后，他把照片给了大哥楚孚生。他的眼神里掠过一片烟霞。这是他今天到我家宅子说的唯一的一句话。他是后来冢二叫过来的。他穿了一件新的和服，脖子上挂着那串佛珠，头皮刮得又青又亮。他只朝冢二打了一个招呼，就坐下了，坐在翠姑的身边，低着头捏着佛珠。其他人，一概不理。

大哥楚孚生捧着照片，眼睛看痴了。菜上齐了，大哥楚孚生把管家叫到跟前，吩咐把我父亲珍藏了十五年的女儿红拿出来，这才招呼入座。推冢二坐了首席，挨冢二左边坐了陈九开。陈九开让了一回："楚会长你坐。"

"你沾过汪主席贵气的。你坐。"

陈九开就坐了。大哥楚孚生又推桂斋公坐冢二的右边。桂斋公死活不坐，打架一样。大哥楚孚生就自己坐了。不用请，苦鲛坐在陈九开左边。大哥楚孚生心里咯噔了一声，按他的意思，那该是我和翠姑坐的，毕竟是我和翠姑的喜酒。桂斋公挨着坐在大哥楚孚生的右边，再右边是赵翼然。坐之前，赵翼然去对冢二说了，说搬条小凳子坐在冢二的边上，不上桌。冢二指了指桌位，叫赵翼然坐赵翼然就坐了。管家斟上酒，大哥楚孚生举起杯说：

“祝陈会长南京载誉归来——”

陈九开站起来，打断大哥楚孚生：“别乱礼，先祝俊生和翠姑百年好合。”

“那祝俊生和翠姑百年好合和陈会长南京载誉归来。”

大哥楚孚生笑哈哈地说。其他人也笑。包括苦鲛也笑了一下，笑的时候，他看了冢二一眼。冢二没有回应苦鲛的眼神，跟大哥楚孚生碰了杯后，转过身，低了点腰，跟陈九开碰杯。桂斋公笑得最响，他的笑声是从黑髯的深处发出来的，声如洪钟。赵翼然也笑了，但看到苦鲛给冢二递过去的眼神，就不笑了。我和翠姑也笑了。翠姑刚开始不知所以，我拉了一下她的手，她才站起来，学着样，噗一声喝了酒，喝急了，要吐，赶紧掩了嘴。除了苦鲛，又都笑起来。

酒过三巡，大哥楚孚生先敬了冢二一杯，然后去敬陈九开。陈九开把大哥楚孚生拉到一边，简单地说要撬宝安维持会会长的事。大哥楚孚生说：“我听你的。”

桂斋公给大哥楚孚生敬酒。大哥楚孚生抱了拳说等会，拉了陈九开的手给冢二敬第二杯：“少佐，没有你，就没有我的今天。我和九开是好朋友，我们敬你。”

“哟西。”冢二一口干了。

赵翼然跟桂斋公喝了半杯。桂斋公问了赵翼然父亲的名字，笑道：“原来是赵太爷的公子，失敬。”又凑在赵翼然耳边说：“你帮个忙，对楚会长说说香油的事，庙里黑灯瞎火。”

“还有这种事？”

见大哥楚孚生得了闲，桂斋公再去敬大哥楚孚生的酒。赵翼然跟上去：“天后庙的香油几个月没送了。你看——”

大哥楚孚生跳起来大声喊管家。管家过来了。大哥楚孚生骂道："丢你老母，你叫天后娘娘摸黑吃饭？她生气了，怎么给汪夫人求茶？"

"怪我，事情多。明天就送去。"管家低头弯腰笑着说。

大哥楚孚生鼓着眼睛："现在就送去。"

管家说声好咧，转身要走，又让大哥楚孚生喊住了：

"再给桂公送一担白米、二十斤蚝豉、二十斤鲜蚝、两匹丝绸、一百个红心鸭蛋、两只烧鹅。这就送去。"

大哥楚孚生每说一声，桂斋公就弯脸念一声佛。

赵翼然端着酒到苦鲛身边，笑着说："苦师父好。"

苦鲛没站起来，端起杯，只抿了一点，低头继续搓他的佛珠。

那些人喝着，我也跟敬了翠姑一杯。喝了一点酒，翠姑的脸上红扑扑，像苹果。我听到母亲的声音："俊生，翠姑是你的妻子了，你要好好对她。"

"我不要妻子。"我对母亲说。

"傻孩子，不许你说这样的话。"

母亲化作一阵风走了。我忽然听到蚝的说话声。我四处张望。是从桌子上的盆子里发出来的。我吓了一跳，焗熟了、炒熟了、烧熟了的蚝居然也能说话。

"俊生，吃我吧，快吃我吧。"一只火焰（一种烹饪蚝的方法，类似烧烤）蚝对我说。

我抓了四只火焰蚝，给了翠姑两只，自己留了两只。翠姑朝我笑了笑。她吃蚝的样子真好看，只见她用筷子轻轻地把蚝肉从蚝壳上剥离，然后，她伸出舌头，舔了舔。然后，她的舌头像长了小手似的，一撩，白乎乎的蚝肉进了她嘴里。她闭着嘴，嚼着。我听到她嘴里的火焰蚝的歌声，唱的是清平墟的一首童谣：

狗仔床瞓（音训，意为睡觉），倒门边。

点盏火，食芒果。

芒果真过瘾，食鸡髒（音村，意为蛋或卵）。

鸡髒要剥壳，食菱角。

菱角两头尖，食花稔。

花稔一肚核，食蒲挞（蒲挞即蛋挞）。

蒲挞石，食鱼龙。

鱼龙又要炊，食煎堆（煎堆是油炸食品）。

煎堆又要油，食芋头。

芋头又散粉，食坏你果个肾。

我仔细一看，不是火焰蚝唱的，是翠姑唱的。大哥楚孚生看了翠姑一眼，笑着说：“翠姑醉了。快扶她回房间。”

管家过来扶着翠姑走。我目送着翠姑，我还想听蚝讲些什么，坐着未动。赵翼然过来拉着我的手：“你也去啊，俊生，陪翠姑。”

我极不情愿地站了起来。我看了看，天黑下来了，不知道什么时候，家二和苦鲛已经走了。陈九开喝醉了，像团泥瘫在椅子上，鼾声如雷。翠姑回过头来看着我笑。她又捞起水袖。大哥楚孚生眼睛看痴了，过来要扯着翠姑的胳膊：“再唱一个，再唱一个。‘叹千里江山寒色远’——”

大哥楚孚生也喝醉了。赵翼然扯住大哥楚孚生说：“俊生和翠姑回洞房呢，明天再唱。”

“明天再唱。”大哥楚孚生笑嘻嘻地说。然后，他喊赵翼然过去，凑在赵翼然的耳边说：“翼然，信送过去了？”

"送过去了。"

香翰屏看了一遍信，修长的手指在桌子上轻叩着，眉头紧锁。若不是穿着笔挺的中将军服，香翰屏的行辕办公室还真不像办公室，而像个文人墨客的书斋。背后的墙上挂着蒋介石手书的一幅字：柱石南天。二哥楚协生站在桌子前。他今天也穿了军服，肩膀上挂着中校军衔。乌鸣嶂一役，他从少校擢升为中校。贺子群也跟着从上尉擢升为少校。

二哥楚协生喊了一声司令，但香翰屏还是没吱声。他再把信看了一遍，是大哥楚孚生写给二哥楚协生的信。好一会，香翰屏才抬起头："你的意思，协生？"

"打。司令。"

"我也这个意思，打。但，"香翰屏端着茶喝了一口，接着说："快打快撤，不要恋战。"

"好。羊台山那边我也遵您的命令，送信给他了。他打县城，我打清平墟，一起打。"

香翰屏抓起一支看地图用的红笔，手指间玩了一个圈，忽地扔在桌子上，打了两个哈哈说："香港媒体说，我们像缩头乌龟，守在罗浮山做看山客。这回好好打一场，一举拿下两个地方，往日军背腹各打一拳。协生，此战意义甚大，媒体标题我都拟好了：东江纵队新清大捷，国共两党敌忾同仇。你看行不？"

"新清大捷，好，司令。"二哥楚协生赞道。

香翰屏站起来，从背后的书柜里拿出一个信封，取出信，递给二哥楚协生。二哥楚协生飞快看完了，一脸惊疑之色："老杨要过来？登罗浮之峰，品卢橘杨梅，日啖荔枝，夜品毛峰。哟，老杨文采这么好。我听说，这老杨可是个难缠的主，说是蒋委员长说过，他愿意拿一个师换老杨。您猜猜，他来干什么？”

“还不是鸟鸣嶂那个事？”

“来讨说法？”

香翰屏摇了摇头说：“讨说法？笑话，怎么讨？能拿到台面上说吗？只能哑巴吃黄连。协生啊，我今天实话对你说吧，我为什么那么硬着心肠要打掉鸟鸣嶂这个点？鸟鸣嶂的几个散兵游勇是表，而从香港到砦岩再从砦岩到沙头涌这条线，才是里。这是老唐的一条暗线，是大静脉。这段时间，他们肯定急得像热锅上的蚂蚁。老杨这次来，是来求我高抬贵手。”

第三十四章

“秋蝉，你去玛丽医院。有个重要的病人需要你照顾。”杨总在电话里说。

放下电话，秋蝉回家收拾行李。说家，只是个仅可容身的阁楼的一间。

穿过横七竖八的鸡肠巷道，一路上，到处是临时搭建的窝棚，臭气熏天，每个棚里住着拖家带口的人。都是从东宝惠逃出来的难民。有能力逃出来的人，还是好的。更多的人，在日军的铁蹄下苟延残喘。每次走过这些窝棚，秋蝉都心如刀绞。她会想起她的父母，她的弟弟妹妹。不知道他们流落到了哪里，也不知道他们到底活着还是死了。有时候，她真希望她的家人就在哪个窝棚里。当然，等待她的只有失望。但秋蝉不会流泪了。她的泪水已经流干。每隔一段时间，港英政府会出动一大批警察，开着大卡车，一车一车把窝棚里的人往大屿山运。秋蝉听说了，大屿山建了个很大的难民营，几万人之众。她还听说了，人实在太多了，病死的、饿死的，不计其数。

一路上，秋蝉在想那个重要的病人是谁？杨总亲自安排，足见重要。莫非是唐总？秋蝉的脔心扯了一下。唐总取道新加坡，辗转经缅甸进云南，再到重庆，一路山高路远，危险甚多，沿途才三个人，步步惊心。越想还越觉得是唐总，秋蝉就越难自持，上楼时，一脚没抬好，几乎从楼梯上摔了下来。

“镇定。”秋蝉对自己说。

秋蝉换了衣服，卸了妆，换了一套蓝裙白衫。她平时是穿旗袍的。这是唐总交代的：“女孩子嘛，就得漂漂亮亮，养眼。这是香港，我们跟有权有势的人打交道。”

唐总很讲究穿衣戴帽的，他经常穿一套西装，外披一件呢绒大衣，头戴礼帽，皮鞋擦得锃亮锃亮。有时候，还拄一根文明棍，显得很绅士。但这次去重庆，他却打扮成了一个逃难的老农，破衣破裤，胡子拉碴，尤其是鞋，十只脚趾露了八只。后来秋蝉才知道，还真是从难民那里买来的。记得唐总走的那天，秋蝉到店里，看到唐总这副样子，还伛偻着，时不时捶着腰咳嗽一回，她忍不住扑哧扑哧笑。这会，想到那情景，秋蝉又笑了。但只笑了一下又默了脸，从柜子底下的隔层里摸出一支小巧的勃朗宁手枪，上了膛，放在小包里。

到了医院走廊，一个人迎面走了过来，是斑博。斑博领着秋蝉进了病房，秋蝉什么预备的话也用不上了，流干了的泪腺一瞬间恢复功能，眼泪夺眶而出。她扑了上去：“稔生。”

圆房的第二天，清平墟的习俗，早上全家人要吃个团圆饭。厨房给我和翠姑各煮了四个红糖蛋，每人一碗，蛋上染了红颜色。翠姑夹了两个蛋给我。我不欢喜吃，又夹给她。翠姑笑了笑，又夹给我。其他人都看着，我不好意思了，就呼啦呼啦吃掉了。翠姑看着我吃，笑笑的。大哥楚孚生对我说：“你好福气。”

我朝大哥楚孚生笑了笑。他的气色很好。昨天晚上和今天早上，他都跟凌小蝶行了房。

“翠姑。”大哥楚孚生喊着。

翠姑连忙站起来，走到一边，亮开嗓子唱起来：“孽满尘寰——”

管家打断翠姑：“老爷和你说话呢，不是叫你唱。”

大哥楚孚生朝管家摆摆手，出神地看着翠姑，笑着说：“唱得好，唱得好。”

翠姑就继续唱起来：

孽满尘寰，归太上，
千尺柔丝怕细量。
渺渺仙乡，暗暗心伤，
顾影怕忆花月为谁忙？
越北沚，转南岗。
只盼偿还一段相思账，踏破银河浪。
一片愁云笼对岸，
沧桑依旧，烟波冷月藏。

这时，一个防卫队的兵急匆匆地跑过来对大哥楚孚生说：“天后庙昨晚遭了抢。昨天送过去的香油、白米全抢走了。桂斋公也死了，下面还让人割了，说游击队干的。”

“啊。”大哥楚孚生失了色，马上起身去找冢二。

“少佐，你说怎么绕过去的？”大哥楚孚生说。

游击队所在的山头在北，天后娘娘庙在南，中间隔着清平墟，陆地只有一条路，走路要穿过清平墟，路口拦着铁丝网，还有兵站哨。其他地方，是海水。莫非游击队插了翅膀飞过去的？

“说是他们驾了船去的。”赵翼然说。

大哥楚孚生冷笑了一声说："说是？谁说是？"

赵翼然笑着说："苦师父，苦师父说的。"

"他知道个屁。"大哥楚孚生见赵翼然没张嘴，鼓了赵翼然一眼，"你翻译。"

赵翼然翻译了。冢二看着大哥楚孚生："孚生君的意思是？"

"有奸细。清平墟里头有奸细。"

说着，掏出枪，对着赵翼然的头："就是他。"

开枪了，赵翼然的头像一只西瓜爆裂。

一队日兵闻到枪声后撞进来。大哥楚孚生从容地收起枪，然后从口袋里摸出一张纸，递给冢二："这是他给楚协生写的信。"

吃完早饭，翠姑回房换了戏服，到天井的小戏台唱戏。她在唱整本的《洛水梦会》，是讲曹植与洛水的河神宓妃的故事。没有一个人看她。我信步走出大门。一出大门，碰了一队兵晨跑，咔咔嚓嚓，很整齐。

除了兵，街上还有很多人，熙熙攘攘，市声鼎沸。每个人胳膊上挂着一块白布，白布中间一个圆圆的红点。这是清平墟的良民证。兵走过来的时候，他们退到路的一边，有些人会向兵敬礼，有些人则不会，照常说话，吃东西。兵也不会理他们。我记起来了，今天是观音诞。清平墟跟别的地方不一样，别的地方有三个观音诞，农历的三月十九、六月十九和九月十九。清平墟的观音诞只有两个，农历的二月二十九和十一月十九。尤其是十一月十九的那个观音诞，是最热闹的，原来还要吃盆菜，看大戏。日本人来了，从简。说从简，其实就少了吃盆菜和看大戏，其他还是一样，吃的、看的、玩的还是应有尽有。平时街上门可罗雀，就一些穿土黄色制服的兵来来去去，以为清平墟没人了。其实不然，还是有很多人的，好像从洞穴里爬出来，像蚂蚁。

想到说眼前的这些人是蚂蚁，我笑了，觉得这句话很好玩。还真像蚂蚁，一个个穿着黑不溜秋的衣服，因为饥馑，饿得细胳膊细腿，举着硕大的头，而且，没有表情。蚂蚁之间是用触须相互打招呼的。打完了，匆匆走。这些人也这样，除了一家人，低声嘀咕几句，其他人，都不说话，就点个头。我这样想着，忽然，我看到他们真的全变成了蚂蚁。一大群蚂蚁在我眼前晃来晃去，晃得我全身痒痒的，好像身上也爬满蚂蚁。我摸了摸眼睛，蚂蚁又变成了人。

我闻到了煎堆的香味。煎堆是清平墟的一种小食，糯米粉做的，有的放馅，有的不放，圆滚滚的，外头滚一层芝麻，放到茶油里煎，煎得金黄，起锅了就可以吃。我走到煎堆摊前，才发现没钱。我吞了一口口水。

“给你。”老板给了我两个。

我吃完第一个煎堆的时候，有人在我后肩上拍了一巴掌。我回头一看，是吉田，吓得我手里的煎堆掉到地上。吉田捡起煎堆递给我，笑笑的。她做了个祝贺手势。然后，她从宽大的裤袋里摸出一个东西，是只布做的雉鸡玩偶，塞到我手里。她又做了个祝贺的手势，走了。我看着她的背影，看到她的背影消失在人流中。我有一个发现，她好像胖了，屁股肥肥的，像一块桌面。我举起雉鸡看了看，做得惟妙惟肖。是一只雄雉鸡，斑斓的羽毛，脖子绿莹莹的，而耳喙那一圈又是猩红色的，伸长着脖子。

吃完第二个煎堆，我看到人群像潮水一样涌动。我不知发生了什么事，跟着人群跑，一侧身跑进我家宅子的大门。大哥楚孚生和翠姑在唱戏。大哥楚孚生演的是曹植，翠姑演的是宓妃。大哥楚孚生唱：

苦相看，牵衣惨切，
恨怨莫诉伤心失意，累你恨葬湘江。
拥孤芳，死生不放，
望你念我痴心一片，
愿为情亡，为怕抱恨绵长。

翠姑唱：

意乱情狂，令我心慌，
泪满眶，叹蝶影未许伴素妆。

这天，冢二去了县城，给龟田秋柱送宣德炉。军营外，远远地，冢二听到鼓声，轰隆轰隆，响震天。冢二问哨兵：“过大鼓节？”

“泥浆节。”

冢二哦了一声，心想，大佐真会玩，就不知道哪里来的稻田。

像大鼓节一样，泥浆节也是龟田秋柱故乡千叶县的一个古节。二月二十五日那天，男人们跳进寒冷的稻田里，用泥浆涂抹全身，祈盼明年有个好收成。

冢二进去一看，在原来操场的地方，凭空多出一块稻田，盛满泥浆。几百个赤身裸体的士兵站在田边。龟田秋柱穿着巫师的衣帽，脸上画着白一条黑一条的道道，他挥舞着槌子打着鼓。他在做祭礼仪式，一共打一百零八道，祭天祭地祭各天皇祭神武大帝，连稻田上空飞过的蜻蜓也要祭。祭礼仪式完了，才开始涂抹泥浆。龟田秋柱真是个打鼓的好手，一会疾如惊雷，一会又细若游丝，一会如虎啸龙嘶，一会又如莺簧蝶板。轻的时候，冢二觉得那鼓声如尺八吹奏《虚空》的乐声，月在空中，浮起白雾。这样觉得，冢二向龟田秋柱投去敬仰的目光。他回身看了看两个士兵抬着的宣德炉，脸绽笑颜。宣德炉上覆着一块红布。

龟田秋柱看了冢二一眼，没理冢二，继续打鼓。打完了，把槌一扔，带头跳进特制的稻田里。那些士兵纷纷跳进稻田里，互相涂抹着泥浆，热闹纷呈。

一个小时过去，龟田秋柱才从稻田里起来，像一个泥人。冢二迎了上去，敬了一个礼："大佐，我送宣德炉来了，真正的宣德炉，纯金的。"

龟田秋柱做了一个吓人的动作，只见他抓住宣德炉的两个耳，举过头顶，然后一掀，扔到稻田里，溅起一阵泥泞。

"大佐神力。"冢二拍着巴掌说。

龟田秋柱瞅着冢二："混账，小和尚怎么可以做会长？"

"不是小和尚，还是楚孚生，大佐。他提供了重要情报。"

冢二说了来龙去脉。龟田秋柱挥了一下手，大叫说："两个小时恢复操场。"

第三十五章

这天半夜，我正睡得香，解手回来的翠姑抱住我，身体像筛子一样抖，她附在我的耳边说个不停，我听不见，她呼出的热气快把我的耳朵烤熟了，我还是听不见。后来，我明白了，她解手时遇到了奇怪的事情。我要点燃蜡烛，刚划燃火柴，她一口吹灭了。她拉我到窗口。她伸出舌头轻轻一舔，窗纸有了一个洞。我透过窗洞往外看。这一看，我也吓坏了。

外面全是兵，全是日兵。不知从哪里来的那么多日兵。一个个荷枪实弹，但都慭手慭脚（慭，音印，谨慎的意思），生怕发出一点点声音。他们躲在树丛、墙角，或屋檐下。外面窗子底下也有。我刚才划火柴发出的光显然被他们看到了。

我看到一个日兵站起来，他的头朝窗洞靠过来。我赶紧闪了，拉了翠姑坐下来。那个日兵的眼睛透过窗洞看我的房间。房间黑得像漆，他什么也看不到。我拉翠姑坐下，她以为有什么危险，张开嘴要喊，我捂住她的嘴。

后来，翠姑觉得这很好玩，她抱住我，像藤一样。又咧着嘴嘿嘿笑，呼出的热气吐在我的脸上，一股腥膻味。我说过，我是欢喜腥膻味的，鱼的腥膻味、虾的腥膻味、蚝的腥膻味。我觉得那是世界上最好闻的味道。我也能分出各种腥膻味的不同，鱼有鱼的腥膻味，虾有虾的腥膻味，蚝有蚝的腥膻味。我欢喜闻他们的腥膻味，哪怕死了的鱼死了的虾死了的蚝，我也欢喜闻。但翠姑呼出的腥膻味是不同的，不同于鱼，不同于虾，也不同于蚝，像什么呢？像死人的味道。对，没错，就是死人的味道。

我父亲临死的时候就是这种味道。他全身都散发出这种味道，他自己也闻到了，叫佣人喷了很多香水，但还是掩饰不了。香水混合着他身体的怪味，好难闻。整个房间全是。不，整个楚家大宅全是。但我忍着。因为他是我的父亲。我知道他快要死了。我不能嫌弃一个快死了的人。而这个时候，我也仍得忍，得忍住翠姑嘴里呼呼地向我吐着的难闻的热气。翠姑为什么有死人的味道呢？难不成她要死了？我想起吉田来，她吐气如兰。

那个晚上，像从天而降，密密麻麻的日兵占据我的窗外，占据西厢房外，占据东厢房外，占据我家宅子房间外的所有地方。连屋顶也占据了。何止我家宅子？清平墟的角角落落，全是日兵。那么多兵，没有半点声息，像猫的脚步，悄悄来了，谁也不知道。月亮倒是知道，刚开始是半钩朦胧月，后来，看到日兵，就藏起来了，藏在厚厚的云层之中，再也不露脸。

我不知道别人如何，第二天，整整一天，我和翠姑被堵在房间，不让出去。也不是不让出去，是不敢出去。我先是看翠姑捋了一会水袖。看翠姑捋水袖看久了，我累了。后来，我睡着了。做了一个梦。但做的什么梦，不清晰，一会天上，一会地上，一会还海里。倒是海里的还记得一点点，我变成一条鲨鱼，追着一条海豚，一路追过去，海豚忽然掉转头，原来是个女人的头，她对我哀求道：“俊生，我是凌小蝶。”我不想做这个梦，也不想变成鲨鱼，所以，我醒了。我睁开眼，好像是中午，也许是下午也难说，翠姑还在捋水袖。后来，我又睡着了。我真能睡。这个算什么？我睡过几个月。但我睡不成了，翠姑又抱住我，比上次抱得更紧，身子抖得更厉害。

我坐了起来。窗外一片漆黑，又是晚上了。我用手势问翠姑怎么回事。翠姑看不懂我的手势，她捂住耳朵，吓得趴在床上，又钻进被子里，抱着头。我看到窗外一阵阵的亮光。我透过那个窗洞往外看，没看到日兵了。

我轻轻打开门，正要探头出去，一阵火光从天下掉下来，掉在窗沿的地下。一个东西碰着我的脚。我感到灼灼的痛。我捡起来，是一粒发烫的子弹头。我忍着痛，猫腰走出去，爬到一棵荔枝树上。我看到天空中到处都是火光，像焰火一样灿烂。火光越来越密集，我感到荔枝树，不，是整个地面，都战栗起来。不时有一束火光从远处落到我的周围，像流星一样。还有两束落在荔枝树上，把树叶打得摇摇晃晃。

玛丽医院果然名不虚传，几天的治疗，三哥楚稔生的伤情恢复得很快。杨总亲自出马，要了一间单间病房，医生、护士一等一的。当然，主要拜秋蝉精心护理之赐。一对久别重逢的恋人，历经战火的淬炼，更加如胶似漆，说不尽的柔情，讲不尽的恩爱。这天，三哥楚稔生又在跟秋蝉说起眺鳌坡之战的事，说到日兵的应急能力，秋蝉问："岸村哥打了那么多年仗，他就没有料到日兵这么厉害？"

"我也一直想，岸村哥做了一辈子鹞鹰，为什么就让鸡啄瞎了眼？我想来想去，想出两个原因。一个原因，岸村哥报仇心切，蚬须涌吃了败仗，老江几个人牺牲了，心里堵着一股气。心里堵了气，就很难冷静了。而且，他又是擅自行动，一定要胜。第二个原因，岸村哥他们原来打的不是正经八百的日兵，多是伪军，一般又是摸黑打的，打完了跑，没打过这种遭遇战。跟鬼子这样真刀真枪打了一仗，说真的，我还真佩服他们，不慌张，一分钟之内组织反击。另一个，他们的单兵作战能力特别强，训练有素，枪法准，他们一个人能抵得上我们十个人。”

“一个人抵得上我们十个人！我的天！”秋蝉脸煞白煞白。

三哥楚稔生拉着秋蝉的手：“那就不打了吗？那就乖乖投降吗？他们是强盗，抢占我们的家园，侵略我们的国土，十个人打不过他们一个人，那我们就二十个人打他们一个人。二十个人还是打不过，我们就三十个人打他们一个人，直到赶走他们。这是我们的家，我们的国。”

“对，这是我们的家，我们的国。”

“大白天的，注意点。”斑博的声音在门外响起。

三哥楚稔生和秋蝉赶紧松开手，齐声叫道：“斑叔，你来了。”

斑博提了一网兜水果，搁在床头，看了三哥楚稔生的伤口一眼：“好多了。”

“斑叔，你从公司来吗？唐总回来没有？”

斑博点了点头，又摇了摇头。三哥楚稔生笑了笑说：“斑叔，你说一下就行了，省得又是点头又是摇头。”

“她问的两个答案相反的问题。”

斑博也笑了，但只笑了一下又不笑了，看着秋蝉。秋蝉：“你们有事情谈？”

看着秋蝉的背影，斑博说：“把门关一下。”

“出什么事了，斑叔？”三哥楚稔生往前靠了靠。

“出大事了，稔生。你二哥着了你大哥的道。”

三哥楚稔生啊了一声，挺起腰，扯痛伤口：“怎么啦？楚孚生抓住了楚协生?”

斑博扶着三哥楚稔生躺下了:“别急，听我慢慢说。你大哥写了一封信给你二哥，说他愿意利用鉴宝大会的机会，叫你二哥带一支精兵过来，两个里应外合，关门打狗，活捉龟田秋柱和冢二。接了这个信，香翰屏高兴得不得了，以为立大功的机会来了。也难怪，香翰屏拉扯这么多人，打过一场硬仗没有?没有。他太需要打场仗，证明他不是吃素的。老百姓骂他，说他借了罗浮山修行做神仙。他还通知王作尧，叫你二哥打清平墟，羊台山游击队打县城。还取了一个好听的名字:摁住蛇尾打蛇头。”

“一切都是楚孚生布的局?”三哥楚稔生忍不住插话。

“依我看，这个局太大了，还不是他能布的。应该是冢二，或者，是龟田秋柱亲自布的。但仔细想，又不像，鉴宝大会的前一天，龟田秋柱还在搞泥浆节呢。”

“泥浆节?”

“泥巴里打滚，一个日本人的节。他叫人在操场上挖了一丘五亩多的田，里面装满泥浆。龟田秋柱计划搞两天的。第一天，当兵的，第二天，老百姓。他还美其名曰‘皇军亲民活动’。可开始没一个小时，就停了，命令民夫两个小时内把田填了。假如是龟田秋柱提前布的局，他为什么要演这一出?当天晚上，他就从虎门借了两个中队的兵到清平墟藏好，又把县城的兵作了部署，把两个地方武装得像铁桶。”

“中间应该发生了什么事，是这件事情让龟田秋柱临时变卦了。”

“我也这样想。但到底发生了什么事呢?我们的人还没有打入县城内部，不知道。清平墟的人提供一个线索:那天，冢二带了几个人去桥头植利楼吃了野猪肉。会不会他趁机去了一趟县城?”

“楚孚生?”

“不，你大哥寸步没离清平墟。那天早上，发生了一件事，当着冢二的面，你大哥打死了赵翼然。”

“那是他最忠心的仆人。”

“你大哥为什么突然要打死赵翼然？打死赵翼然跟龟田秋柱临时变卦有没有关系？弄清了这两个事，那是不是冢二去了县城，就不重要了。你想想，你大哥给二哥写信是五天前，假若整个布的局，他不可能事到临头提前一天才向龟田秋柱报告——”

“斑叔，你等等。”三哥楚稔生插话说，“我知道了。五天前，楚孚生给楚协生写信，他是诚心实意的。因为，他不舒服了，他早就不舒服了。冢二卡着他，不让他卖蚝。我知道楚孚生这个人，家呀国呀他不放在心上的，他心里就有三样东西：一是唱戏，二是女人，三是面子。他本来不欢喜蚝的，但牛吹出去了，他要把清平墟的蚝卖到五大洲四大洋去。冢二当时也答应了他。谁知道，冢二来了清平墟，不答应了，他一船蚝也卖不出去，海上全卡住了。”

“卖不了蚝，他就起了异心？没这么简单吧。”

“这只是其中之一。估计还有一个什么事，让楚孚生觉得特别不舒服。什么事情呢?”三哥楚稔生陷入沉思。

“有个叫苦鲛的小和尚，原来凤岩庙的，上次做法会，到了清平墟，本来要杀了的，后来不知道怎么回事，让冢二看上了，说是他很会吹笛子还是箫，教冢二吹。还有其他乌七八糟的说法。”

三哥楚稔生大声说：“这就对了，冢二想用苦鲛取代楚孚生。”

“稳生，你跟杨总的想法基本上一样。可他为什么最后又变了呢?”

“是啊，可他为什么最后又变了呢?”三哥楚稳生陷入沉思。忽然，苦笑了一声说：“斑叔，我尽打你的岔。这个事留了以后再说吧。你说你的。”

斑博白了三哥楚稳生一眼：“我让你绕到云山雾海里了。我说到哪里了?”

“你就直接说楚协生如何着了楚孚生的道吧。”

“鉴宝大会是下午举行的，很热闹，该来的人都来了，还要了狮子，六条醒狮。耍了狮子后，就吃饭，全蚝宴。酒是金樱子酒，石岩老陈买来的，五大缸。龟田秋柱欢喜喝这个酒，说金樱子酒跟清酒的味道差不多。他不知道，他喝的都是好的，金樱子酒要泡五年以上才能把酒味泡淡，五年以内的，烈得很。喝到第二缸的时候，枪声响了。你二哥看到荔枝林里的烟火。那是你大哥说好的暗号，看到荔枝林的烟火，就可以进攻了。这回，你二哥带着兵一路打进来，没任何抵抗，你二哥以为成了。谁知道，刚冲到大街，屋顶上，窗洞里，子弹像暴雨一样盖过来。原来，进了包围圈。那场仗，打得太惨烈了，你二哥的人像鱼倒舱一样，扑通扑通倒。”

“撤啊，傻瓜蛋。人家有准备的。就算没准备，这样硬打，也打不过的。”三哥楚稳生急得攥着拳头，大声说。

“是啊，让人包了饺子还这样死拼烂打是不行的。你二哥肯定打红了眼，又仗着武器好，以为打退了第一拨，就大功告成了。他根本就不知道，守兵是他兵力的三倍。要是兵力倒过来，还有胜算。这样打，有多少人死多少人。最后，只剩了二三十个了，才撤。稳生，你二哥也真是倒了八辈子霉。”

“撤退的路上碰了鬼子的伏兵?”

“碰了羊台山的人。”

“他们不是打县城吗?”

“打县城撤下来的人。他们一样，也中了鬼子的埋伏。啐，这就是香翰屏的“摁着蛇尾打蛇头”，蛇尾没摁住，蛇头也没打着。刚翻过月白岭，探路的过来对你二哥说，羊台山的人在山坳里休息。你二哥说，打，好歹扳回一点本。”

“这个猪。”三哥楚稔生骂道。

“你二哥打鬼子不行，打自己人那个厉害。”

三哥楚稔生气得浑身发抖。斑博按住他的肩膀说:“杨总指示，短枪队必须恢复，任命你为队长。兵员的问题你不用操心，我来。现在，反日情绪很高涨，新加坡、马来西亚、菲律宾、印度尼西亚来了几十个年轻华侨，全拉到岩岩去了，就等着你。”

“我这就去。”三哥楚稔生呼地坐了起来。

“身体复原了去。你要加强两个方面的训练：一个是应急能力，遇事沉着冷静；二个是单兵作战能力。另外，杨总说了，那个事情，得再考验考验。”

第三十六章

陈九开四十岁生日的那天，大哥楚乎生唱了《贵妃醉酒》，他扮杨贵妃，广州名旦杨小泥扮的高力士，都是反串。杨小泥是杨玉泥的儿子。那一年，我二爷在石龙镇赌牌九，赢了钱，盖了戏楼，说要请杨玉泥过来唱戏开场，冤不冤，后来输了场大的，跳了黄埔涌。杨玉泥最红的时候嗓子倒了仓，吐不出字来，嫁给了潮州鱼蛋大王的儿子许小倬。结婚时，有无聊文人在报纸上拣旧诗说杨玉泥的风凉话：

> 淡红衫子淡红裙，淡点娥眉淡点唇。
> 可怜一身全是淡，偏偏嫁给卖盐人。

其实，杨玉泥根本不淡。有个说法，说杨小泥是她和军政要人李扬敬的儿子。李扬敬，东莞人，陆军中将，曾做过广州市市长，国民党第四、五、六届中央执委，海南防卫副总司令兼参谋长。还有人说是她和广东王陈济棠的儿子。甚至还有人更缺德，说是陈济棠和李扬敬合起来的。这自然不足信。名既大，谤亦随焉，正常。足信的是，杨玉泥的儿子杨小泥继承了乃母的衣钵，且青出于蓝胜于蓝，红得发紫。居然有这样的说法："北有梅兰芳，南有杨小泥。”

这话当然要打折扣，而且，就算真如此，在一件事上，杨小泥跟梅兰芳是没得比的。日本人占了北京，梅兰芳蓄须明志，不再唱戏。而日本人占了广州，杨小泥变成一只名利鸟，天天在日本和降日要员的官邸里飞。这回，他是来做犒军演出的，带了他的戏班子，在南头古城的城墙上大演三天，庆祝清平墟和县城大捷。

杨小泥唱了三天戏，共唱了六出戏，上午下午各一场，《一捧雪》《二度梅》《三官堂》《四进士》《五郎救弟》《六郎罪子》。第三天晚上，龟田秋柱加了一场戏，一场欢快的戏，叫《疍家妹卖马蹄》。杨小泥演活了卖马蹄的疍家妹：

卖生果奴这里逐个数齐，
正月金橘兼卖瓜子，
二三月卖蔗还有天津雪梨。
四五月樱嘴桃黑叶荔枝，
增城挂绿糯米糍。
六七月石峡龙眼人人帮衬来烧衣（烧衣类似烧包），
还有白花芒果、花地杨桃、淡水沙梨。
八九月至好卖鸡心柿，
桑麻柚人人买来赏月时。
十月卖来四会柑与共新会橙真好蜜味，
仓头柳橙味更清奇。
十一月香蕉嫌过气，
倒不转卖这风干马蹄。

三天的正戏唱完了，加个噱头，给陈九开做生日。这是大哥楚孚生的主意：“来得早不如来得巧，留了杨小泥再呆一天。一来，庆祝你做了会长。二来，做个生。”

“龟田秋柱会不会不高兴？抢他的风头。再说，生日还有半个月呢。”

“所以，不说庆祝当会长的事，就说过生。过生可以提前的，不怕。就在你家里唱唱，搞个小堂会。”

“哟，这家伙，原来打自己的主意。你嗓子痒了吧，想和杨小泥露一手？就不知道杨小泥愿意不？”陈九开指着大哥楚孚生的鼻子。

“我送了个金麒麟给他。他答应了。”

“你拿了我当棋子。”陈九开怒了大哥楚孚生一眼，一会伸了手说，“拿什么东西感谢我？”

“我都拿了半个清平墟的蚝给你。”大哥楚孚生笑呵呵说。

大哥楚孚生说的半个清平墟的蚝给陈九开的事，是大哥楚孚生和陈九开签了协议：清平墟卖出去的蚝，赚的钱，除掉成本，两人各分一半。陈九开找到了销蚝的门路，往北方销，江西、福建、湖南、湖北等地。而且，陈九开重组了宝安维持会，一些年迈的人全换下来了，换了少壮派，大哥楚孚生当了常务副会长，二当家。大哥楚孚生笑完了，凑在陈九开的耳边说：“放心吧，我送你注生日礼，比送杨小泥的礼更重。”

大哥楚孚生送给陈九开的生日礼，是我大爷的那本未付梓的《楚氏饪蚝百法》。大爷死几十年了，那书没了踪影，都以为大爷临死前焚毁了，原来到了大哥楚孚生手上。大哥楚孚生将手抄本恭恭敬敬送到陈九开的手里，说：“九开，这可是我大爷一辈子的心血，海内孤本。最后一法，我加上去了，叫‘豪情万丈’，蚝跟牦牛肉煲汤。我试过了的，真的很有用。只是，还要加一味料：巴戟天。要大庾岭阳坡上的，就是南雄这边的，江西那边的没用。晚上喝，第二天早上起来，再喝碗凤头鹧鸪汤，效果更好。”

那天晚上，大哥楚孚生扮的杨贵妃赢得满场喝彩。他穿的是凌小蝶的行头，一件彩绣红色女蟒袍，胸口绣团凤，下摆绣海水江芽。厉害的是那顶冠，是按真贵妃朝冠的形制做的，上缀朱纬，顶有三层，缀着两只金凤，每只金凤上吊着大珍珠一粒，小珍珠十七粒。四周缀七只金凤，插配着大珍珠九粒，小珍珠二十一粒。后面插饰金钗一根，金钗的尾端是碧绿的猫睛石，又缀着十六粒珍珠。冠的两侧垂着黄丝绦，缀着宝石，真个灿艳夺目。

倒是杨小泥穿错了衣服。也不是穿错了，是没有。按理，高力士该穿红色的太监蟒的，却穿了一件紫团龙蟒，那是朝官穿的。蟒还大了，只好里面加穿了一件袄，使得杨小泥的腰看上去像条肿黄瓜。唱完了，到后台，趁握手的机会，大哥楚孚生把一叠五万元的中储券塞到杨小泥的手中：“杨班主，谢谢你抬轿了。”

“楚老板客气了。”

杨小泥将钱插进口袋里，笑了笑，忽然说：“小蝶怎么样了？”

大哥楚孚生本来也笑着的，听了这话，笑就僵了，叹了一口气说：“怕是醒不来了。”

“小蝶好咧。这年头，一觉睡了不醒来才好。”杨小泥目光幽幽的。

大哥楚孚生心里咯噔了一声，看着杨小泥：“杨班主。”

杨小泥扑哧笑了一声说：“开个玩笑。我知道你的意思，你今天拉我唱，是想圆小蝶一个梦。三年前，她托人跟我说，想跟我同台唱个《贵妃醉酒》，我回绝了她。那时候，我还堵着一口气：广州城有凌小蝶没杨小泥，有杨小泥没凌小蝶。现如今，我早想清楚了，瑜亮之争，争的都是小气，有什么意思？我还活着，托你楚家两兄弟的福。小蝶长睡不醒。”言讫，两眼红红的，落下了泪，然后就进里间去了。大哥楚孚生脑子里一时像铜铃摇响，愣在那里，如泥塑木雕。一会，听到杨小泥在轻轻哼唱：

秋老吴江枫叶丹，
一片降幡遮望眼。
紫岭钟山，虎踞龙盘，
在我手中毁于一旦。
回首血泪染青衫，
浮生梦烟已散尽。
往事只生哀，
冷雨复斜阳，
泪眼忍看南飞雁。
寒雁莫高飞去，
请将我心魂带返。
无限江山，别时容易见时难。

唱声哀婉，如冷雨孤苇残月，又如块粗拨片撩划阮咸的弦，大哥楚孚生竟也不能自持。

陈九开大声叫：“孚生，孚生。”

“这就来。”大哥楚孚生一边应着，一边走了出来。

“你啊，一唱上，什么事都忘九霄云外了。大佐叫你喝酒去。”

“搞不懂，他就欢喜喝那个酒，上头。唱错了两个地方，‘月光’唱成了——”

陈九开打断了，低声说：“小和尚搞不定。”

大哥楚孚生停下脚步，看着陈九开，脸上不知道是妆没卸好，还是别的原因，像一朵洇在泥地里的揉碎了的木棉花，红中带紫，紫中带泥。

陈九开摊了摊手接着说：“冢二保他，说代替赵翼然，做翻译。”

“啐。”

“你别啐。他真能说了，呱啦呱啦，褐燕艭一样。还别说，这小和尚是个人才，赵翼然去了日本多少年，才学了一口日本话，他这一时半会就学会了。”觉得这话伤了人，就拍了拍大哥楚孚生的肩膀，嘿地笑了一声说，“学会讲个日本话有屁用！我们要日本人听我们的话。孚生，别吊着个脸，这还刚开始，你铆钉一样铆在清平墟，冢二是过江龙，你还是地头蛇。当然，面子上，你也别跟他闹，红不红绿不绿。搭上汪主席的船，我们怕谁？”

陈九开真没有食言，北上销蚝的路子还真给他打开了。隔几天，一辆军用卡车就拉着满满的一车蚝豉越过日军一道道关卡北上。冢二也让部分蚝民下海采蚝了，只是派了巡逻艇跟着。废弃多时的蚝豉厂又开工了，二十多口大铁锅有一半煮起了蚝。刚采出来的蚝在锅里煎熬，翻滚，腾挪，流出黄澄澄的蚝油。刺鼻的腥膻味又开始飘忽在清平墟的上空。有了蚝的腥膻味，清平墟才叫清平墟。日暮时分，采蚝归来的人唱起咸水歌：

你系广州测剧仔（方言，多管闲事），你识得广州地面有十几条街？

你识得几条人卖米？你识得几条人卖柴？

你识得几条人卖芙蓉丝线带？你识得几条人卖鞋？

你识得几条弯曲巷？你识得几条人剃头？

行到中间乜是处？你识得几条快乐耍花街？

我系广州测剧仔，我识得广州地面有十三条街。

我识得两条人卖米，我识得两条人卖柴。

我识得两条人卖芙蓉丝线带，我识得两条人卖鞋。

我识得两条弯曲巷，我识得两条人剃头。

行到中间十字处，我识得一条快乐耍花街。

你系广州测剧仔，你识得广州府内几多县名？

我系广州测剧仔，我识得广州府内十六个县名。

南海、番禺、连花县；顺德、香山、新会城，

从化、清远连三水；龙门、东莞共增城，

宝安、新宁、鹤山县，总同连山十六县名。

有时候，冢二的尺八声会和了这歌，仿佛伴奏似的。苦鲛的功夫也没有白费，冢二的尺八见长，他能吹奏好几个大戏了，《双仙拜月》《香罗冢》《蝶影红梨》等，都是曲调极其繁复琐杂的。陈九开说的没错，苦鲛还真是个人才，他仿照《春江花月夜》的古筝曲，居然自度了一曲《清平夜铎》的尺八曲，教冢二演奏。

若干年后，有人根据苦鲛自度的《海墟夜铎》，写了一首诗。

《春江花月夜》的诗拆开分别写春、江、花、月、夜，而《海墟夜铎》分别写海、墟、夜、铎：

滔滔雪浪蹈天平，鼙鼓啸吼老龙生。
一掠狂飙九百里，敢叫苍天不璨明。
万千鱼蟹逃滩甸，浪打荒礁如雨霰。
舟艇横舷似箭飞，蓑笠渔翁皆不见。
海天一色无凝尘，浪去云开现月轮。
门闾频开闻犬吠，墟里烟光来往人。
百年墟海无穷已，潮去潮来好相似。
潮来墟闭掩行人，潮去墟开闹如水。
兰舟一桨轻悠悠，茅洲河岸不知愁。
夜深犹有渔歌子，袅袅离思上翠楼。
星光树影两徘徊，酒醉蚝人坐石台。
低唤帘窗念去去，栊中捧出荔枝来。
铎声如咽阁中闻，短短长长似忆君。
滴泪芭蕉凝不度，多情驿客笔成文。

苦鲛给冢二做了翻译，跟在冢二屁股后面，如影相随。苦鲛有时候穿和服，有时候穿僧衣，但还是穿僧衣的时候多。他愈发俊靓了，一个干净清爽的和尚，剑眉星目。

吉田还是不时来找苦鲛。苦鲛会了日语，但每次，吉田还是不会跟苦鲛说一句话，来无影，去无踪。也不知是故意，还是无意的，吉田军装的上衣口袋里插着把柳叶刀，露着一截。脱了衣裤，也不知是故意的，还是无意的，她把上衣放在最上面，柳叶刀明晃晃的。在别人面前，包括在冢二面前，苦鲛巧舌如簧，机关算尽，但在吉田面前，他却无计可施。

“下次，不让她来了。”苦鲛对自己说。

但下次，他还是像条狗似的摇着尾巴，迎接吉田。

大哥楚孚生比原来更忙了。他换了行头，换了两副行头。一副行头是他买的一辆车，福特 730。银白色的外壳，像个车谷子的风车。陈九开也买了一辆。陈九开的是红色的，大哥楚孚生自己会开，也不知他什么时候学了开的。陈九开请了个司机。隔几天，大哥楚孚生就开车去陈九开的宅子，或者，陈九开开车到清平墟来。大哥楚孚生开车去陈九开家的多。陈九开每次来都给冢二带很多贵重的东西，阿胶、人参、燕窝、字画。有一次，还送了两斤烟丝，韶关产的，黄澄澄的。冢二都接了，谈不上欢喜，也谈不上不欢喜。冢二最欢喜的是陈九开送的一个尺八，说是北宋年间的货，管子连蔸带竿，蔸呈虬龙状，顺势雕了个弥勒菩萨的肥硕的笑脸。竹竿烟熏的暗红色，包浆了的。竹竿上用篆书刻了副联：茆檐唤客家常饭；竹院随僧自在茶。有点遗憾的是，时间太长，吹口端有点腐烂了。苦鲛试了一下，音果然不准。苦鲛说去镶个玉的吹口端，冢二没答应。

大哥楚孚生换的第二副行头是长袍、礼帽、拐杖。大哥楚孚生第一次换了这副行头去蚝厂，一个老蚝工远远地站定鞠躬：“三爷。”三爷是我父亲。老蚝工错把大哥楚孚生当我父亲了。父亲当年就是这副行头，穿戴很多年。大哥楚孚生在学父亲，连走路的样子都在学，外八字，走路一晃一晃。但我一看他就学不像。说起来，我们四兄弟，没有哪个学到了父亲。倒不是说长得没有父亲俊朗，而是没他那个气，霸气。父亲个子不高，也不胖，但看上去很高很大，站在那里像铁塔，比他高的人跟他说话，不由得就弯下了腰。老了，他缩成一团，但霸气仍在。大哥楚孚生的霸气是装出来的。依我看，就二哥楚协生有点父亲那个模子。但又太敛了，一肚子心思。三哥楚稔生又太躁了。

再忙，大哥楚孚生跟翠姑唱戏的事也不会落下。兴趣来了，他仍会叫了合宅的人到天井里看他和翠姑在小戏台上唱。每个人赏点小礼物，吃的、穿的、用的。有时候，他会拉了翠姑去凌小蝶睡的房间唱。唱之前他会向凌小蝶鞠一躬："小蝶，我和翠姑唱给你听。你说唱得好不好？"

有一天，厨房里的老林笑嘻嘻拿了一块芭蕉叶盖在我的头上。老林是笑我戴了绿帽子。我也怀疑大哥楚孚生和翠姑睡过了。

好几次，我听到父亲要跟我说话，但我不理他。想说话的时候，我还是跑落霞洲去，跟母亲说话。母亲变得很唠叨，很关心我和翠姑的事，叫我和翠姑给她生个孙子。"怎么翠姑的肚子还没动静呢？是不是你不懂？我教你。"母亲厚着脸皮说。有时候，我也想变一回蚝，去海底看看那些兄弟姐妹，但到底也没有去，有一次，我都到了茅洲河的入海口，半路又回来了，觉得没意思。

清平墟有点变化，冢二叫人把坍塌了一半的永兴桥修好了，修得跟原来一模一样，上面能走大卡车。桂斋公死了，没人敲了，但天后庙里的钟磬还是响。真是怪事。更怪的是，我和翠姑有了一个女儿。

第三十七章

秋蝉请了两天假，去岩岩看望三哥楚稔生。唐总托秋蝉给短枪队带了两条烟，万宝路。唐总的眼睛里满是血丝。两天前的早上，日军袭击了珍珠港，举世哗然。这几天，天天开会，通宵达旦，一个个脏得像叫花子。斑博刚在地板上的草席上躺了一会，爬起来，咕噜咕噜喝了一壶茶。他的样子看上去很滑稽，稀疏的头发像枯草纵横，胡子拉碴，像个稻草人。唐总看了斑博一眼说："早上喝那么多茶，容易茶醉的。"

"潮州人说：清早一壶茶，不用找医家。我不知道听谁的。"说着，看到了秋蝉手里的烟，就撇了撇嘴说，"唐总就是偏心，给我们一根一根给，给稔生一条一条给。"

"你去日晒雨淋给我训练，我给你五条。"唐总白了斑博一眼。

斑博嘟哝道："这样开会，我还情愿训练。"

引得都笑了。就黄子豪笑得腼腆，嘴咧了一下，赶紧用手掩了嘴。唐总看了黄子豪一眼："子豪也该跟着稔生训练一下，像个女孩子。"

黄子豪的脸霎地红了。斑博掐了一下黄子豪的后背："告诉唐总，你也没闲着，船开得稳得很。就盼着唐总再弄条傻子船来，那才快。”

黄子豪却上去一步，走到唐总跟前：“鬼子真会打香港吗？什么时候打？”

“这要问鬼子去。”唐总笑着说。

又引得一阵笑。秋蝉趁机说：“但杨慕琦打了包票的，说日本人吃了豹子胆，也不会动香港。”

日军袭击珍珠港的前一天，香港一年一度的慈善总会在半岛酒店举行，觥筹交错，名流云集。刚上任三个月的总督杨慕琦来了，他演讲中说：“我对香港取得的骄人成绩感到自豪，并对它的未来和平充满憧憬。”

“现在，佐野忠义中将的第38师团、北野骥雄中将第一重炮兵部队、华南海军第二遣华舰队、第23军飞行队等全集结在一河之隔的宝安，有两万人之多。请问总督先生，您知道是趁着谁来的吗？”有记者问。

杨慕琦耸了耸肩，然后，往上扬了扬手说：“上帝知道他们是趁着谁来的。我只知道，趁着谁来也不会趁着香港来。”

一阵潮水般的掌声。

“为什么？”那记者一股打破砂锅问到底的劲。

“为什么？因为我们伟大的首相丘吉尔先生，和他的好朋友，伟大的美国总统罗斯福先生签订了伟大的《大西洋宪章》。英美两国结成比钢铁还坚强的联盟。我认为，这是人类有史以来，最具团结精神，最具战略眼光，最具现实意义的伟大契约。今天，趁这个机会，我再向各位女士们、先生们透露一个秘密，在这个风雨飘摇的时候，我为什么要来香港？就是因为这个伟大的契约。有了它，我吃得很好，也睡得很香。香港的市民们，你们也学我吧，吃好睡香。”

杨慕琦铿锵的声音似乎还在半岛酒店空旷的大厅里回响，猩红的酒液似乎还在透明的玻璃杯里荡漾，第二天一早，日本人的飞机就在珍珠港投下数以吨计的炸弹，冲天的烈焰把太平洋染得血红。

唐总鼻子里哼了一声说："日本人现在老虎屁股都摸了啦，还说吃没吃豹子胆。好啦，秋蝉，路上小心一点。老斑，我们走。"

斑博跟着唐总走了，回过头又对黄子豪说："记得唐总的话，多跟稔生练练。"

"你也是，这位去了，稔生哪有空教子豪？"唐总笑着说。

秋蝉听见了，也像黄子豪一样，脸红到了脖根。

开船了，黄子豪还在问："秋蝉姐，唐总那句话什么意思？日本人老虎屁股都摸了，还说吃没吃豹子胆。"

"打个比方，说日本人都炸珍珠港了，香港迟早保不住的。"

"迟早，迟早是什么时候？"黄子豪急着说。

秋蝉笑着说："这个，你还真得去问日本人，也许就在今天。"

前面一片礁，海浪打着漩涡，黄子豪小心驾着船。看着黄子豪，秋蝉的眼前依稀现出小吴的脸，那一张同样稚弱的脸，心里有个小铜铃摇了一下，一阵酸酸的潮从心窝里慢慢往上流，流到鼻腔，又流到眼里。秋蝉落泪了。三哥楚稔生回来了，秋蝉的泪也回来了。

"你怎么啦？"黄子豪回过头看到秋蝉流泪。

"没什么。海风吹的，好久没坐船了。"

"你别骗我啦，你肯定想起岸村哥他们了。我也经常这样，有时候，做着事情，他们就跑到我的脑子里来了，一个个又说又笑。江哥喝酒特别厉害，喝多了就唱戏，唱得真难听。还非得要我夸他唱得好。你知道江哥的梦想是什么吗？”

“唱戏？”秋蝉饶有兴趣地问。

“不是，做个铁匠。他跟岸村哥提过，说在岧岩开个铁铺，刀啊红缨枪啊，他自己打。岸村哥没答应，还骂他，一天到晚脑子里不想正事。有一次，他到我家来，向我老豆告状，说黎岸村这人官僚，开个铁铺怎么啦？有仗打的时候打仗，没仗打的时候打铁，两不误。我老豆说，我跟岸村说说，给你开个。我老豆哄他的。江哥走了，我老豆对另一个人说，这个老江，他都不算账，把煤呀铁呀运到岧岩，成本多高，还不如买。江哥还蒙在鼓里，还真以为我老豆答应了。我听老豆说，那次回乌鸣嶂，江哥还对珍姐说了，回来就弄铁铺。谁知道，还没到乌鸣嶂，他就牺牲了。岸村哥也牺牲了，那么多人牺牲了。”

刚开始说的时候还笑着的，说到后来，哗啦哗啦流着眼泪。秋蝉也哗啦哗啦流着眼泪，她边擦眼泪边说：“以为你是个闷葫芦，原来是个大话痨。我看，你的梦想才是唱戏。”

“跟他们有什么话说？说了，他们也不会听。好不容易跟唐总说句话，他就给我打个比方。我老豆就更加，动不动就说，小孩子知道什么。我怎么是小孩子？我十七岁了我才不欢喜唱戏呢，咦咦呀呀，半天哼不出一句来。我的梦想是做军事家，孙武、韩信、岳飞那样的军事家，指挥千军万马。今天，我就想跟唐总说说我的想法，但他不让我说。”说着，噘起嘴巴。

说话间，就隐隐看到了两扇像门扇一样的岧门岩。这时，天空响起一阵嗡嗡声，像一大群出巢的黄蜂的声音。

“飞机，你看，飞机。”秋蝉叫着。

黄子豪抬头望着头顶上的飞机，几十架，像乌云，遮住晨曦。他的双手一时脱开舵，一排浪打过来，打得船一个踉跄。秋蝉站在敞口的船舱里，打了一个大趔趄。她紧抓着舷边蹲下去，忘了惊慌，一直抬头望着飞机，脸色像银一样白，嘴抖抖的，喃喃地说："打过来了，打过来了。"

"打过来了，真打过来了。"黄子豪哭了起来。

那天早上，清平墟很多人听到了日军飞机轰炸香港启德机场的声音。连楚一叶都听到了。她吓哭了。楚一叶是我的女儿。当时，我抱着她在落霞洲。每天早上起床后的第一件事，就是我抱着她到落霞洲来。刚开始，我以为她笑。后来，我看到她的眼泪出来了，才知道，她不是笑，而是哭。我第一次知道，原来笑和哭的表情是一样的。

我没有听到轰炸声，但我感觉到轰炸的力量。整个地都在抖。我看到了，没有风，菰蒲一下子倒伏了，像被一双巨手按倒在地。我看到了，菰蒲丛里的许多鸟一起飞起来，在空中乱窜。我看到了，那两棵幌伞枫的叶子簌簌往下落。我还看到了，一排很大的黑浪铺天盖地掀过来，打在岸礁上，溅起很高的浪花。

我的第一感觉是：海啸来了。龟爷爷给我讲过海啸的事。一千二百年前，还是六百多年前，合澜海发生过一次海啸。那时候，清平墟就很热闹，有很多房子，也住了很多人。那天正好是元宵节，整个墟熙熙攘攘，点彩灯、猜灯谜、看大戏、舞狮子。没有任何预兆，海啸说来就来了，比山还高的海浪压过来，淹没了一切。清平墟什么都没剩下。龟爷爷笑呵呵地说："就剩了天后庙的一根旗杆。"

若不是抱着楚一叶，我是不会跑的。我才不怕海啸不海啸。没什么好怕的。再来一次，把什么都淹没了，干净。莫说我还可以变成蚝，就是变不了蚝，我也愿意。楚一叶是半个月前，苦鲛抱给我的。他提在一个篮子里，偷偷溜进我的房里。那时，我正看着翠姑拶水袖发呆。

“傻生，这是你的女儿，你带好她。”苦鲛打着手语对我说。

我没回应他。没表示好，也没表示不好。苦鲛把小女孩搁在我床上，他俯下身去用手指逗了一下小女孩的鼻子。小女孩咧着嘴笑了。

“多可爱。”苦鲛直起腰，接着打手语对我说，“她叫楚一叶，你要说是你和翠姑的女儿，谁也不能说。你知道的，吉田有一把柳叶刀。”

自始至终，翠姑一直拶她的水袖，眼睛皮子也没有抬一下。

苦鲛走了，我扯了翠姑走到床边，指着楚一叶给她看。翠姑抱起来，亲了亲楚一叶脸蛋。楚一叶又咧着嘴笑了。看到楚一叶咧着嘴笑了，翠姑也咧着嘴笑了。

我和翠姑突然有了一个女儿，合宅没有一个人当回事，好像我们一直有这么一个女儿。倒是陈九开送了一注礼：一对玉如意、一把黄金的寄名锁、一个银项圈、一对银手镯、一顶福寿帽、一双虎头鞋。他对大哥楚孚生说：“老楚家又添了一代人。孚生啊，想不到，你们四兄弟，傻生拔了头筹。”

“他什么都会拔头筹的。”大哥楚孚生叹了一口气说。

回到宅子后，我才知道日本人向香港开战了。我家宅子里挤满了人，我抱着楚一叶进去，没有人看我一眼，他们聚在大哥楚孚生身边。大哥楚孚生大声叫着管家，管家流着汗到了。大哥楚孚生瞪着管家：“丢你老母，横幅呢？”

“马上好了。”

说着，两个长工扯了一条长长的横幅出来，白布上写着红字。

看到横幅，全鼓起掌来。大哥楚孚生叫住闹喳喳的声音：“静一静。先在墟里走一趟，再去县城。”

大哥带着那些人出去了，一边走一边挥拳喊着横幅上的字：“清平墟维持会热烈庆祝皇军香港大捷。”

我对怀里的楚一叶说：“一叶，红蜘蛛早就告诉我了，香港在离卦的九三爻位上，我谁也没有告诉，因为，没人听我的。”

楚一叶咧着嘴笑了。

“你这个小傻瓜，你就只知道笑。你不知道，这人世间值得哭的事比值得笑的事情要多呢。”我又对楚一叶说。

第三十八章

日本人轰炸香港的那天早上，香翰屏和二哥楚协生在游兴宁的文峰塔。

一年前，香翰屏将行辕从惠州的罗浮山搬到兴宁的洋里。蒋介石又给了他一顶闽粤赣边区总司令的高帽子，授上将衔。离开罗浮山的前天晚上，香翰屏叫二哥楚协生陪他喝了一会茶。士兵们正在打点行装，书房一片狼藉。香翰屏双眉紧锁，只喝茶，不说话。二哥楚协生也不敢说话。香翰屏站了起来，走出去吩咐士兵们重新摆了书案，铺了毛毡，置了文房四宝。他提起笔，悬腕狂书。是一首诗：

> 破敌收京负夙期，抚绥每叹德支离。
> 盟心唯指东江水，题壁难赓五别诗。
> 自笑英雄同狗彘，可无身手缚虾夷。
> 繁灯清酒湖亭夜，独为灾黎系去思。

写完掷了笔，一声长叹。目光中，湿湿的。二哥楚协生轻喊了一声：“司令。”

香翰屏回过身来，拍了拍二哥楚协生的肩头，舒眉笑了：

“没事，协生。”

“您尽了力了。不是您一力独支，东粤南粤尽入敌手了。”

“谈什么东粤南粤？东方南方都尽入敌手了。”香翰屏惨笑了一声。

潮水似的人涌到小城，像猪栏里装进一条牛，兴宁乱得像一锅粥，军政民，桩桩件件，全落在香翰屏的肩头案上。下车伊始，他就没歇过气，喝茶，作诗，写字的闲工夫全没了。一切始有眉目，香翰屏舒了一口气，昨天临下班，给二哥楚协生打了一个电话，说抽半天时间，去登一下文峰塔。

来兴宁，是香翰屏自己选的。一则固然是离福建、江西更近，名曰闽粤赣边区，行辕却躲在罗浮山，说不过去；二则，与韶关临时省府一东一西，互为掎角，形成钳管全粤之势；三则，兴宁是个金龟的地形，风水宝地，物阜民安，成偏安之隅。有首诗说：

> 铁网城头架，金龟水上浮。
> 任尔天下乱，兴宁唔使愁。

金龟会爬的。怕它爬了，所以，就用“塔井锁金龟”镇住：沿城的四个角打了四眼井，钉住龟脚；又建一座塔，压住龟尾。这座塔，就是文峰塔。共十一屋。一二层方形，以上八角形。还有一个火葫芦似的塔顶，远看，正如一支饱蘸了墨的毛笔。每层伸出边檐。

塔建在半山。车停在山脚，卫兵要跟了上去，香翰屏止住：“我跟协生走走。”

二哥楚协生升了中校，穿着笔挺的军装。香翰屏却长袍马褂礼帽，看上去，他兴趣很高，刚走十来个台阶，就侧脸问二哥楚协生："考你一下。湖边老守湖是家，湖光十里皆荷花。我来不见花如锦，但闻荷叶飞天涯。你知道这是谁的诗?"

昨天晚上，接了香翰屏的电话，说游文峰塔，二哥楚协生作了准备。他知道香翰屏的脾气，少不了要考考的。但香翰屏说的这首诗不在准备之内。二哥楚协生只好硬着头皮说：

"是罗孟郊的吗?"

"你还知道罗孟郊？不错。"

香翰屏转头看了二哥楚协生一眼。二哥楚协生以为自己说对了，更加鼓了气，接着说："罗孟郊就是兴宁人，梅州唯一的探花郎。我还记得他另一首诗：一自题名后，思归何日归。虽然着宫锦，不及舞斑衣。故里桑榆晚，他乡雨雪霏。庭前停玉轸，目送雁南飞。那时候，他刚做官，看到官场一团糟，觉得没意思，想归隐山林。"

"古人就这点好，仕在朝，隐在野，两条路，进退自如。"

"居庙堂之高则忧其民，处江湖之远则忧其君。司令当年——"

香翰屏哈哈大笑："故里桑榆晚，他乡雨雪霏。让我想起我的老家坡子坪村。我十几岁出来。那时候，一心想出来，像老虎关在笼子里。真出来了，又天天想回去。后来真回去呆了两年多。我这辈子啊，最享受的就是那两年，闲云野鹤，自去自来。千山顶上一间屋，老僧半间云半间。昨夜云随风雨去，到底不似老僧闲。协生啊，我当时真那么想的，就在坡子村终老余生。唉，到底不似老僧闲，还没住热呢，又拿起了枪骑上了马。又是几年了，新房子又变成旧房子了。"

"您这出来是力挽狂澜的。"

“你就少给我戴高帽子了。我戴的高帽子太多了，上到蒋委员长给我戴，下到引车卖浆者给我戴。我几斤几两，自己还不知道？不过，范仲淹的那句话还是说得好：居庙堂之高则忧其民，处江湖之远则忧其君。也不叫忧其民忧其君，该叫忧其国。无论是庙堂之高，还是江湖之远，我香翰屏还是忧其国的，这一点，我无愧平生。哟，说远了。我刚才考你的那首诗，你错了。那不是罗孟郊写的，是朋友送他的一首诗。”

二哥楚协生脸红了：“司令，见笑了。”

“你知道罗孟郊，还能背出他的《京中怀归》就很不错啦。只要不说成了岛寒郊瘦的孟郊，背诗，背《游子吟》，慈母手中线，游子身上衣。”

说着大笑，二哥楚协生也大笑。香翰屏敛了笑，沉吟了会说：“罗孟郊是有南越人的憨梗之气的。他考上探花，任职太学。当时，蔡京一帮人当权，他看不过眼，向宋钦宗上书，称蔡京六个人为六贼。后来，金兵入侵，宋钦宗要免掉右丞相李纲的职，他又上书。朝廷移到杭州，秦桧要议和，罗孟郊上书力陈，要打，不能和。高宗不像钦宗，他听秦桧的，议和不打，还把罗孟郊贬到湖北阳新。罗孟郊死心了，不理事，到甘棠山盖了一座房子，又叫人挖了一个池子。房叫翰林堂，池叫洗砚池。好朋友薛朋龟等人劝他出山，就写了这首荷叶诗。但罗孟郊隐退之心已决。秦桧得了势，想起罗孟郊未除，派人去找，已经死了两年。协生啊，我常想，历史何其相似，宋朝、明朝，每当国之将危，总有战降两派，战有战的理，降有降的理，而且，降的都是聪明人。我们做不聪明的人吧，像罗孟郊，像岳飞、文天祥那样，‘苟利国家生死以，岂因祸福避趋之’？”

“我遵循司令的教训，为国家鞠躬尽瘁，在所不辞。”

香翰屏点了点头，正要说什么，副官匆匆地跑了上来：“司令。”

香翰屏急问：“什么事？”

“刚刚收到情报，日本人出动48架飞机，轰炸香港启德机场。”

香翰屏抬眼望了一眼近在咫尺的文峰塔，良久，回过头来说：“协生，你带个团吧，上前线打鬼子。”

斑博坐在粥店前喝茶，心不在焉地跟零零散散的食客打着招呼。仗要打，粥还是要喝的。斑博眼睛瞄着码头的方向，他在等人。昨天早上，秋蝉和黄子豪去了岢岩。估计人还在半路上，日本人就开炸了。晚上，他给岢岩发了电报，叫三哥楚稔生过来，传达命令。他在等三哥楚稔生，当然，还有黄子豪和秋蝉。

日本人的手脚太快了，一切都提前了。原来费尽千辛万苦布置的一切，组织、人员、物资、站点等等，等于成了齑粉，要重新来。别的不说，怎么把滞留在香港的那些大人物转移出去，就是个令人头大如斗的事。那么多人，都是精英，都是种子，用唐总的话说，每一个人都抵得上一个营、一个团，甚至一个师的兵力。按预定的方案，斑博要承担几乎一半人的转移。唐总说：“老斑，这是场硬仗，要打好，好多人的命都系在你的手掌心。”

空中又飞去两架飞机。不一会，远处传来一阵轰响。里面的食客一阵骚动。从昨天开始，日军全面进攻香港，地空配合，像疯了一样。香港一片火海，到处是枪炮声，和哭喊声。斑博看了看表，脸色愈来愈沉重。

码头上出现几个熟悉的身影，是三哥楚稔生、秋蝉、黄子豪和短枪队的三个队员。斑博站了起来。秋蝉走在最前面，风撩着她的绛紫色的旗袍。黄子豪走在最后面。秋蝉摇着手喊："斑叔。"

"嗡……"两架飞机开了过来，很低，低得可以看到机翼上的太阳旗图案。

斑博大声喊："卧倒。"

"轰——轰隆隆——轰隆隆隆隆——"

一颗炮弹落下来，炸开了，激起一阵灰霾，大地战栗。

六人，死两人，伤一人。死的是黄子豪和一个队员。伤的是秋蝉。左胸和右脸被飞溅起来的弹片击伤，她的左乳房没了，伤愈后，从左肩到右腹留下一道很深的瘢痕，像一条蛇。

第三十九章

那天，陈九开开着辆黑色的庞蒂亚克到我家。他换了新车，还做了华南商业督办专员，名头很大，但只是个虚衔。不过，这个虚衔级别很高，比县长还高半级。他做了一叠黄金色的名片，把这个职务印在上面。他正在做一件大事，有点眉目了，要把蚝卖给日军第 104 师团，每个罐头里都放一只蚝。

“一天至少一万只。”陈九开举了右手食指对大哥楚孚生说。

大哥楚孚生出了车祸。前天，他驾车从县城回来。过固戍时，碰了台风，雨漫起来，淹了路，他把车开进坎坡下，翻车了。车上共五个人，除了大哥楚孚生，还有防卫队的四个队员。四个队员一死一伤。大哥楚孚生摔断一条腿，右腿。陈九开闻讯过来看望。不过，大哥楚孚生不知道，车祸救了他的命。本来，今天是清明节，他要去给父亲扫墓。吉田派了两个枪法最好的日兵埋伏在那里，计划把大哥楚孚生和防卫队的队员全打死。是苦鲛叫吉田干的。

听了陈九开的话，大哥楚孚生还是忍着痛挣扎着坐起来：“太好了，九开。”

“还不止这呢，香港的销售也马上恢复。我就说嘛，心急吃不了热豆腐。香港、新加坡、吉隆坡、马尼拉，日本人打到哪里，我们的蚝就卖到哪里。”往外瞄了一眼，举着两根指头，往前凑了凑说，“他对你没怎么样吧？”

陈九开说的是冢二。大哥楚孚生苦笑了一下说：

“还好。就那个小和尚阴阴的。”

“他哪根萝卜哪蔸白菜？找个机会做了他。”

陈九开做了个劈掌的动作，收了掌又说：“冢二这人我也摸不准，城府深，不像龟田秋柱，假精明，其实就是个草包。我认识日本人那么多，冢二是个旁类。不知道他葫芦里卖的什么药。”

说着，忽然想起一个事：“孚生，你有没有发现，翠姑变了一个人？”

“翠姑变了一个人？”大哥楚孚生愕然。

“变得像凌小蝶了。刚才进天井，我看到她一个人在那里边捋水袖边唱，还以为是凌小蝶呢。声音像，模样也像。”

大哥楚孚生心里咯噔了一下。翠姑是不是变得像凌小蝶了，他没注意，但凌小蝶变了。两个月前，她浑身长了一层痱子似的痘子，没错，不是痱子，只是大小形状像痱子而已，密密麻麻。痱子是红色的，而凌小蝶身上的痘子是黑色的。大哥楚孚生刚开始没当回事，以为过几天就好了，却好不了，邻近的痘子结成一块，形成大的痘子，豌豆那么大的痘子。这时候，大哥楚孚生开始找医生找药。也不好意思请医生上门，只说自己得了这种病。药买回来了，他给凌小蝶擦洗，也没有效。那豌豆大的痘子变成手指甲那么大。而且，愈来愈硬，摸上去硌手。

三哥楚稔生送了第一船人，很顺利。

三哥楚稔生的任务是：从斑博粥店前的码头上将人接上船，从沙鱼涌上岸，然后沿着王维溪，走到尽头，翻过一座山，到山顶，短枪队另外的人接应。从码头到山顶这一截，又有海路，又有山路，最危险，斑博要求三哥楚稔生亲跟。

一条船可以装十五个人，都三四十岁的年纪，一看都是知识分子。一上船，三哥楚稔生就认出其中一个人，清癯精瘦，头发乱糟糟像个鸟窝，戴着副玻璃瓶底那么厚的眼镜，右边的眼镜腿断了，用根绳子代替了，绑在耳朵上。他叫白光，是个诗人。

“白老师，我认识你。我中学就读过你的诗：我挥舞着摩天长剑，要刺穿这黑暗的苍穹。哪怕烧得粉身碎骨，我也要借出太阳的火种。”

白光周围的人哈哈大笑。纷纷说：“老白，你太有名了，这里还有你的读者。”

“白老师的‘三颂’，《太阳颂》《月亮颂》和《星辰颂》，感染激励了多少年轻人啊。你的长诗《大海颂》还没完稿啊？都等着呢。”

“你还说，气死我了。走得急，手提包忘了，诗稿在里面。狗日的鬼子。”白光大声骂。

白光这一骂，像开了闸的水，其他人也说开了。有的说忘了小说手稿，有的说忘了烟斗，有的说忘了外套，有的说忘了鞋。刚才还暮气沉沉，这会热闹了，骂骂咧咧。三哥楚稔生暗暗笑了。他还以为这帮人难打交道呢。斑博再三交代三哥楚稔生，文化人，臭脾气，要忍耐点。

“小兄弟，你哪里人？姓什么？”等别人说完了，白光凑过来问三哥楚稔生。

“清平墟的。”

有人接了腔：“哇，清平墟的，产蚝的地方。宝安三件宝，苍蝇蚊子清平蚝。”

"清平墟的戏唱得不错。吃粗的，看细的。吃粗的是吃蚝，看细的是看戏。告子说食色，性也。食，色，清平墟这两样都占全了，是个好地方。"

这个话引得大家哈哈大笑。白光问三哥楚稔生："楚协生是你什么人？"

"我二哥。我叫楚稔生，排行老三。"

"原来是楚家三少爷，失敬失敬。"

白光朝三哥楚稔生拱了拱手，然后回过头对众人说："这位兄弟是清平墟蚝王楚易的三少爷。他来给我们撑船，鼓掌感谢他。"

三哥楚稔生忙说："我不是什么三少爷了，现在是短枪队的队长，我为各位老师保驾护航。坐好了，开船。"

船在夜色里启航了。三哥楚稔生来到白光的身边："你认识我二哥？"

"协生是我的学生。除了他，还有黎岸村、贺子群，都是我的学生。班上最有名的学生是两个，一个是黎岸村，一个就是你二哥。"

"岸村哥是短枪队的队长，他——"三哥楚稔生哽咽了。

"我知道。我到香港还是他送过来的。他出事前到老斑那里开会，还给我打了电话，说，白老师，聚一下，送把枪给你。我说聚可以，枪不要。我要枪干什么？我的笔就是我的枪。他说好，那就不送枪，从乌鸣嶂回来再聚。没聚成，他就走了。岸村和你二哥走了两条不同的路。你二哥明里拉人，反正家里有钱，请人吃饭、喝酒、跳舞。岸村呢？暗地里。岸村是闭眼蛇，做得隐蔽，表面上，他只是不跟你二哥走一块，暗地里，他也在拉人，而且，拉的人还不比你二哥少。我就是岸村拉的，他是我的介绍人。不是岸村，我可能至今还在大学里做两耳不闻窗外事的教书先生。”

“不是岸村，你哪里会成为名满天下的革命大诗人？”旁边一个人说。

白光鼓了那人一眼说：“拜托，我早就是大诗人了好不？”

“大诗人是大诗人，是鸳鸯蝴蝴派的大诗人。”

哄的一声全笑起来。三哥楚稔生也笑起来。

白光继续说：“协生没毕业就走了。他迷上一个唱戏的，叫什么来着——”

“凌小蝶。”三哥楚稔生说。

“哦，对，是凌小蝶。你看我这记性，才几年的事，就忘了。凌小蝶那时刚唱红，跟杨小泥是广州的两大旦，人称羚羊挂角。凌小蝶是女扮旦，杨小泥是男扮旦。杨小泥对凌小蝶有意思，请了个中间人向凌小蝶传话。大家说羚羊挂角，就真的挂起来，学北京的梅兰芳与孟小冬，男的扮旦，女的扮生。凌小蝶给杨小泥回了八个字，羚羊挂角，无迹可寻。明摆着了，不成。也弄不懂，凌小蝶为什么就不答应杨小泥？要是答应了，是一段梨园佳话。人家说唱戏的没文化，依我看，凌小蝶这八个字就回答得绝了，若是在魏晋，是可以上《世说新语》的。我后来怀疑，是不是这个时候你二哥黏上凌小蝶了？你二哥什么人？鼎鼎大名的清平墟二公子，还不是那种浊世的纨绔子弟，要人才有人才，要人品有人品。你二哥这事还玩大了，整场整场包凌小蝶的戏。还请凌小蝶到学校演过，好像演的是《绣衣襦》，全你二哥一个人捞腰包。毕业了，就没你二哥的消息了。有人说当兵去了，有人说做生意去了。后来，我到了香港，忙得很，没时间打听。不知道他后来有没有跟凌小蝶修成正果。”

“他当兵了，跟了香翰屏。凌小蝶跟我大哥楚孚生结婚了。结婚的那天，受了吓，昏迷不醒，几年了。”三哥楚稔生说。

“啊！”白光和其他人一阵唏嘘。

眼看快到沙鱼涌了。也怕白光他们缠着再问那些陈芝麻烂谷子的事，三哥楚稔生换了个话题：“白老师，我想请你写首诗。”

说着，就把金叶的事情说了。到了鹰舌上，三哥楚稔生泣不成声地说：“金叶死在这里。”

一行人全泪如雨下。白光取下眼镜，拭了拭眼角说：

“同志们，我们给金叶三鞠躬。一鞠躬——二鞠躬——三鞠躬。”

明天，秋蝉就要出院了。斑博特地过来对秋蝉说：“总部撤消，回重庆。公司转入地下，唐总的意思，想叫你一起去重庆。但尊重你个人的选择。”

“我回岩岩。”秋蝉飞快地说。

“岩岩的条件更艰苦，你知道的。”

“我不怕。只要能打鬼子，在地狱里我也不怕。”

岩岩也遭了飞机轰炸。也不知是日本人发现了目标，或者纯粹扔着炮弹玩，一个星期前的下午，一架飞架开过来，扔了两颗炮弹，把排寮炸垮了。冲天的烈焰腾起，排寮烧得只剩了灰烬。还死了五个人。珍姐、阿姨全炸死了。阿霞受了伤，炸掉一条腿。后来分析，是做饭腾起的炊烟引起日机的注意，以为这里是个村庄。这段时间，日机像饿了的牛虻，嗡嗡嗡到处飞，噬血。斑博指示，在原来打靶的地方重新盖寮，那地方更隐蔽。岩岩不再作为短枪队的训练基地，只作人员转移、伤员治疗之所。

秋蝉去的时候，排寮盖得半拉子了。阿霞拄着一根拐杖在那里帮忙递东西，空着的右裤管滴着血。看到秋蝉过来，阿霞笑着招手："秋蝉。"

"霞姐。"看到阿霞这样，秋蝉也释然，跑了过去，笑着抓住阿霞的手，看也不看阿霞的伤腿一眼。

阿霞摸了秋蝉的左脸一下："瘦了。哟，还是那么白白嫩嫩。渴了吗？我给你倒水。"

"不渴。一起做事。"

说着，搁了行李，弯腰捡起一根竹子，递给在屋顶上绑绳子的人。阿霞用赞许的眼神看了秋蝉一眼，也捡起一根竹子。

"我就知道你不会走的。"阿霞抹了一把汗说。

"你黄大仙啊？"

"重庆辣椒当饭吃，你哪里受得了？我就弄不懂北方人，他们的嘴里的肉是不是比我们的厚？那么不怕辣。我听说，杨总无辣不欢，吃鱼吃虾都要蘸着辣椒吃。这一说，我都打哆嗦了。"

还真吃了辣椒似的，挤眉弄眼，张着嘴，手在嘴边扇着。

秋蝉让阿霞的样子弄笑了："哪有？那是杨总讲的一个笑话，他们当真了。杨总刚到香港，有人请他吃饭，看杨总鱼呀虾呀吃个不停，就问他，哟，他们不是说，辣椒是你的命吗？杨总说，看到鱼呀虾呀，我命都不要了。"

阿霞笑得身子直晃，几乎跌倒在地。屋顶上绑绳子的人也笑坏了，嘴巴里半含着的绑绳掉了下来。一派欢快的样子。

笑完了，秋蝉说："我就不信这笑话是杨总讲的。他严肃得很，整天吊着个脸，像借了他的谷子还了他的糠。唐总讲的还差不多，唐总爱讲笑话。但唐总又吃不了辣椒，不知道这笑话怎么传出来的。"

这天晚上，我做了一个梦，梦见龟爷爷，我是一只蚝的样子。其实，我到底是做了一个梦还是变成了一只蚝，我分不清楚。好像是做了一个梦，又好像是变成了蚝。或者，不是做了一个梦，也不是变成了蚝。这都不重要，重要的是，我和龟爷爷游走在海底，这是真的。我记得龟爷爷已经死掉了。

“你怎么又活了？”我问。

“这是什么话？我又活了？好像我死过了似的。”

我承认，这会，我的脑子真迷糊了。我愣愣地看着龟爷爷，像看一头怪兽。

“傻孩子，你说我死了我就死了，你说我没死就没死。人才纠缠这个。走，我带你去看蚝，它们现在可好了，有人下来采蚝了。”

我听到了蚝的歌声，欢快的歌声。我好久没听到蚝的歌声了。它们在合唱，唱的是一首咸水歌：

乜鱼出海头大尾又细？
乜鱼出海头大尾巴齐？
乜鱼出海走在泥下底？
乜鱼出海走在石岩里？
竹签出海头大尾又细，
石斑出海头大尾巴齐，
泥鳗出海走在泥下底，
立鲅出海走在石岩里。

“他们怎么会唱《猜鱼名》？”其实，我早不以为奇。我想听听龟爷爷如何回答。

“人会的，蚝都会，乌龟也都会。红蜘蛛还会八卦呢，你又不是不知道。”

龟爷爷没有说出我要的答案。但我的答案是什么，我也不知道。

来到那个巨大的宫殿，我看到热闹的景象。每只蚝都张开壳在唱《猜鱼名》的歌。我和龟爷爷过去了，他们也不闭上壳，而是唱得更起劲。

我游了过去，龟爷爷却扯住了我：“小心，俊生。”

幸喜龟爷爷提醒得及时，否则，我可能会让采蚝的人抓走。原来，宫殿里来了很多人，他们像鱼一样游弋，他们搬着一根根吸附着蚝的瓦砾和竹竿走，游上去，放进停泊在海面上的船舱里。有好几个人，我还认识，是我家的蚝民。他们一个个紧闭着嘴唇，眼睛鼓得大大的。龟爷爷的担心是多余的，他们根本就不会抓我，他们不是乱搬的，他们的手指好像长了眼睛，只搬那些白白胖胖的蚝。我知道了，那些蚝之所以唱歌，他们在吸引蚝民来搬自己。可他们不知道，蚝民根本听不到他们的歌声。

“这些傻蚝。”我心里说。

“很热闹吧，俊生。”龟爷笑呵呵地说。

“龟爷爷，龟爷爷。”一只种蚝叫着。

龟爷爷应着：“小伙子，你好。”

“你找到蚝母了吗？”

“快了，快了。”

龟爷爷一边说，一边拉了我游到别的地方去。

“你骗它，龟爷爷。”

“也叫骗，也叫不骗吧。”龟爷爷说。

我噘起嘴：“我真听不懂你讲什么了。”

龟爷爷摸了摸我的壳说："傻生，你有心事。"

"你才有心事，说话怪怪的。"

"小和尚要杀你大哥，你不知道怎么办。"

"龟爷爷——"

龟爷爷叹一口气说："傻生，我跟你一样，常常不知道怎么办。所以，还是知道得越少越好。"

翠姑起床的声音弄醒了我。她给楚一叶把尿。我擦了擦眼睛，窗外月光如水。原来真是一个梦。翠姑给楚一叶把了尿回来了。翠姑怕热，晚上只穿花短裤和红肚兜睡觉，裸露着白花花的肉。我也看到了，翠姑变了。变得愈来愈像凌小蝶。还有，她呼出来的气，不臭了，还有点香。

第四十章

兴宁城成了一座抗日热城。

广州沦陷，省府移驻韶关。日军几度重兵压境，想打通粤汉线，因守军浴血奋战，总难得逞。但毕竟势如悬卵。香港投降后，风闻日军又要腾出手来打，韶关城乱如一锅粥。相较言，香翰屏的兴宁倒有点固若金汤。不少机构和人，纷纷跑来。一时间，兴宁形成建制以来的最盛，人多马杂，有了小香港之喻。连驻守韶关的广东军政首号掌柜余汉谋也给香翰屏打电话："墨林兄，我给委员长请示一下，把省府的牌子挂兴宁去。"

"韶关是小姐，兴宁是丫环。余司令有什么吩咐的，尽管说。"香翰屏打着哈哈。

挂了电话，香翰屏急匆匆出门上了车，他要去县一中参加讨汪大会，各界人士近两千人参加。面对乌泱泱的人头，香翰屏朗声读着《闽粤赣边区讨汪通电》：

汪兆铭者，少年勇武，壮而智昏。曩怀硾击清王，楚囚歌以慷慨；临嘱泣总理，汉宇传之功勋。或引颈京城，必留青史，或饮弹武汉，亦得芳名。巍巍乎振臂南粤，从者若鲫；赫赫乎喙动北国，应者如云。奈何锦襜自脱，甘当秦桧；长城自毁，愿作张昭。谄齿眉于倭寇，摇尻尾于东瀛，陷黎庶于地狱，赠家国于敌邻。其罪其愆，彼言彼行，罄南山之竹难书，倾北海之水难容。是为畜类，非我族群，可诛可杀，或煮或蒸。

我南粤大地，革命先行。三洲田旌旗云汉，黄花岗碧血沧溟。三万铁军，逐烟尘而北伐；五千虎贲，披月色而东征。遂使垂死之国，顿燃共和之火；腐朽之木，乃开希望之花。日寇西来，山河破碎，百越儿女，岂甘为奴？翰屏不敏，奉委员长之钧令，起闽粤赣之雄兵，誓与汪贼誓不两立，愿与诸位勖作干城，驱除日伪，还我清平，虽赴汤蹈火，肝胆涂地所不敢辞。尚望社会各界，工商士农，同心同德，取义取仁。共救危亡，众志成城，敌未出国，言和即奸，立此为誓，般鉴其铭。

这个通电是二哥楚协生给香翰屏捉的刀。香翰屏就加了“敌未出国，言和即奸”八个字。二哥楚协生赞道：“司令，画龙点睛啊。”

“不是我的，是新加坡陈嘉庚先生的。上次召开国民参政会议，陈嘉庚先生因故未出席，他拍了一个电报提案，十一个字：敌未出国土前，言和即汉奸。”

会完了，香翰屏开车回去，走到校门口，透过车窗看见一队整齐的兵，就叫司机停了车，吩咐副官：“叫楚团长来一下。”

二哥楚协生叫团参谋长领队，跑步过来，叭地停住，给香翰屏敬了一个礼，干净利落。香翰屏回了礼，上下看了二哥楚协生一眼：“明天就出发了，准备得怎么样？”

“报告司令，一切准备就绪。新一团不会给司令丢脸的。”

香翰屏点了点头，转过脸问副官："汽车交割好了吗？"

新一团是香翰屏特意打造的一个模范团，兵是清一色的小伙子不说，装备也是一等一的，每人配备的是美式 M3 冲锋枪，一分钟可以打四十五发子弹。

除人员、武器挑最好的，香翰屏还给新一团配备了十辆汽车。这绝对是大手笔，因为，整个汽车团才二百辆汽车。

"汽车是给了，但莫团长说，油料要楚团长自己想办法。"副官对香翰屏说。莫团长是汽车团的团长。

"这个莫甲由。给新一团配足，你给他打电话，说是我说的。"

"谢谢司令。我都不敢对您说的，现在物资这么紧缺。"

"余矮子笑话呢，说香翰屏就派了这么支缺胳膊断腿的援兵。"香翰屏笑着说。他说的余矮子是上面说的余汉谋。半个月前，余汉谋向香翰屏求助，要香翰屏派一个师守云林。云林扼着另一条去韶关的咽喉，在曲江的边上。很多年前，曲江是南下北上的通道，云林是通衢大镇，商贸发达，一岁货声不断。后来，广韶公路开通了，再后来，粤汉铁路又开通了，云林才日渐凋敝。日军久攻韶关不得，据情报，他们准备派一支劲旅沿曲江北上，到时两路夹攻，韶关就难保了。所以，能否守住云林，其意甚大。云林在韶关与兴宁之间，几乎是等距离。余汉谋在电话对香翰屏说："墨林，我现在一个萝卜一个坑，真没办法再抽人。再说，云林离兴宁那么近，地势又平，保不准人家不来韶关了去兴宁。"

香翰屏决定派一个师去，辖三个团，主力是武装到牙齿的二哥楚协生的新一团，明天就出发。听香翰屏称呼余汉谋为余矮子，二哥楚协生忍不住笑了："余司令还有这么个外号？"

“他外号多了，余牙噬、余蟾蜍、余沙胆。”香翰屏哈哈大笑。

二哥楚协生又跟着笑。笑完了，香翰屏说：“今晚我请你们师长和三个团长吃个饭。有蚝吃，清平墟的蚝。”

“清平墟的蚝？”

“惠州拦了一车。一个侦察连在路边休息，一辆卡车开过来，他们冲出来拦了。押车的嚣张得很，拿了一张特别通行证出来，用日语骂：瞎了眼睛不是？他以为碰的是鬼子，侦察连穿的鬼子服。侦察连说，丢你老母，说白话。押车的这才慌了神，跪在地上求饶。陈九开是什么人？你认识吗？说这蚝是陈九开跟你大哥楚乎生合伙的，运到江西去。”

二哥想了想说：“名字听说过，好像做棉花的。他父亲来拜访过一次我父亲，叫我父亲买他的棉花。吹得不得了，说认识这个当官的，说跟那个当官的是朋友。他走了，我父亲把他送的一大包陈皮扔到灶口里烧了，一边烧一边骂，黄蚔仔，骗我，什么十五年的陈皮，一看就是去年的。很多年了，就记得陈皮这个事，印象深。”

“现在鸟枪换炮了，认了一个厉害亲戚，陈璧君是他三姑，还跟汪精卫照了相，做了华南商业督办的专员。”香翰屏笑呵呵说。

“鬼才相信。”

“能弄到日军师团的通行证那是要硬本事的，你大哥攀上高枝啦。”

“蛇鼠一窝。”

因收到情报，沙鱼涌海面上有日舰巡逻，机帆船只能倒到岩岩上岸休息。三哥楚稔生又急又喜。急的是，时间是人命，一分一秒耽搁不得。杨慕琦被俘了，港英政府投降了，日本人由战而治，培养汉奸队伍，管制愈来愈严，路口岗哨林立，海上巡逻不断。上面的指示，不管采取什么办法，要让名单上的文化人安全离港。斑博说得更直接："我们的命丢了不要紧，他们少一根毫毛，是天大的事。"

喜的是，可以和秋蝉见一面。从乌鸣嶂拣了一条命回到香港，就见了两次面，一次是在玛丽医院，时间长点。一次是日军突袭香港的那天，在砦岩呆了一天一夜。再后来，秋蝉受伤了。抱着受伤的秋蝉，三哥楚稔生的心碎成了片。斑博本来是安排三哥楚稔生护理秋蝉的。但这个时候能抽身吗？是秋蝉重要？还是任务重要？要是之前，天塌下来了也是秋蝉重要。但现在，三哥楚稔生知道，任务比天塌下来还重要。这些天，只要一闲下来，他就想着秋蝉伤成什么样子了。她是那么爱惜自己的容颜。她会多么伤心。幸喜，他能闲的时候不多。

从砦门岩下船上岸，走到排寮，三哥楚稔生像走了十年那么漫长，那么沉重。他内心坚强如铁，脚步却松软如棉。

三哥楚稔生进到排寮，远远看见秋蝉的背影。秋蝉正给阿霞敷药，敷的是草药，阿霞的创口发炎了。阿霞看见三哥楚稔生他们，她先愣了愣，然后，用手碰了碰秋蝉，秋蝉抬起头，阿霞指了指，秋蝉回头。她的手颤了一下，药团几乎掉在地上，但没有掉。她看了三哥楚稔生一眼，抿了抿嘴，回过头来，继续帮阿霞敷药。阿霞说："稔生来了，我自己来。"

"快了，我包完。"秋蝉笑了笑。

三哥楚稔生到了秋蝉身后，他喊了声："秋蝉。"

秋蝉没应，继续帮阿霞敷药。药敷上去，她拿了边上的一块长长的让药汁浸得碧绿的布，一点点往阿霞的断腿上缠。药散发着馥郁的清香。阿霞笑着喊："稔生回来了。"

说完了，眼睛看着三哥楚稔生，朝秋蝉努了努嘴。三哥楚稔生蹲了下来，抓住了秋蝉的手："我来帮霞姐绑。"

秋蝉用肘将头发往里捋了捋，回过头来，看着三哥楚稔生，嘴唇咧了咧，笑了，但只笑了一下又笑不出来了，笑纹僵在脸上，像一朵乌云。果然雨下来了。长长的睫毛闪了闪，一大颗泪水滚出来。三哥楚稔生忍着不看秋蝉的脸，但还是看到了，她的右脸颊像一个深陷的地洞，凹了进去，几乎塞得进一个小孩的拳头。

晚上，三哥楚稔生挽着秋蝉的腰到鸳鸯洞。一进洞，三哥楚稔生就吻秋蝉，脱她的衣服。刚开始，秋蝉像块冰，甚至还不自觉要拦三哥楚稔生的嘴和手。经不住三哥楚稔生岩浆一般的激情，渐渐地，秋蝉的身体也像冰雪一样融化，继而又像花朵一样盛开。

但三哥楚稔生却突然不行。任凭怎么努力，就是不行。

"稔生，你怎么了？"秋蝉捧着三哥楚稔生的脸。

三哥楚稔生像碰了急雨，一身的汗，他像野兽低吼一声，往地上砸了一拳，把拳头砸出了血。秋蝉笑了笑说："稔生，你肯定行的，你太累了而已。"

三哥楚稔生抱住秋蝉，喃喃地说："我行的，我一定行的，我太累了……"

那天早上醒来，我闻到一股奇异的香味，或者说，我是让奇异的香味唤醒的。我要说，那是我闻到的最好闻的香味。它不是花的香，不是草的香，也不是木的香、檀香的香，更不是麝香、猪油的香，或者谷香、饭香和酒香。当然，也不是女人的肉香。吉田身上有肉香，我闻过的。那是什么香呢？我也说不清楚。反正，就那么好闻，丝丝缕缕往你的鼻子里来，钻进肚子里，融进血液里，四肢百骸舒舒服服。

我抱了楚一叶起来。她好像也闻到香味，咧着嘴呵呵笑，双手双脚向天空划着，像只倒浮在水里的七星瓢虫。翠姑没有醒来。她睡得迟，也醒得迟。我不管她。我们是睡在同一张床上的陌生人。她忙她的，唱戏，拶水袖，嘻嘻笑。这是她每天的工作。她不管楚一叶。不用她管，我管。楚一叶成了我身体的一部分，我到哪里我就把她抱到哪里。吉田会通过苦鲛送一些好吃的东西给楚一叶，比方说牛奶、饼干。我都接了。苦鲛一走，我就送到猪牢里给猪吃，或者，给狗吃。楚一叶欢喜吉田送的那些东西，但我还是给猪吃，或者，给狗吃。楚一叶吃不了硬东西，我把饭菜嚼碎了再喂进她的嘴里。

厨房里的老林举着大拇指夸我。老林不敢再把芭蕉叶戴我头上了，他被大哥楚孚生打断了一条腿。大哥楚孚生对老林说："你信不？我还能把你另一条腿也打断。"

"我信，老爷。"老林哭着说。

老林原来是有老婆的，长得很漂亮。她跟贺子其有一腿。贺子其有好几个像老林老婆这样的姘头。有一次，老林的老婆跟贺子其的另一个姘头吵架。老林的老婆舀了一瓢热蚝油淋在那个姘头的脸上，然后解了裤腰带上吊自杀了。贺子其出钱给老林的老婆买了一口棺。贺子其被捌后，人走了，老林喝了一壶酒，一壶公明产的包谷酒，喝完酒，他唱歌：

一年二十四个节气我能知。

立春、雨水连惊蛰，
春分、清明、谷雨淋，
立夏、小满连芒种，
夏至连接大、小暑，
立秋、处暑连白露，
秋分、寒露、霜降临，
立冬、小雪连大雪，
冬至、两寒又近春。

我抱着楚一叶到天井时，碰了老林。他正吸着鼻子在那里走来走去，脸上是可怕的表情。显然，他也闻到奇异的香味。他见到我，很想说话，但不敢说，一会过来，一会又走远。

清平墟的大街小巷站了很多人，都伸长脖子吸着鼻子。他们也闻到奇异的香味。不知道这是什么香味。老林知道，他不敢说。我也知道，但我没人说。

第四十一章

晚上，冢二吹起尺八。吹的是苦鲛度的《海墟夜铎》后面两部分：夜和铎。尺八声刚开始是低缓的，像月亮从云层里爬出来，又像一匹小兽走在寂静的夜里。

听到尺八声，吉田闭上眼睛，她真的想家了。想起了北海道的海。灯光下，她的父母在补渔网。父亲似乎也听到了尺八声，他抬起头，看着母亲。

“你怎么了？”母亲说。

父亲没说话。父亲更老了，伛偻得像个龙虾。

“你又想吉田了？”母亲又说。

父亲睃了母亲一眼：“我想她干什么？她在为天皇效劳。”

“是，我们不想她。她在为天皇效劳。”

母亲飞快地说，继续低着头补渔网。她手指抖了一下，针扎破她的手指。她把手指含在嘴里。她伸出手指，又说：“只是，她是个女孩子。”

“是啊，她是个女孩子。”

冢二的尺八声变了，变得悲郁了。那刚从云层里爬出来的月亮又进了云层，那在寂静的夜里走着的小兽钻进灌木丛躲起来了。

“他调了曲子，他调了我的曲子。”苦鲛站起来，走到吉田身后，跪在地上，一脸的泪，“你不杀楚孚生的话，他就会杀掉我的。”

吉田回头朝苦鲛笑了笑说：“这时候说这个干什么？听少佐的音乐，他吹得很好，把我的眼泪都吹出来了。少佐有心事。”

冢二是有心事。他的母亲死了，是自杀的。自杀前，她给冢二寄了信，还有一把短剑。

冢二的母亲是个艺伎，应该说，是个失败的艺伎。按理，冢二的母亲本来能成为一个成功的艺伎的。她美得像一株曼珠沙华。曼珠沙华，即彼岸花，名字来自《法华经》的梵语“摩诃曼珠沙华”，意为天上之花。但这株天上之花毁在人间之手。她恋爱了，爱上一个浪子，一个落魄的多才多艺的浪子。这是做艺伎的大忌。

正如一个著名的艺伎说过的：“千万记住，艺伎不是妓女，也不是别人的妻子，我们卖艺，但不卖身。我们营造一个神秘的世界，一切美不胜收。艺伎是艺术家，艺伎是一件活生生的艺术品。”

这件艺术品碎了。她怀了浪人的孩子。而浪人呢？一次喝醉了酒，跟人比剑，被对方刺穿了肚子，死了。她故乡是爱知县的，回不去了，她挺着刚出怀的肚子到京都，隐姓埋名。她的娇嫩之躯承受了很多常人难以承受之苦，她租住在一个仅可容身的破房子里，每天早上步行五公里去一个西阵织厂上班。在几种工作中，她选择这个，她欢喜。每天的工作是将绢丝和金银丝箔织成丝织品。抚摸着柔软细腻，琳琅满目的饰物，她的心里温温软软，令她想起原来温软的日子。下班的路上，她生了冢二，在两座野坟之中。所以，她取了这个姓。这是个新姓。

有男人追她，她拒之门外。她和冢二相依为命。几年后，她买了个房子，很小，但她弄得很精致，一如她从前的妆容，没有半点瑕疵。她的房间纤尘不染。哪怕花瓣上的一点灰尘，她也要用毛巾蘸了水细细擦掉。没有一个陌生人进她的房子。别说男人，连女人也这样。她觉得他们脏，像猪一样脏。她把冢二收拾得优雅干净，她每天给他洗很多次澡，给他喷香水。鞋子上也不见一粒灰尘。冢二小小的，她就教他琴棋书画、茶道插花。他有时候会拒绝，但拒绝是没用的，她有很多办法令他臣服，骂、打，骂和打不起效，她就哭、求乞。她跪在地上向他求乞。总之，他只能乖乖听她的话。冢二上学了，很聪明，成绩优异，举止文雅，像个绅士。有那么三两次，同学嘲笑冢二，说他像个女人。他回来告诉她。她像母狮子一样冲到学校，又哭又闹，直到同学的父母赔礼道歉才罢休。大家都知道，这对母子是不能欺负的，他们敬而远之。

“你要出人头地。否则，我所有的苦都白受了。”她经常对冢二说。

冢二听母亲的。他各方各面都非常优秀，优秀得像九谷烧的骨瓷。他以高分考取早稻田大学。报专业时，他第一次没有听母亲的话。事实上，是他第一次骗了母亲。母亲叫她读政治经济学，他却报了动植物。母亲的意思，读了政治经济学，可以从政。但冢二不欢喜从政。他觉得自己不是这个料。他想做个植物学家，连动物他都不感兴趣。

快毕业时，部队却来学校招兵了。很多人报名了，冢二却没报。

令冢二没有想到的是，母亲到了学校：“你为什么不报？这是天皇的旨意，这是立功建业的机会。”

冢二哀求说：“可我连鸡都没杀过，妈妈。”

“你不能做懦夫，冢二。你是我的希望，你一定要去。”

铎的部分也吹完了，冢二放下尺八，又拿起母亲的信来看。母亲在信上说：“我寄来了你父亲的短剑。用这把剑，杀掉你心中的魔。”

真的小兽走在寂静的夜里。

不是一匹小兽，是很多小兽。小兽们向苦鲛的小楼走来。不是小兽，是一队兵，冢二带来的兵。

苦鲛声音颤颤的：“冢二来了。”

“是的，他来了。”吉田说。

冢二把短剑插进苦鲛的胸口。苦鲛跪在地上，磕了一个头：“子其大哥，对不起，我没有给你睡凌小蝶。”说完，他倒下了，像树桩一样倒下了。

“你不会杀我的，少佐，因为我是个女人。”吉田对冢二说。

冢二从吉田的上衣口袋里掏出柳叶刀，手一扬，抹向吉田的脖子。

这天，兴宁来了一位大人物，大得香翰屏早早地驱车十余公里去迎接，戎装整齐，站在料峭的春寒里等。远远看着两辆小马车来了，香翰屏跑步上去迎接，恭恭敬敬地敬了一个礼：“何部长，柳主席。”

何部长是何香凝，柳主席是柳亚子。香翰屏叫何香凝为何部长，叫柳亚子为柳主席，都是叫的原来的官职。何香凝曾做过国民党的妇女部长，柳亚子曾做过监察委员会主席。那时候，香翰屏还只是国民革命军第一师第三十二团的团长。

“香司令，我早不做劳什子部长了，他也早不做劳什子主席了。就叫何大姐，柳先生。”何香凝笑说。

“成老古董了，现在是香司令你们的天下。”柳亚子笑着说。

香翰屏弯下腰抱拳说：“就叫墨林，就叫墨林。”

何香凝指了指香翰屏鬓角说：“广州第一次见到你，你三十多岁的样子，多年轻。现在，头发也白了。你是——”

“庚寅年，属虎。”香翰屏回答说。

柳亚子掐了掐指头说：“五十二了。”

香翰屏笑着说：“按广东的算法，五十五。”

“五十五，出山虎，正是干事的好年纪。”柳亚子说。

“广东是这种算法。柳老啊，我们也真是老了，墨林都五十五了。时间过得好快。我五十五岁那年，在马来西亚、菲律宾卖画。就是用那笔钱，我盖了仲恺农工学校的蚕种冷藏库，建了机蚕丝工场，买了三十六台缫丝机。转眼，十二年前的事了。要不是日本人来了，我这辈子就干这件事，哪用得着东躲西藏东奔西跑？”何香凝说着长叹。

柳亚子说：“你上秉启迪民智之思想，下承棉铁救国之抱负，可钦可敬。我至今还记得你的校训：注重实验，而兼授以学理，管理务求完密，训练务求精严，冀养成勤慎耐劳、有真实常识之实业人才，供国家建设之用。”

“黄埔军校和仲恺农工学校并峰而峙，为南粤培养了多少有胆有识、有技有艺之士，翰屏钦佩不已。”香翰屏拱手道。说着，请何香凝和柳亚子上车，并亲自开车门，吩咐士兵把何柳两人的家人接上另一辆车。

饭毕，香翰屏又改穿长袍马褂去何香凝的住处看望，问起一路的行程，何香凝犹自唏嘘不已。

何香凝原来住在蔡廷锴的住处。香港沦陷后，何香凝和唐总的妻子经普椿及孙女搬到铜锣湾避风塘的一条驳船上。还是有人盯梢，后来又搬到鸭旦街的海陆丰会馆。同来的还有柳亚子父女。从沙鱼涌或其他的线路走，要翻越崇山峻岭，这两家人老的老，小的小，所以，就考虑走水路，直接从长洲岛坐船去海丰。

“游击队给我们准备一条大船，三条桅杆的。一上船，茗茗还在甲板上跳，说机帆船，一下子就到了。船还没开，一个小伙子来了，说海上有日军查，赶紧卸了机器。船主把机器沉到海里。这小伙子也上了船，说是临时增派的。他穿的渔民的衣服，但看他行为举止，不像渔民，估计是个队员，很利索。一路上我没问他。到了马宫，我才问他名字，说叫楚稔生。”

“楚稔生？清平墟的？”香翰屏连忙问。

“没错。你认识他？”

“不认识，知道他。他有个哥哥在我这里，叫楚协生，团长，去帮余汉谋守云林。云林守住了，他受伤了，左胳膊没了。他打得很勇敢，一个团打退了日军的两个团。不过，伤亡都很大。伤亡数字我军是大点，但战略意义很大，一是阻止了日军对韶关的偏翼进攻，二是打出了威风。太需要打场这样的仗了。我给委员长发了电报，为楚协生申请青天白日勋章。还没下来。”

“哼，他那个小气鬼，他情愿发给那些酒囊饭桶，不愿发给那些真正拼命的战士。”何香凝鼻子里哼了一声说。

香翰屏笑了。何香凝又说：“哟，这两兄弟有意思，资本家的公子哥，一个是你的团长，一个是共产党的队长，都拼了命打日本人。后来他们告诉我，这个楚稔生不简单，很多人都是经他的手出去的。枪法不得了，能两个手同时打，一打一准。战争锻炼人啊，要不是这场战争，他们都在家里享清福。”

“他一个大哥还是汉奸呢，清平墟维持会的会长。三兄弟，三条路。”

何香凝沉凝了一下说：“三兄弟，三条路。路都是自己选的，选对路很重要。当然，有的路很难选，一时也很难明白选得对不对，要时间来证明。”

“那是的。听说这次在海上漂了十来天，您受苦了。”香翰屏转了话题。

“九死一生，真是九死一生。一出海就碰了巡逻的，只能沉了机器，船只能靠风帆的力量前行。刚开始还有点风，一出湾，风几乎停了，船像打秋千一样在茫茫大海中漂荡颠簸，一共漂了七天七夜。什么都没了，带的粮食吃完了，淡水也喝光了，只能等死了。墨林，你知道我那个时候想什么吗？我死了不要紧，就是没完成仲恺交代的事，这么多年，国是破的，家是残的，真没脸见他。”

言讫戚戚，两眼的泪。香翰屏连忙说：“大姐，您言重了。大难不死，必有后福。打跑鬼子，您还要带着吾侪建设国家呢。”

“知我者几个？包括墨林你，你又真知我吗？不知我者，谓我何求，知我者，谓我心忧。”

“我是真知您的，大姐。”

“你真知我，那位委员长真知我吗？到了海丰，县长开了一个‘庆祝何香凝委员脱险’的大会，不看横幅我还忘了，我还是中央委员。他们叫我讲话，我就讲：国共合作要真合作，不要当面一把火，背后使刀子，那是打不跑日本人的。哟，我捅马蜂窝了，县长脸上红一块白一块，居然打断我。要是原来的脾气，我会问他，这些话我当着蒋介石的面都可以说，你怎么不让说？县长端人碗，服人管，我不为难他。墨林，我想在兴宁也讲一场，你欢不欢迎?”

“求之不得，大姐。”

“你可不能打断我。”

“您借一个胆给我啊。”

“还有，我想去看望一下那个楚团长。这次，多亏了他的弟弟。要不是他，受的苦可能更多。他很活泛，淡水没了，他接雨水，煮海水，没吃的了，他钓鱼。”

第四十二章

“我看冢二是疯了，九开。”大哥楚孚生还没坐稳，就拍着桌子吼道。

陈九开昨晚刚从广州回来，日上三竿了，刚起床，一边扣着丝织睡衣的扣子，一边打着哈欠。见状，半只哈欠缩了回去：“怎么啦？这么大火气。”

“不知道他吃错了什么药，把清平墟搅了个底朝天。”

“不是扫荡吗？这不能怪他，他执行命令。”陈九开坐了下来，喝了一口茶。

“他扫个鬼的荡，就扫我家的蚝工。阴阴阳阳的，今天抓几个，明天抓几个，这样抓下去，没人下海了。昨天，一口气抓了四个，落霞洲枪毙，说是通共。别的包票我不敢打，说他们通共，这个包票我打了，还真不是。我叫管家查了，都是老实巴交的人。我跑过去对冢二说：少佐，枪下留人，他们绝对不通共，祖祖辈辈在我家做。他说：额头上写了还是胸口上写了？贺子其带走的几十号人不都是祖祖辈辈在你家做的？你听，他这话还真堵死了我的嘴。想了一下我又说：他们要下海采蚝呢，没人采蚝，就做不成蚝豉，陈会长就完不成104师团的任务，皇军的战士就吃不到美味的清平墟蚝。你猜他怎么说？”

“他怎么说？”陈九开瞪着大哥楚孚生。

“那就叫你的陈会长下海去采。”

“反了天了。”

这回，陈九开拍了桌子，拍得比大哥楚孚生更重。

“他还叫我转告你一句话。告诉你的陈会长，我是学动植物的，蚝的主要成分是蛋白质，一只蚝的营养价值跟一只鸡蛋差不多。我会尽快向师团报告，皇军不能让一些无良商人利用士兵对美味的追求中饱私囊。他这明摆着跟你划道。”大哥楚孚生继续说。

“划吧，看谁划得过谁！”说着，停住了，拍了拍大哥楚孚生的肩，吁一口气说，“关键是把你夹在中间。他在你的地盘，低头不见抬头见。”

听陈九开这么一说，大哥楚孚生心里有点凉，就滥腔滥调地说：“我没所谓的，大不了像原来一样，蚝不采了，我唱我的戏。”

“哦，对了，凌小蝶怎么突然就走了？”

“挨了那么久，还是没挨过去。对不起她的，就是没给她做个像样的丧事，草草葬了。以后，再补个吧。”大哥楚孚生摇着头说。

陈九开看了大哥楚孚生好一会说：“孚生，我有个主意，不知当讲不当讲？”

“有什么不能讲的？”

“要不，你干脆娶了翠姑。戏唱得好，又长得越来越像凌小蝶。我在想，凌小蝶没死，她不过化了身，化在翠姑身上。”

“我成什么了？她是俊生的媳妇。”大哥楚孚生说。

陈九开的喉咙动了动，把一句话咽了下去。大哥楚孚生猜到了他要说什么，脸烧了一下说："忘了一个事。冢二杀了小和尚和吉田。吉田是个女的，跟苦鲛搅在一起。"

"哦，代父从军的花木兰。"陈九开冷笑道。

斑博亲自来岩岩接秋蝉和阿霞。其他人转移去了九龙。为期半年多的营救工作画上句号。因岩岩的目标已经被发现，由九龙至岩岩的交通线暂时中断。但秋蝉和阿霞不愿意走。

"稔生不来，我就不走。我要他来接我。"秋蝉说。

阿霞说："我陪秋蝉。"

斑博说："扯淡，稔生在白石龙治疗，是死是活还不知道，他怎么来接?"

送何香凝回来的第二天，三哥楚稔生又出发了。这是最后一次任务。

突然来了台风，船到不了沙鱼涌，回岩岩又太远，所以，三哥楚稔生急中决定，到一个叫白山的地方弃船登岸。这就意味着，三哥楚稔生和四个队员要将十个大人物翻山越岭送到目的地。

"放心，一定能送到的。这条路我熟。"

三哥楚稔生给大家鼓气，但仅是鼓气而已。他根本就不熟这条路。但除此之外别无他法，只能碰碰运气。

那是一片原始森林，每走一步都要咬紧牙关。三哥楚稔生将四个队员分成两组，他带着两个队员打前锋，开路，两个队员殿后。走到半山时，一个队员听到异样的声音："水，水——"

"快往高处躲。"

三哥楚稔生喊道。是山洪冲下来的声音。大家拼命往右边的高处蹿。一个年纪最大、叫史公的版画家在下面喊："我的眼镜掉了——"他躬身摸眼镜。三哥楚稔生像豹子一样跳过去，抓住史公的手臂，连背带拽。刚爬上来，一股洪水嗡轰轰冲过去。

没了眼镜的史公成了一个废人，要人家牵。路实在不好走，就由队员背。

走到山顶，再沿着山脊走了两三个小时，天亮了。大家一看，个个像叫花子，衣衫褴褛。但到了安全地带，坐在地上歇息，又说又笑，有人还唱起了：

枪口对外，
齐步前进。
不伤老百姓，
不打自己人。
我们是铁的队伍，
我们是铁的心，
维护中华民族，
永做自由人。

史公说："别唱这个了，费劲。来，唱个《渔光曲》，应景。"他就唱起来：

云儿飘在海空，
鱼儿藏在水中，
早晨太阳里晒渔网，
迎面吹过来大海风。
潮水升，浪花涌，

鱼船儿漂漂各西东；
轻撒网，紧拉绳，
烟雾里辛苦等鱼踪。
鱼儿难捕船租重，
捕鱼人儿世世穷，
爷爷留下的破渔网，
小心再靠它过一冬。

一个队员撇了撇嘴对三哥楚稔生说：“叫他们别唱了，闹得鬼子来了。”

“就是放大炮，鬼子也来不了。让他们唱吧，一唱，精气神就来了。你还愣着干什么？准备早餐啊。”

“什么都没有。”队员摊了摊手说。

“废话！山上到处有。”

正说着话，一阵枪响。大家吓了一跳，尤其那些大人物，脸色都白了。三哥楚稔生走过去笑着说：“没事，早餐来了。”

不一会，三个队员来了。一个肩背了一只猪獾，一个提了一只锦鸡，一个脱了上衣扎了一个大包，不知道提的什么，走近来，倒在地上，原来是一些土茯苓、平菇，还有一些干枯了的枳椇和豆稔。有人从裤袋里掏出一个东西：“史公，你的眼镜。”

史公戴了眼镜，哇哇大叫：“小伙子们，你们太能干了。好啦，我们不走了，就在这山上过日子，比神仙还快乐。”

哄一声笑起来。那是一个欢快的早晨，在那个不知名的山脊上，十几个萍水相逢的人仿佛历经炼狱终于来到天堂，吃着、说着、笑着。但三哥楚稔生心里的弦紧绷着。他知道，前方的路并非一路歌声。果然，接下来，不到一百里的路程，这群人走了五天五夜，其中走错了六次路，一个诗人失足掉到悬崖下摔死，史公吃了猪獾肉引发疟疾。在接近目的地的一个村庄，又遇到一支扫荡的小分队。两军交火，四个人对十个人，三哥楚稔生这边处于下风。两个队员阵亡。三哥楚稔生和一个队员重伤。幸喜山上的游击队听到枪声赶了过来。

秋蝉对斑博说："他不来接，我就一直在这里。"

"别忘了你的身份。这是组织命令。"

"恕我不能从命。"

斑博走了，上了船。船要开时，他又回头望了一眼岜岩，山上的累累巨石如一颗颗炮弹。要真是炮弹就好了，可以炸鬼子，他叹了一口气。

在离岜岩十海里的地方，斑博的船碰上日军的巡逻艇。二话没说，日军开枪了。骤雨般的子弹铺天盖打过来，将斑博的机帆船打得沉到海里。

巡逻舰开走了，两只白鹭掠翅飞了过来，栖浮在沉船处，啄食着浮泛起来的东西。一块木板上有只橹罟方粽。那是阿霞拿给斑博的。斑博吃惯了潮州的精美小食，不欢喜橹罟方粽，但还是接了。拿了给小儿子吃，说尝个鲜。

要不是碰上詹姆森，怀特这辈子是另外一个样子。当然，也许更好。但有一点无可置疑，他不可能再碰飞机。

怀特是个飞行员，确切地说，是前飞行员。一次，喝了酒——有人说喝醉了，他自己坚持称没醉——跟战友打赌。他说他能五百五十米，战友说只能六百五十米。两人争辩不下。怀特说："别吵了。一瓶威士忌，四玫瑰的，哦，还要两包烟。"

“成交。”

他们嘴里说的五百五十米和六百五十米是飞机盘旋的半径。半径越小，功夫越深。怀特驾着他的大蜻蜓腾空了。怀特他们把飞机小半径盘旋叫空中芭蕾。上空后，怀特跳了第一个芭蕾。六百米。地上响起掌声。怀特好像听到了掌声。他调正位置，跳第二个，在拐弯的那一刹那，大蜻蜓失控，变成一只被子弹击中的鸟，耷缩翅膀，翻滚着掉下来。怀特及时跳了伞，但飞机砸在地上。

被开除了的怀特像遭了命运的咒：开了一个锯木厂，锯木厂起火；又开了一间汽修厂，汽修厂又起火；再开了一家咖啡馆，咖啡馆再起火。

怀特瞪着血红的眼睛，喷着浓浓的酒气对詹姆森说：“上帝嫌弃我了。”

“上帝派我来了。”詹姆森说。詹姆森就是跟怀特打赌的那个战友，他从德克萨斯州来到路易斯安那州。詹姆斯抓住怀特的手：“当然，如果你没有忘记开飞机的话。”

“我忘了什么时候给一位小水牛似的姑娘带来高潮，也不会忘记开飞机，詹姆森。”

“那就扔掉那只破酒杯，跟我走。中国需要你，陈纳德教官需要你。”

“陈纳德教官？那个轰炸至上的疯子，我想念他。”怀特喊道。

陈纳德在阿拉巴马州马克斯韦尔基地的航空兵战术学校任战斗机的战术教官时，怀特和詹姆森做过他的学员。上课的第一天，陈纳德说：“飞机是战争的精灵。”说着，举了三根指头：“战斗之要义，第一是轰炸，第二是轰炸，第三，还是轰炸。至于战术——”他前后扫一眼，继续说，“古老中国的一句俗话，打得赢就打，打不赢就跑。”

“他点燃了我心中的火。你听到没有？这里在嗞嗞嗞地烧。”下课了，怀特指着自己的胸口对詹姆森说。

“我也一样，怀特。我爱死他了。当然，如果他讲话再慢一点的话。”

“他说话像枪关炮，嘟嘟嘟。”怀特笑着说。

学员很欢喜陈纳德，但上司对他不待见，觉得他太疯狂了。那时候，美国上下都弥漫着一种情绪，各国打得不可开交，反正打不到美国的头上来，乐于作壁上观。那一年，陈纳德的耳朵失聪，又跟上司大吵一架，以伤残军人的身份退役。中国第一夫人找上他了，请他去昆明，组建一个飞行队，打日本人。

于是，怀特到了昆明，成了陈纳德的手下。怀特第一次参加迎击十架零式战斗机的战斗，日军的第一架飞机就是怀特击落的。

“笨蛋，你还可以击落一架的，如果盘旋再快点的话。不过——”陈纳德喷了怀特一口又浓又白的雪茄烟，接着说，“全让你一个人击完了，詹姆森就没机会了。”

几年的时间，陈纳德从接受宋美龄的私人邀请，担任中国空军美国志愿航空队的少校队长，到被美国陆军重新收编，担任第十航空队少将司令，并担任中国空军参谋长。怀特一直是飞虎队的猛将，参加过上百场空战，他驾驶着他的那架画着鲨鱼图案的P-40战斗机，毫发未伤。

“中国有句俗语，君子报仇，十年不晚。我们是为盟友英国报仇，当然，也没有十年。当年，日本人出动四十八架飞机炸香港启德机场，我没那么多飞机给你，只给你二十架。我听你的好消息，怀特上尉。”陈纳德的手上仍叼着支雪茄对怀特说，好像那支雪茄从未离开过他的手指。

怀特已经是上尉了。

第四十三章

我每天给大哥楚孚生送三次饭，早上一次，中午一次，晚上一次。饭是我做的。我做四个人的饭，我、翠姑、楚一叶和大哥楚孚生。那么多年，我一直吃现成的饭，不知道还有做饭的天赋。要是老林还在的话，他肯定也会夸我的。家二抓大哥楚孚生的那天，老林正给大哥楚孚生端了一盆奶白菜蚝豉汤到桌子上，还没放稳，一队日兵进来了。防卫队的十二个队员分立在大哥楚孚生的两边，都端着枪。大哥楚孚生说："给我打。"

除了老林，没有一个人动。

"老爷，快跑。"

老林操起一条凳子往日兵冲去。老林的全身被子弹打得像筛子眼。

那盆奶白菜蚝豉汤是大哥楚孚生最后一次吃清平墟的蚝。

我会炒蕹白，煮鼠曲草，蒸刺苋，煲花花菜。这是素菜。荤的我也会，我会到日兵营房前捡吃剩的猪骨头、鸡骨头、狗骨头、牛骨头、鱼骨头，使劲煲，能煲出白色的汤。剩饭可以熬成粥。后来，我一劳永逸解决了荤菜的问题。家二下了死命令，蚝民一律不准下海，一句话，连地上的蚝壳都不让捡。但他没有说不准撬蚝墙上的蚝壳。事实上，撬了他也不知道。清平墟不少蚝民的茅寮的墙是蚝墙，即用蚝壳拌了三合土筑的。黑炭家就三面墙都是蚝墙。我就撬蚝墙上的蚝壳熬汤。我喝过很多靓汤，五指毛桃根猪脚汤、党参黄芪鹌鹑汤、山药茯苓乳鸽汤、黑豆鲤鱼汤、阿胶红枣乌鸡汤、茶树菇无花果老鸭汤、猪脚姜汤、巴戟杜仲海龙瘦肉汤、剑花猪肺汤、参须红枣鲈鱼汤、川贝母蜜枣瘦肉汤、韭菜生蚝汤、生蚝生菜汤、生蚝瘦肉汤、蚝豉猪腱汤。但，没有一样汤可以跟蚝壳熬汤比，那个香，那个鲜，那个美。

不管我弄什么，翠姑都咔嗞咔嗞吃。吃完了，她跑去永兴桥上唱戏。对了，她不能进天井的小戏台唱了。清平墟驻了一个大队，新增几倍的兵，冢二做了中佐，把我家院子占了，他也搬到里面来住了，住了大哥楚孚生的房子。我和翠姑住进黑炭的茅寮，我自己挑的，因为黑炭的茅寮最破最烂，最破最烂的东西是没人争的，我懂这个道理。楚一叶也没事，她 3 岁了，不管给她吃什么，她都吃得咧着嘴笑。

唯一难侍候的是大哥楚孚生。他被关在贺孟友和冢二先后住过的那个楼里。第一天，大哥楚孚生什么都不吃，整天整夜唱戏，直到把声音都唱嘶哑了。那天，我透过小窗看他。他站在菩提树下唱戏，也许不是唱戏也难说，嘴巴一张一翕，手腕上吊着的铁链像是水袖。他看到了我，但只看了我一眼，就扭过头去，继续唱，看也没看我搁在小窗口上的饭菜。

第三天，我看到大哥楚孚生开始吃了。我躲在一边。也不是躲在一边，是那个哨兵叫我。他本是大哥楚孚生的防卫队的队员，大哥楚孚生被抓后，他做了协军。除了一个队员逃跑，剩下的十个，全做了协军。两个人被抽来看守大哥楚孚生。

那天，我给大哥楚孚生送的是煮鼠曲草和剩鸡骨头汤。他只吃了几口，把碗重新搁在小窗口上。我去拿碗的时候，他倚在菩提树的树蔸下睡着了，睡态安详。一个星期后，大哥楚孚生对我送的任何东西都甘之如饴，尤其是蚝壳熬的汤。第一次喝，他咕噜咕噜喝，直到喝完了，他才尝到味，咂巴着舌尖，回味很长时间。第二次喝之前，他端着汤放到鼻子下，闭上眼睛，使劲吸着鼻子，然后半张嘴，唇含碗边，齿抵着碗口，汤点点流进嘴里。好一会，才松了舌根放闸，汤顺着喉管一路流淌。

大哥楚孚生是让陈九开的事情牵扯进来的。

一年前，陈九开在龙凤堂为一对龙凤胎的儿女做满月酒。众宾如云，二十多桌，军、政、商的头面人物都请到了。热闹一时无两。龟田秋柱也去了。没请冢二。又在城墙根下设了喜棚，摆了一百桌，六十岁以上的老人可以领到一对金元宝，其他人可以领到十斤大米十斤猪肉。给龟田秋柱的礼最厉害，一个砗磲。后来传出来，砗磲也好，青铜鼎也好，金元宝也好，全是伪造的，是陈九开从河南洛阳弄回来的。但没人找他麻烦，因为，陈九开死了。陈九开死在厕所里。门口站了两个保镖，厕所里也没人，陈九开进去了，好久没出来。大厅里等着他讲话再开宴，派人来催。推门进去，陈九开直挺挺站在那里，背靠墙上，保持着屙尿的姿势，但人死了。子弹从眉心进去，筷子那么小的一个洞。

谜底两天后解开了。香港青鲨会宣布，陈九开是他们杀的。传单满天飞。传单上印着陈九开中弹的照片，还有陈九开和汪精卫的照片。当然，还有一个黑色鲨鱼的图案。这是青鲨会的标志。青鲨会是香港的一个锄奸组织，在这之前先后枪杀了二十八位重量级的汉奸头目，包括警察局的副局长、海上巡防队的队长。香港一时哗然，连总督矶谷廉介都知道了，拍着桌子骂负责治安的利川七革，叫一个月内必须消灭青鲨会。青鲨会好像知道矶谷廉介的命令似的，那一个月时间，风平浪静。以为青鲨会见好就收了，原来不是，又开杀了，第一个杀的就是陈九开。

陈九开被杀了，很多人认为第二个该是大哥楚孚生。

大哥楚孚生也这么认为，惶惶不可终日。

但不用青鲨会来杀，冢二奉命来收拾他了，陈九开的事情穿帮了。

香港举行盛大的攻克两周年庆典暨田中久一总督就职仪式，汪精卫的机要秘书、日语翻译和汪政府行政院秘书长周隆庠前来祝贺。周隆庠听说黄大仙祠的签很灵，想问个前程，公事毕就微服去了祠里。抽了一个上上签，高兴得很。刚走出殿，忽然一阵风，吹来一张纸缠在脚边。捡起来一看，正是青鲨会击毙陈九开的传单。

“主席，怎么连我也不知道您有这么一个妻侄?”回南京后，周隆庠把传单递给汪精卫。

汪精卫皱着眉头看了上面他和陈九开的合影，也记不清楚是不是确有其事，就喊陈璧君来。陈璧君瞄了照片一眼说：“假的。”说着扔了传单，转过脸笑着对周隆庠说：“隆庠，恭喜你啦。主席说了，过了年，你就到中央政治局国防委，先做副秘书长，以后再扶正。你没有部队经验，补上。”

“谢谢主席，谢谢夫人。”周隆庠鞠了一个大躬，头低到地板上。

汪精卫看着周隆庠：“我叫你到惠东宝看一趟的，情况怎么样?”

“主席，不像南京、武汉这些地方，南方的协军很弱，您说他们自己怎么说?”

“怎么说?”汪精卫长了背痈，斜躺在沙发上，听了这话，直起腰。

“日本人唱戏，我们搬板凳。有时候，板凳都不让我们搬。”

“说好的一个唱旦，一个唱生的呢？仆你个街。”汪精卫拍了一下桌子，用劲了，痛得他咧了嘴，呼呼喘着粗气。

陈璧君一边拿了一个枕头塞到汪精卫的腰下，一边说：

“就拿这个事做篇文章，敲山震虎。”

“怎么个震法？”汪精卫说。

“叫日本军方查一下，一个小骗子怎么拿了一张照片就畅通无阻？他们不是素来以做事精细著称的吗？”

这事查下来，还真让上上下下很多人倒霉了，二十多个日军高级军官受了罚，下级军官不计其数。龟田秋柱也在其中，由大佐降为伍长。三十八师团佐野忠义中将亲自到南京向汪精卫赔礼道歉。这成了日军的一桩丑闻。倒是冢二成了唯一的赢家。

部队开拔了，走到半路，二哥楚协生收到闽粤赣司令部的电报，叫他重回云林驻守，番号划归余汉谋管辖。二哥楚协生眼睛红红的：“子群，香司令一声不吭把我卖了，我还蒙在鼓里。”

“别想得那么悲观。手里头有个县城，进可攻退可守。进，就把云林治理好。云林地富饶，民淳朴，难得的休养生息之地。退呗，你经常说的，大不了回清平墟，教书去。”

“是啊，大不了回清平墟教书去。只是现在这乱嗡嗡的，普天之下，哪里有一间安静的教室？不知道要到猴年马月哪一天。”二哥楚协生长叹一口气。

“快了，协生。”

忽看见路边的半山腰有个小庙，二哥楚协生就叫司机停了车：“进去看看。”

路上，二哥楚协生对贺子群说：“你说怪不怪？这一向我老是梦见清平墟。不梦别的，就梦两样，吃蚝，看戏。这两样我原来是最讨厌的，人生在世几十年，那么多事，怎么工夫就要花在吃蚝看戏上？现在我倒想，吃蚝看戏也不是小事。这梦还真准了，以后就回清平墟吃蚝看戏啰。敝庐何必广？取足蔽床席。邻曲时时来，抗言谈在昔。奇文共欣赏，疑义相与析。诗酒人生，最好。”

说着，到了小庙前，贺子群笑道：“庙这么小，对联这么长。”

念起来：

> 片竹孤云窥色相，悟来大道无多事；
> 长溪皓月即禅心，勘破机关总是空。

二哥楚协生冷笑说：“连个门联都抄台湾竹溪寺的，可见道法稀松。”

走到里面，果然是座破庙，除门墙是好的，里头衰败不堪，屋瓦空了大半，一尊观音雕像横陈在地，头碎肢裂。刚踏进半步，一股恶臭传来，原来观音像的后面有一具腐尸，两人掩鼻退出来。二哥楚协生叹道：“人间遭了劫，佛门跟着遭了殃。大慈大悲的观世音菩萨啊，你也救不了这个多灾多难的世界了。”

“菩萨不救，自救。”贺子群说。

二哥楚协生看了贺子群一眼，默然一阵。下了台阶，走了三五步，停了，回过头来看那副对联，低声念了一遍，匆匆走了。

第四十四章

这天一早，我抱着楚一叶到了天后庙。昨天晚上，龟爷爷托梦给我了，说蚝族看我和翠姑饿得不行了，要救我们。

冢二坚壁清野，不让人下海。清平墟的人除了下海讨饭吃，还真不会别的。但冢二要清平墟的人会别的。一是学日语。他下令把全墟有中国字的书籍全收上来，堆在一起烧掉。还把那些招牌啊门联啊，也全拆了。包括我二爷盖的戏楼上的“海不扬波”四个字和那副对联，也全拆了。召集所有的人学日语，无论老少，早一次，晚一次，就在贺孟友原来教书的那个地方。这地方废弃了很多年，冢二叫人清扫干净。二是大建设。他画了一个图，分得很细，这个区那个区，共有十几个区，比方农业区、工业区、教育区、行政区、商贸区等等。连哪里盖公园、厕所都标注了，比我父亲当年的那些设计图还详细。在做这些之前，要先筑一道堤把海水拦出去。冢二将驻守的兵分两半，一半训练打仗，到处扫荡，抢了很多东西来；一半带了民夫筑堤。筑堤很不顺，今天筑好了，晚上浪一来，又冲垮了，但冲垮了还得筑，把人累得半死。但冢二才不管这些，他不时抽空来看，他亲手枪毙了一个坐在岸边抽烟的日兵。问题是粮食跟不上，该抢的地方都抢过了，军粮又供应得越来越少。有人向他提议，采蚝。但他不答应。他怎么可能答应呢？别人不知道，我知道，冢二要把蚝彻底从清平墟除掉。他要结束清平墟的蚝的历史。他要建设一个新清平墟，一个具有现代气息的日本小镇。

“谁也不能阻拦我，妈妈。我能做到的。”夜深人静，冢二仍在修改完善他的清平墟建设方案。听到窗外树叶沙沙响，他觉得是母亲来看他了。

在冢二掀起的这场敲锣打鼓的小镇运动中，我和翠姑成了漏网之鱼。这得感谢我们一个是哑巴一个是傻子。当然，还有大哥楚孚生。翠姑找了一个好地方唱戏，到关大哥楚孚生的院子外面唱。大哥楚孚生在里面唱，翠姑在外面唱，唱一整本的戏。

我到了天后庙，果然在天后娘娘的塑像后面找到四个蚝。

“俊生，我们来救你的。”一只蚝说。

我问：“你们怎么来的？”

“这个你就别问了，有得吃就行了。”第二只蚝笑着说。

我又问：“你们都还好吗？”

第三只蚝哭出来了，第四只蚝大声说：

“哭死啊。你忘了龟爷爷的话了？”

第三只蚝马上说：“都挺好的。”

第一只蚝说：“俊生，你好久没下去了。”

“有孩子了，脱不开身。”我拍了拍熟睡了的楚一叶说。

透过舷舱，怀特看到启德机场了。他捏着对话机说：“伙计们，好戏开始了。”

这时，对话机传来呼喊声：“上尉注意，你 3 点钟方向发现敌机，3 架，正在爬升。”

怀特看到了。他一个盘旋，向右，五百五十米的盘旋。揿动机关枪，哒哒哒哒，击中一架零式战机。战机冒着黑烟，落下，像落下一朵黑色的花。

“漂亮，上尉。”

战斗打响，启德机场上空像放了焰火，枪来炮往。

紧靠怀特飞机的另两架日机对怀特不感兴趣，嗡一声从怀特的机旁斜插过去。他们的目标是前边的轰炸机。一架日机的位置调好了，对准轰炸机。怀特一个急盘旋，这次是五百米，是他的极限了。但他做到了。他又揿动机关枪，又打中了，又一架零式战机落下，翻着筋斗，黑烟晃动，像根黑色的飘带，在硝烟与火蛇交织的天幕晃动。

“上尉，6 点钟方面——”对话机里传来近乎绝望的声音。

怀特几乎把方向盘扭断了，他要来个四百米的盘旋。四百米的盘旋成功，他才能够躲掉日机的扫射。怀特只成功了一半，他躲掉日机的扫射，但四百米盘旋失败了。一如当年，在拐弯的那一刹那，怀特的飞机失控，呼啦呼啦往下掉。怀特按动弹射机关，跳伞了。

白色的降落伞张开，像朵蒲公英。怀特看到数十架飞机还在天空战斗，火蛇乱窜，硝烟弥漫。他看到他的飞机爆炸，腾起蘑菇云一样的黑烟。他知道自己要死了，他闭上了眼睛。

待怀特现睁开眼，发现自己躺在一个漆黑的山洞里。他听到一阵窸窸窣窣的声音。循声望去，看见一个黑黑的身子。看到黑影过来，怀特本能动了一下手和脚，他发现，全身像散了架一样，疼痛难忍。

“嘘！”黑影说。

怀特惊问：“你是谁？”

黑影捂住怀特的嘴。怀特哇呀呀大叫，但叫不出声音来。

“别出声，外面有日兵。”黑影低声说。是个女人的声音，还是讲的英语。

怀特不吱声了，他竖着耳朵，果然听到一阵枪声，像从遥远的地狱传来。不一会，又听到狗叫声和人的说话声。怀特知道，日兵没有发现他们，否则，他们会朝洞里开枪的。怀特弄不懂的是，狗的鼻子怎么失灵了？所以，等所有的声音都消失了，怀特问的第一个事是：“你打败了狗鼻子，你是怎么做到的？”

女人没有回答他，而是飞快起了身，又飞快爬出洞。

怀特看到洞里一下子亮了。一大簇阳光泻进来，还有鸟声泻进来。阳光形成光柱，光柱里有万千的小虫在飞舞。怀特忍着疼痛伸出手，他喊道：“上帝。”

女人进来了。“我放了野猪粪，吓跑了狗。”女人这才回答怀特，咯咯地笑。

“你是上帝的女儿吗？”

“我叫秋蝉。”

“秋蝉，你怎么一个人在这里？”

“你怎么不问问你是怎么来这里的？”

“我在天上飘，飘，像个风筝。然后，我就不知道了。”

“你挂在树梢上，脚朝上，头朝下。降落伞像块抹布缠在一起。我以为你死了。是的，那会你是死了，没有一点知觉。你知道我费了多大劲才把你弄下来，又费了多大劲才把你拖到洞里，累死我了。怀特，你重得像头猪。”

半个月后，秋蝉搀着怀特出了鸳鸯洞。怀特好得差不多了。这都拜秋蝉的草药之功。这是阿霞教的秋蝉。两个女人朝暮相处将近一年的时间。去年的一天，秋蝉去海边捞鱼，回来时，阿霞让野猪咬死了，身体被野猪拱得七零八碎。后来两年，秋蝉就一个人呆在岺岩。其他还好，就头发全白了。这几年，秋蝉用一种叫乳香树的树汁敷浣伤痕，效果很好。她的牙齿也补好了，用的是珍姐的牙齿。是阿霞建议的。那时候，阿霞还没死。刚开始，秋蝉说什么也不肯，阿霞说："你用了珍姐的牙，珍姐就没死了。"脸颊上的伤也基本复原了。

怀特赞道："神奇的中药。看来，我的脸也有救了。不过，我不会治的，这些伤疤是我的功勋章。"

秋蝉带着怀特来到一棵合欢树边上说："你就挂在这棵树上。"

怀特嘿嘿笑着，抓住秋蝉的手："谢谢你，秋蝉。在天上，上帝听到了我的祷告，派你来救我了。我知道了，飞机上祷告是最有用的，离上帝更近一些。"

怀特刚抓过来的时候，秋蝉抽了一下手，没抽掉，后来也不抽了，任由怀特抓着。怀特热辣辣地看着秋蝉，秋蝉的心跳起来。看了秋蝉这个样子，怀特的手更有劲，一揽，把秋蝉揽进怀里。秋蝉挣了一下，后来也不挣了。怀特吻了秋蝉的嘴。秋蝉闭了一会嘴，后来也不闭了，迎上去。

这天早上，清平墟炸开了锅。每家门口都贴有一张传单。青鲨会写的击毙大哥楚孚生的传单。大哥楚孚生的死相跟陈九开一样，子弹从眉心进去，后脑勺爆裂，保持坐在菩提树下的姿势。真不知道青鲨会是如何得手的。这几年，冢二费了大功夫，整个清平墟连只苍蝇都难飞进来。但青鲨会飞进来了，杀了一个人，又飞出去，神不知鬼不觉。更令人难以相信的是，那个看守的协军说，早上五点，翠姑就过来唱戏。他清楚地听到大哥楚孚生和翠姑在唱。唱的是《紫钗记》，大哥楚孚生唱的李益，翠姑唱的霍小玉：

（楚）镜破重圆，斜照玉凤。

（翠）倦眼惺忪。

（楚）淡抹胭脂，为你描容。

（翠）自君爱顾，照耀玲珑。

（楚）笑倚花间，欲迎春风。

（翠）病喘花间怕君见病容。

（楚）伏望捧心有病因郎减。

（翠）但愿长留粉蝶抱花丛。

（楚）晚妆淡素，丰姿绰约，艳如绝世容。

（翠）欲见珠钗今生今世莫叹飘蓬。

（楚）三载怨恨尽扫空。

唱到后来，就剩翠姑一个人在唱。协军还去小窗瞄了一眼，见大哥楚孚生坐在菩提树下。

“他在流泪，中佐。”协军对冢二说，“然后，10分钟不到，就有人揭了传单跑过来对我说，楚孚生被杀了。我打开门，才发现真被杀了。”

第四十五章

冢二自杀前，还坐在书案前改他的清平墟建设方案。他改了无数稿，越改越不满意，就像筑的那条海堤，不断推倒重来。还别说，海堤还让他修成了。他在蚝田外面筑起了一道堤，蚝田成了真田。但这些田他不是用来种水稻的。按照他的规划，那是个飞机场。他几次修改规划，堤向外扩展，他要将军用机场变成民用机场。从刚开始可以停十架飞机，到最后可以停五十架飞机。上午，他还坐着三轮摩托车到海堤上逛了一圈，突然来了一阵海风，把他的军帽吹落到地上。士兵给他捡起帽子，他还没戴上。一辆摩托车卷尘来了，给他送电报的。电报上说，叫他的部队放下武器投降。他下午就自杀了。

冢二刚开始是准备用那把平面碎段复体暗光花纹刀剖腹的。他先试了试，觉得刀太长了，胳膊得使劲往外抻，还要肚子憋气凹进去才够得着。后来，才用他母亲送他的那柄短剑。他穿了一件酱色的和服，连带子也扎得整整齐齐，又焚了檀香，用金樱子的水洗了手。剑放在托盘里，托盘里有块布，垫着剑。冢二席地坐下来，解开和服，露出肚腹。他拿起剑，刺了进去，剑从左向右走。他看到内脏流了出来，又看到他的母亲。冢二笑了，喊了一声妈妈，然后，他抽出剑，割断了喉管，血像喷泉喷出来。冢二使了最后的力气要让自己俯下去，但他没做到，仰面倒下了。他的魂灵看了一下仰面而倒的身体，飞走了，飞到地狱里去了。

贺子群带着部队回清平墟的事情我却记得清清楚楚。那一年，楚一叶九岁。当然，不是因为楚一叶九岁我才记得，是因为那一年楚一叶差点让人活祭了。清平墟的习俗，采蚝祭天后，用活三牲，祭完了，将三牲沉到合澜海的白鹤滩，船就出海。他们把楚一叶当作其中的一牲。我像疯了一样冲过去，抱住楚一叶。四个二十来岁的年轻拉住我，他们的力气大得惊人，我根本无法动弹。但我还是拼命挣扎。我想好了，今天，我跟楚一叶一块死。一个年纪大的人过来，他是今天的主祭人，他用手语对我说："俊生，别闹了。谁都知道，她是鬼子的女儿，她是小鬼子。"

我不断地挣扎，那四个年轻人把我按在地上，拿来一块门板，压在我的身上。仪式继续进行。主祭人一遍又一遍将酒吮到嘴里喷到楚一叶和猪、羊身上。每喷一次，旁边的人都拍手打脚笑，比过年还热闹。最后一遍仪式完了，八个年轻人抬起祭台，往船上走。

有人扶起我。是贺子群，穿着解放军军装的贺子群。他把楚一叶推到我怀里，又摸了摸楚一叶的头，笑了笑，用手语对我说："没事了。"

然后，他跳上祭台，挥着手对着黑泱泱的人说："清平墟解放了。"

贺子群成了清平墟的头。谁家住什么地方，谁家分什么东西，都归他管。很多逃出去的人回来了。一小半没回来，也许死了吧。或者没死也难说，不想回了而已。我家宅子住进很多户人家，有一家人两间的，有一家人三间的，看家里有多少人。贺子群给我分了我原来住的那间房，我没要。我欢喜住茅寮，住习惯了。贺子群在会上表扬我，说我是积极分子。连采蚝的船都分了。

时不时开批斗会，在我二爷盖的那个戏台上开。斗那些原来做过协军的人，或者帮国民党做过事的人。挨斗的人有二三十个之多。斗的时候，并排站着，低着头，胸口挂一个牌子。牌子上写的什么字我不认识。每次开会，都是贺子群先讲话。他很会讲，有时候把人讲笑了，有时候又把人讲哭了。他讲很久，讲着讲着，有些人就快睡着了。但他不会让你睡着的，看到睡的人多了，他就带头喊口号。他举着手臂喊，下面的人举着手臂跟着喊。我不知道喊什么，跟着举手臂。翠姑也跟着举手臂。她有时候会喊错，比方多喊一个字，或者多喊两个字，也没人笑她。是没人敢笑她，有贺子群罩着她。刚开始，有人提出要把我、翠姑及楚一叶划到被斗之列，贺子群没同意。他鼓着兔子眼对那人说：“你话多，明天挖河泥去。”

当年，日本人为阻碍船只往来，在茅洲河的河里扔了不少石头，积了很多淤泥。遇雨则涝不说，上游的船只来不了。贺子群做的第一件事是恢复生产，恢复商贸，派人疏浚河道。

三哥楚稔生回来了一趟又走了。具体时间我记不清楚了。

回来的时候，三哥楚稔生受到英雄般的欢迎。县里都派人来了，一个副县长。开了一个大会，在开批斗会的戏台，给他戴了大红花。贺子群讲了话，一遍又一遍喊口号，一遍又一遍举手。我跟着一遍又一遍举手，手都举麻了。

我暗暗观察三哥楚稔生，他好像变了一个人。他原来嘻嘻哈哈的，说话时，眉毛一挑一挑。现在，他沉默寡言，脸像铁一样。变化最大的是眼睛，原来，他的眼睛像火，烧着的，看你一眼就焚着了你的魂。现在，像刀子一样，还不是挥舞着的刀子，是搁在鞘里的刀子。不抽出来，一点事没有，一抽出来，就有血光闪烁。站在台上，看着那么热闹的场面，那么多人喊口号，那么多人举手，按理说，他应该激动。可他没有，就站在那里，像站在旷野里，旁若无人。

贺子群在开完会后喊住三哥楚稔生。

“稔生，去哪里?”

“去我老豆坟上，烧刀纸。”

我正好过来，贺子群朝我招了招手，我过去了。贺子群拍了拍我的肩：

“叫俊生陪你去。俊生不错，他主动住了茅寮，是个积极分子。”

“我一个人去。”

说着要走了。贺子群皱了皱眉头，跟了上去：

“稔生，唐副县长都说你了，说你心气傲，我还给你圆了场，说稔生是个好人，不像楚孚生、楚协生——”

“什么你还给我圆了场?!”三哥楚稔生瞪着贺子群。

贺子群却不示弱，迎了三哥楚稔生的眼光，沉了脸：

“你要认清形势，现在新社会了。你打过日本人，是英雄，流了血，受了伤，可中间那几年说不清。我顶了多大压力给你开这个会，就是为你正名。刚才，我特地说了乌鸣嶂的事，我在场，我说得清。但有些事我说不清，就得你自己说。你又不说，谁知道你中间那几年干什么去了？唐副县长走的时候一再叮嘱我，不要冤枉一个好人，但也不能放过一个坏人。”

贺子群的这番话奏了效。刚回来时，三哥楚稔生油盐不进，非得要收回原来父亲住的、现在贺子群住的那几间房。这之后，他就没说过了，搬进金铺的二楼，也就是苦鲛住过的那个房子。

但没过多久，三哥楚稔生就抱了一块木板游到香港去了。至于原因，有好几个说法。一个说法是三哥楚稔生收到秋蝉的来信，从美国寄来的。信里写什么，没人知道。另一个说法是打了贺子群。那一天，三哥楚稔生写了一份参与营救香港文化人的材料送到贺子群那里去。改了十二遍了，贺子群总是说不详细，比方每次的接头人是谁，具体时间，等等等等。再去送，明明听到房间里有人，但敲了很久就是不开。最后三哥楚稔生火了，抬脚踢开了。贺子群正骑在翠姑的身上，翠姑的嘴里正吃着橹罟方粽。

“马上完了。”贺子群说。

三哥楚稔生一脚将贺子群蹬到地上，然后又抓了头发提起来，左右开弓打了几个耳光。贺子群的脸上流了血，他不揩，指着翠姑笑呵呵地说：

“真长得跟凌小蝶一模一样。我这是鸟凌小蝶呢，稔生，你也鸟一下。”

不管哪一说，反正三哥楚稔生游水走了。

我记得，那天晚上，很大的月亮。

翠姑在洗澡。她洗了很久，我都烦了，就信步到茅洲河岸边走走。抬头，就看见了大月亮。这时，我才看到，很多人在看月亮。月亮有什么好看的？我心里想。但想到自己也看，就笑了。

三哥游水走了之后，楚一叶也不见了。我难受了一年半载。

后来，这世界就跟我彻底没关系了。

除了我和翠姑，清平墟个个都很忙，忙这忙那，忙种田、忙种菜、忙补船、忙采蚝、忙捕鱼。当然，最忙的是开会，开不完的会。还是鼻梁歪了的——是让三哥楚稔生打歪的——贺子群主持。他天生是个开会的料，最长的一次，他连续开了三天三夜，换了五班人。贺子群法外开恩，后来，不叫我和翠姑开会了。翠姑还是唱她的戏。不开大会的时候，她就在戏台上唱。一边唱一边捋水袖。没有一个人看她，甚至路过时还故意用手指按了耳朵。

我则乐得到处走走，远远近近的。远的地方还沿着茅洲河去了一趟凤凰山，到了凤岩庙。庙快倾圮坍塌了。我在庙里睡了一个晚上。晚上做了一个梦，梦见一个老和尚。他说他是孜然。孜然告诉我，楚一叶不是我的女儿，是苦鲛的女儿。我说哦。他还要说什么，我就醒了，懒得梦他了。醒了，我坐在石头上，看天上的星星。又看到地上有两个星星。一看，是匹狼。我朝狼扔了一个石头，狼走了，我继续睡。我出去一天一夜，也没人问我。落霞洲不能去了。贺子群叫人开荒作水田。我不相信那地方能作水田，后来果然寸禾不长。我最后去落霞洲的那次，一些人在砍那两棵幌伞枫，树呼啦倒了。

我从岸边回来的时候，翠姑洗完了。她赤溜溜躺在床上。月光从窗口泻进来，泻在翠姑的身上。翠姑的身子比月光还白。白得我眼睛都花了。床的一侧堆满凤冠、霞帔、蟒袍、绣鞋，一大堆。这是大哥楚孚生的。早以为烧了的，原来全在这，不知道她这些年藏在哪里。

翠姑至少花了三个小时——也许四个小时也难说——来打扮妆容。又戴上凤冠，披上霞帔，穿上蟒袍，系上绣鞋，环佩叮当。确实跟凌小蝶一模一样。我就那么一愣不愣看着她。月亮暗下来了。我看到了，翠姑流泪了。她站起来，抱了我，长长地吻我。她的泪流进我的嘴里。我用舌头舔了舔，我尝到蚝的味道。然后，翠姑牵着我的手，出了门，沿着茅洲河的岸，到了入海口的海边。翠姑松了我的手，朝我笑了笑，走进了海，一点点地走进海。

我看见翠姑浮在海上，几乎托着波浮在海上。月光照在翠姑身上的那些金呀银呀上面，晃射着耀眼的光。我还看到了，原来翠姑是让密密麻麻的蚝举托着的，还有鱼，还有蟹。越漂越远，越漂越远，直至消失。

我分明听到翠姑的歌声：

哎哟哎哟哎哎哟，
哎哟哎哟哎哎哟。
要让河水上山坡，
要让山溪变成河。
你挖泥来我担土，
一头两箕加一箩。
哎哟哎哟哎哎哟，
哎哟哎哟哎哎哟。
修好水利好耕种，
丰收歌儿大家唱。

我六十岁那年，最后变了一回蚝，去了一趟海底。一下海，我就呛得透不过气。一股怪味，我从没闻过的怪味，直冲我的鼻子，我几乎晕厥过去。我费了很大的劲才游到合澜海，不知道是我老眼昏花，还是海水变了颜色，我什么都看不见。也什么都听不见。

又过了些年，我想变蚝也没得变了，因为茅洲河的入海口堵了，我下不了海。清平墟一天一变，老房子拆掉了，荔枝树砍掉了，原来冢二筑堤拦水的地方真的盖起了很多房子，高到云层的房子。除了我，住在茅寮里的人全住到那些高到云层里的房子里去了。我就是不搬。贺子群有很多办法，但他没有办法让我从茅寮里搬出来。趁我出去的时候，他们拆过我的茅寮两次。他们拆了，我又重新盖起来。我后来就不出去，一直呆在茅寮里，呆在孤零零的茅寮里。有一次，贺子群给我端来一盆香煎生蚝，喜滋滋对我说："俊生，你尝尝，清平墟的蚝，我们在台山养的。"

我尝了一点，吐了。这不是清平墟的蚝，味道不对。

八十二岁那年，我死了，临死前，我唱了一首歌：

一岁蚝田两种蚝，
蚝田片片在波涛。
蚝生每每因阳火，
相叠成山十丈高。

贺子群比我大八岁，九十岁。很多年前，他痛风瘫痪住进了敬老院。有人告诉他我死了，死前唱了一首歌。他耳朵不好，听了几次才听清楚。听清楚了，他大笑说："这个俊生，原来不是哑巴。他骗了我们。"

（全书完）

图书在版编目（CIP）数据

清平墟 / 郭建勋著. -- 长沙 : 湖南文艺出版社，2022.2
ISBN 978-7-5726-0590-1

Ⅰ. ①清… Ⅱ. ①郭… Ⅲ. ①长篇小说－中国－当代
Ⅳ. ①I247.5

中国版本图书馆CIP数据核字（2022）第021026号

清平墟
QINGPING XU

作　　者：郭建勋
出 版 人：曾赛丰
责任编辑：刘茁松
封面设计：刘盼盼
扉页书名：郭建勋
内文排版：刘晓霞
出版发行：湖南文艺出版社
（长沙市雨花区东二环一段508号 邮编：410014）
印　　刷：湖南省众鑫印务有限公司
开　　本：710 mm×1000 mm　1/16
印　　张：21.5
字　　数：260千字
版　　次：2022年2月第1版
印　　次：2022年2月第1次印刷
书　　号：ISBN 978-7-5726-0590-1
定　　价：50.00元